古典精華

集漢西嶽華山廟碑字

香港中文大學文物館藏宋拓順德本

中國文學古典精華

初冊

香港中文大學古典精華編輯委員會 編纂

商務印書館

中國文學 古典精華

初冊（增訂版）

編　纂：香港中文大學古典精華編輯委員會
執行主編：杜祖貽　劉殿爵
責任編輯：鄒淑樺
封面設計：楊愛文
出　版：商務印書館（香港）有限公司
香港筲箕灣耀興道三號東滙廣場八樓
http://www.commercialpress.com.hk
發　行：香港聯合書刊物流有限公司
香港新界大埔汀麗路三十六號中華商務印刷大廈三字樓
印　刷：美雅印刷製本有限公司
九龍官塘榮業街6號海濱工業大廈4樓A
版　次：二〇一六年七月第一版第一次印刷

ISBN 978 962 07 4532 4
Printed in Hong Kong

Masterpieces of Classical Chinese Literature

Cho-yee To, D. C. Lau, et al, ed.

First Edition, July 2016
ISBN 978 962 07 4532 4

為古典精華題辭

吳大猷院長

古典精華

吳大猷敬題

李國章校長

與時俱進，日月常新。

王叔岷教授

浮華迷漫蔽真淳，為起頹風忘苦辛。
傳習慇懃堅志趣，十年文質自彬彬。

任繼愈教授

傳薪火，育人才；興國運，開未來。

朱光亞院長

弘揚國粹，陶冶情志。

呂叔湘教授

鑒往所以知來，博古而後通今。

李遠哲院長

博我以文，格物致知。

林庚教授

精選百代，華始未來。

季羨林教授

繼承傳統，弘揚文化；增長知識，陶冶性靈。

周策縱教授

中文古典多瑰寶，選得精華盡探珠。
人手一編勤誦習，孩提到老足供需。

柳存仁教授

我們推薦古典精華這一部現代形式的古典作品，是因為相信現代語文裏面也包括不少的古典成分。如果年輕的人們對古典一竅不通，恐怕連本世紀的文字也看不懂，遑論研究？

馬臨教授

恪勤在朝夕，懷抱觀古今。

高錕教授

陶冶性情之篇，鼓鑄志行之作。

陳原教授

弘揚傳統文化，造福青年學子。

陳槃教授

古典精華編製，茲事體大，有裨我國家、社會、歷史、文化之發揚，可無疑也。

勞榦教授

坊間古典選本，類皆為課外補充所需，而非分年誦讀所用。則此古典精華，分年遞進，實為國中創舉。來日方長，仍依先覺，鄉邦厚望，實利賴之。

湯國華先生

文辭優美，意義深遠。

湯偉奇先生

傳統現代，並行不悖；科技人文，相輔相成。

楊向奎教授

惠施多方，其書五車，必讀書始能成材。

趙鎮東先生

維繫國粹之命脈，重燃文化之光輝。

盧嘉錫院長

識古知今，開來繼往；藝文設教，科技興邦。

羅慷烈教授

温故知新，采精華於古典；補偏救弊，啟幼學以茲編。

蘇文擢教授

沈浸醲郁，含英咀華。

顧廷龍教授

童年所讀之書，雖時逾八十多年，尚有能背誦之句。竊謂求學要能融會貫通，而欲求融會貫通，非熟讀不能達也。

饒宗頤教授

作語文之鈐鍵，為國故之鎡基。

古典精華三集為少年學子十載傳習所編製謹題二十八字

浮華迷漫蔽真淳，為起頹風志苦章，傳習既薰陶志趣，十年文質自彬彬。

王叔岷

一九九六年二月廿三日

丙子元月初五日

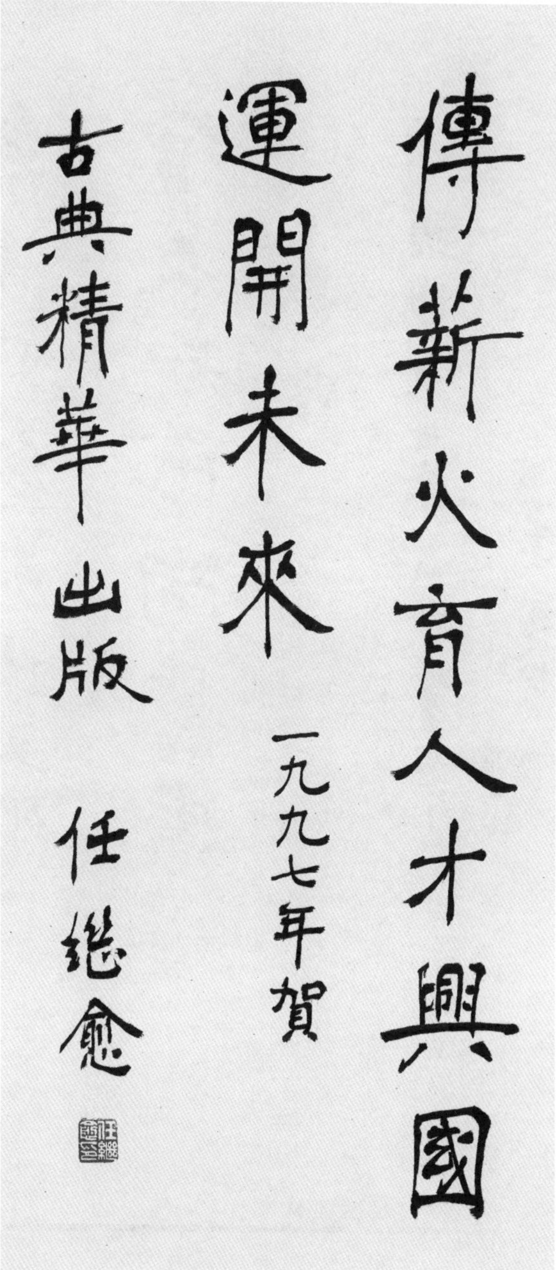
傳薪火育人才興國
運開未來
一九九七年賀
古典精華出版
任繼愈

繼承傳統弘揚文化
增長知識陶冶性靈

題贈
香港中文大學古典菁華

季羨林

奉題古典精華

中文古典多瑰寶
選得精華盡探珠
人手一編勤誦習
孩提到老足供需

周策縱

一九九六年春日
于美國舊金山客次

棄園

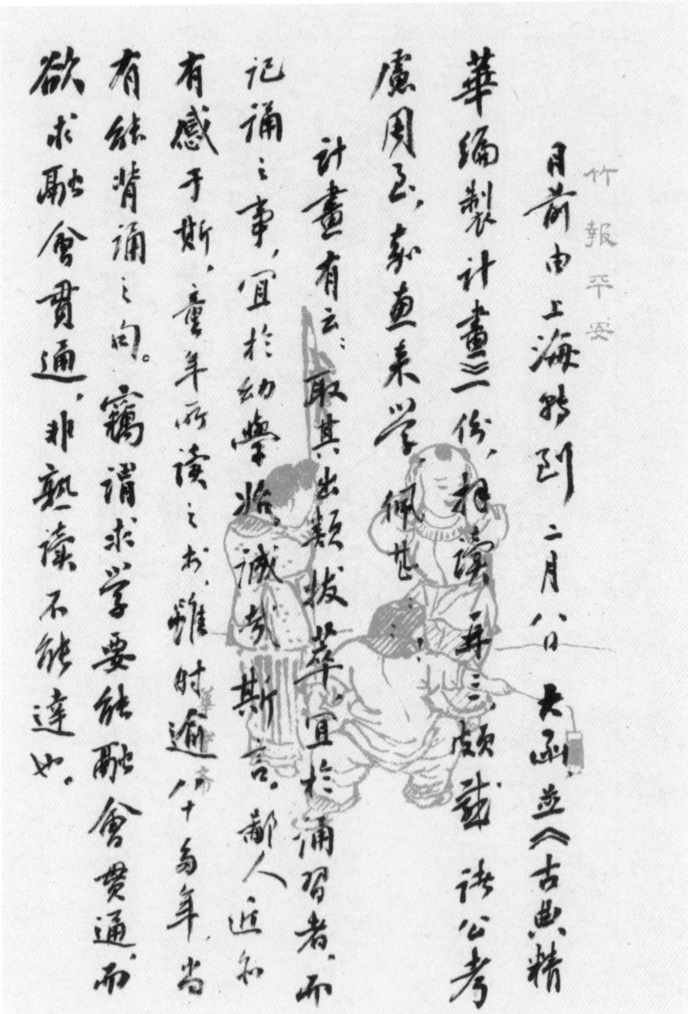

竹報平安

日前由上海轉到 二月八日 大函並《古典精華編製計畫》一份，拜讀再三，頗欽 諸公考慮周至，豪查來學佩甚：

計畫有云："取其出類拔萃宜於誦習者，而記誦之事，宜於幼學時"，識哉斯言。鄙人近來有感于斯，童年所讀之書，雖時逾八十多年，尚有能背誦之句。竊謂求學要能融會貫通，而欲求融會貫通，非熟讀不能達也。

諸公愛國熱情，深謀遠慮，實所欽仰！

顧廷龍敬上

一九九六、三、廿四。

作語文之鈐鍵
為國故之鎡基

選堂題

饒宗頤

初版序

香港中文大學校長　李國章

「言之無文，行而不遠」。孔子這句話不但說明了語文的重要，還確立了語文教育的目的。無論做人、做學問、從工、從商、從醫，要做得好，都要有良好的語文能力。

可是近年來語文教育出現了嚴重的問題：目標混淆、教材龐雜。香港中文大學教授諸君子，有見及此，於是從豐富的中華文學寶藏中，選取歷代的佳作三百餘篇，釐為一百八十課，作為語文教育的基礎，定名《古典精華》，廣為發行，以供各地學子誦習。

《古典精華》一書可以說是不尋常的製作。首先，他是海內外學者們努力合作的成果。其次，它是一項長遠的計劃：為了精益求精，當初版面世之後，便要開始進行修訂，務使《古典精華》與時俱進，日月常新。

當初版付梓之際，我謹向全體編纂人員表示衷心祝賀，對香港圓玄學院慷慨資助研究和出版經費、各學界先進惠贈題辭，更致萬分謝意。

一九九七年五月

古典精華新版序

致讀者

一九九七年初夏，《中國文學古典精華》初版發佈會在中文大學舉行，並藉此機會，慶祝香港擺脱一百五十六年殖民地的恥辱，回歸中國；同時扇揚中華傳統文化的光輝，重倡經典。風氣甫開，即得到海內文教先進與社會賢達熱烈響應，紛紛為古典精華題辭：

饒宗頤教授：作語文之鈐鍵，為國故之鎡基。

羅慷烈教授：温故知新，采精華於古典；補偏救弊，啟幼學以茲編。

蘇文擢教授：沈浸醲郁，含英咀華。

湯國華會長：文辭優美，意義深遠。

柳存仁教授：我們推薦古典精華這一部現代形式的古典作品，是因為相信現代語文裏面也包括不少的古典成分。如果年輕的人們對古典一竅不通，恐怕連本世紀的文字也看不懂，遑論研究？

陳 槃教授：古典精華編製，茲事體大，有裨我國家，社會、歷史、文化之發揚，可無疑也。

高 錕教授：陶冶性情之篇，鼓鑄志行之作。

……

二十年來，古典精華為廣大讀者廣泛選用，作為文學欣賞、學術研究、語文教學和藝術創作的重要資源。除香港商務印書館原版正文篇及參考篇六冊之外，其後又有其他出版社刊行三個版本：

北京教育科學出版社，二零零零年七月（普及版）

台北台灣商務印書館，二零零零年十二月

武漢華中師範大學出版社，二零一一年九月

在香港、內地、台灣、新加坡及海外華僑社區，古典精華都深受重視，相信與本書的特色有關：

一、本書邀集海內外資深學者共以識見所及的文化文學標準，精選篇章。

二、本書尊重歷代原文作者，在香港、北京及台北各大圖書館所藏原著版本中取材。

三、各文的題解及註釋，務求客觀準確雅潔明達。編輯人員分工合作，並各有專責，全書經五次校勘修訂，然後統一定稿，故無拼湊混集之弊。

四、參考資料博採眾說，亦皆取自原典，其範圍包括歷史、地理、社政、文物、考古及自然科學等有關文獻。

五、本書的編選工作，不受任何課程標準或學派主張的影響。

六、設立再新版修訂計劃。

中國文學古典精華初版二十週年之日，正是新版付梓之時。編輯與出版同人以誠敬的心情，將三千年來中華民族三百多位偉大的思想家、文學家、科學家、藝術家、教育家和政治家的鴻章巨構，經增訂後再度奉呈給讀者們「文章經國之大業，不朽之盛事」、「文者貫道之器也」、「文起八代之衰，道濟天下之溺」——這是經典文學的意義與功能。雖然，曹丕、韓愈和蘇軾等歷代賢哲流芳百世，可是中華民族文化傳承與弘揚的責任，已轉移到我們這代人的身上。

編者

丙申暮春二零一六年五月

編輯計劃人員名表

編輯委員　杜祖貽（主編）　劉殿爵（主編）　馮鍾芸　曾志朗　趙　毅　吳宏一

顧　　問　李國章　高　錕　湯國華　趙鎮東　湯偉奇

榮譽顧問　王叔岷　朱光亞　任繼愈　吳大猷　呂叔湘　李　棪　李遠哲　林　庚
季羨林　周策縱　柳存仁　馬　臨　陳　原　陳　槃　張岱年　勞　榦
楊向奎　盧嘉錫　羅慷烈（兼編輯顧問）　蘇文擢　顧廷龍　饒宗頤

編審委員　王邦雄　王晉江　王榮順　吳秀方　佘汝豐　何文匯　何沛雄　李海績
宋衍申　谷雲義　馬國權　倫熾標　陳方正　陳天機　陳　特　張以仁
陳萬雄　曾永義　黃坤堯　黃啟昌　游銘鈞　鄧仕樑　鄭良樹　黎民頌
劉述先　劉乾先　戴連璋　魏維賢

編纂委員 王德忠 王　濤 李　立 何宛英 李德山 呂娜莉 岑練英 沈鑫添
周奇文 侯占虎 胡從經 孫　晶 張玉春 張在義 陳偉樂 曹書傑
景有泉 董蓮池 董鐵松 廖建強 劉莉萱 劉素絢 謝　孟 關志雄
韓格平 羅鳴謙 蘇廷弼

校　核 招祥麒 凌友詩 龔因心

編纂助理 李詩琳 文覺謙 司徒國健 李國良

資料助理 于宗麒 伍文彥 何世昌 杜詩穎 殷小芸 郭詩詠 郭劍鋒 黃美賢
曾慧絲 梁醒標 劉　梅 蔡潔然 歐美儀

凡例

宗旨　本書之編纂，為提高中國語文教育之成效，精選歷代文學佳構一百八十課，以為各級學子誦習之基本教材。

取材　所選課文，上自先秦，下迄晚清，莫非百代之典範，不朽之偉作，而率以善本為據。往昔童蒙所用範本之雅正者，亦多採入。

編次　各體文章，均依時代排列，並按程度之深淺，分為初級、中級、高級三冊。

格式　每篇均按正文、作者、題解及注釋四類編次。作者則著其字號、生卒、爵里、生平、志趣、思想、成就及著述。生卒之年以中華紀元先引，輔以西元，以姜亮夫《歷代人物年里碑傳綜表》為準，間有缺漏不詳者，則據史傳補入或注以待考。題解則著其原文出處、文章旨要、時代背景與文學價值，而力求明確扼要。注釋則凡難解之字句，皆予詮釋，所附注音則漢語拼音、國語注音及粵語拼音三種皆備。

參考　文海浩瀚，義理紛孳，故古典精華正文篇而外，另輯參考篇，仍分初冊、中冊、高冊，以光碟形式依次附於相應卷冊。又本書引用文獻之目錄，附於卷末。

修訂　本書編纂，範圍廣大而時間短促，疏漏固所難免，深望大雅君子，惠予教正，俾能於重修再版時補闕正誤。

目錄

古代神話 四則

淮南子 女媧補天

往古①之時，四極廢②，九州裂③，天不兼覆④，墜不周載⑤，火爁焱⑥而不滅，水浩溔⑦而不息，猛獸食顓民⑧，鷙鳥攫老弱⑨。於是女媧鍊五色石以補蒼天，斷鼇⑩足以立四極，殺黑龍以濟冀州⑪，積蘆灰以止淫水⑫。蒼天補，四極正，淫水涸⑬，冀州平，狡蟲⑭死，顓民生。

淮南子 后羿射日

逮至堯之時⑮，十日並出，焦禾稼，殺⑯草木，而民⑰无所食。猰貐⑱、九嬰⑲、大風⑳、封豨㉑、鑿齒㉒、修蛇㉓，皆為民害。堯乃使羿誅鑿齒於疇華之澤㉔，殺九嬰於凶水㉕之上，繳大風於青丘之野㉖，上射十日而下殺猰貐，斷脩蛇於洞庭㉗，禽封豨於桑林㉘。萬民皆喜，置㉙堯以為天子。

精衛填海

山海經

又北二百里，曰發鳩㉚之山，其上多柘木㉛。有鳥焉㉜，其狀如烏㉝，文首㉞、白喙㉟、赤足，名曰精衛，其鳴自詨㊱。是炎帝之少女㊲，名曰女娃，女娃遊于東海，溺而不返，故為精衛，常銜西山之木石，以堙㊳于東海。漳水出焉，東流注于河㊴。

鯀禹治水

山海經

洪水滔天㊵。鯀竊帝之息壤以堙洪水㊶，不待帝命。帝令祝融殺鯀于羽郊[42]。鯀復生禹[43]。帝乃命禹卒布土以定九州[44]。

作者

《淮南子》是西漢（西元前二〇六——二五）初年淮南王劉安及其門客集體編著的子部著作，《漢書．藝文志》入雜家。劉安，生於漢文帝前元年，卒於漢武帝元狩元年（西元前一七九——前一二二），沛（今江蘇沛縣）人，漢高祖孫，淮南厲王劉長子，襲封淮南王。《淮南子》本名《鴻烈》，《隋書．經籍志》始稱《淮南子》。共二十一篇，除〈要略〉外，篇名都稱為〈訓〉，大約是訓釋的意思。本書雖雜有儒、法、陰陽諸家的思想，卻以漢初的黃老無為思想作主導。內容包括今日的哲學、政治學、史學、倫理學、科學、經濟學及軍事學等多個範疇，表現出漢人治學宏闊的氣魄。此外，書中保留了不少古代史料和神話傳說。《淮南子》有東漢許慎和高誘注、今人劉文典的《淮南鴻烈集解》等。

《山海經》，大約成書於戰國（西元前四七五——前二二一）初至西漢初年，自來號稱奇書，並非一時一人之作，共十八卷，分別是《山經》五卷和《海經》十三卷。《漢書．藝文志》將《山海經》列入形法家之首，《隋書．經籍志》以後多列入地理類。《四庫全書總目提要》稱之為「小說之最古者爾」。全書只有三萬一千多字，卻包含着我國古代地理、歷史、神話、民俗、動物、植物、礦產、醫藥及宗教等多方面的資料，是研究上古社會的重要文獻。後人箋注頗多，如清郝懿行《山海經箋疏》和今人袁珂《山海經校注》等。

題解

本課四則本無題目，現題為編者所加。版本據《先秦兩漢古籍逐字索引》。所謂神話，是遠古人民集體口頭創作的幻想故事。

〈女媧補天〉選自《淮南子・覽冥訓》。女媧，是原始時代母系氏族社會神話中一個人面蛇身的女神。她的故事主要有造人和補天兩方面，本篇即為後者。

〈后羿射日〉選自《淮南子・本經訓》。后羿，又稱羿、夷羿、仁羿，是原始神話中射日除害的英雄。故事說遠古唐堯時代，天上出現十個太陽，禾稼不生，禽獸逼人。堯帝為利民生，乃使后羿射日，為民除害。

〈精衛填海〉選自《山海經・北山經》。精衛，鳥名，又名誓鳥、冤禽、志鳥，俗稱帝女雀。本篇說炎帝之女在東海被淹死，靈魂化為精衛，常銜西山之木石以填東海。

〈鯀禹治水〉選自《山海經・海內經》。鯀，又稱伯鯀，是我國古代神話中禹的父親，鯀努力築隄防洪，可惜未能成功而被殺於羽山之下。禹，又稱大禹、夏禹或戎禹，是鯀的兒子，繼承鯀的事業，用疏通河道的方法治水，終獲成功，其後受舜禪讓成為部落聯盟首領。

注釋

① 往古：古昔。與「來今」相對。

② 四極廢：四極，天的四邊。上古的人認為天的四方盡頭有支撐的柱子。廢，廢壞，倒塌下來，指柱折天傾。

③ 九州裂：九州，古時稱中國為赤縣神州，赤縣神州之內分為九州，其外又有九州，稱為大九州。這裏泛指大地。裂，崩裂。

④ 天不兼覆：兼，同時。天不能同時覆蓋萬物。

⑤ 墬不周載：墬，「地」的古體字。周，沒有遺漏。地不能沒有遺漏地容載萬物。

⑥ 爁焱：爁，焚燒。焱，火花。大火蔓延的樣子。爁焱音覽驗。

⑦ 浩溔：水無際貌。溔音繞。

⑧ 顓民：蒙昧無知的百姓。顓音專。

⑨ 鷙鳥攫老弱：鷙鳥，兇猛的鳥。攫，用爪子抓取。鷙音至。攫音霍。

⑩ 鼇：傳說中海裏的大龜。鼇音遨。

⑪ 濟冀州：濟，拯救。冀州，今河北、山西、河南黃河以北、以及遼寧遼河以西的地方，古稱冀州，位於九州之中。這裏泛指中國的中原地帶。

⑫ 淫水：淫，過度，超過常度。泛濫橫流的水。

⑬ 涸：乾涸。涸音確。

⑭ 猰貐：猰，猛。貐，古代包括禽獸，泛指動物。猰貐，兇猛的害蟲，指上文的「猛獸」、「鷙鳥」等。猰音絞。
⑮ 逮至堯之時：逮至，到了。堯，傳説中遠古時代的五帝之一。
⑯ 殺：曬死。
⑰ 无：同無。
⑱ 猰貐：亦作貐，古代神話中吃人的怪獸。猰貐音壓雨。
⑲ 九嬰：神話中有九個頭、能噴火吐水的怪獸。
⑳ 大風：神話中特大而兇悍的鳥，時有大風伴隨，能毀人房舍。
㉑ 封豨：封，大。豨，大野豬。豨音希。
㉒ 鑿齒：神話中齒長如鑿的怪獸。
㉓ 修蛇：即長蛇。劉安父名劉長，因諱「長」為「修」。修同脩。
㉔ 疇華之澤：疇華，神話中南方水澤名。澤，這裏指水草之交。
㉕ 凶水：神話中北方水名。
㉖ 繳大風於青丘之野：繳，繫在箭上的絲繩。古人把繳繫在弓箭上射飛禽，射中後便於擒捉。這裏作動詞用，即用這樣的箭去射殺大風。青丘，神話中東方丘名。（據王念孫説）野，郊外。繳音酌。
㉗ 洞庭：南方澤名，即今洞庭湖。
㉘ 禽封豨於桑林：禽，通擒。豨，同豨。桑林，神話中的桑山之林。
㉙ 置：擁立。
㉚ 發鳩：山名，舊説在今山西境內。
㉛ 柘木：柘樹，落葉桑科。灌木，葉可飼蠶。柘音蔗。
㉜ 焉：助語詞，意指在那兒。
㉝ 烏：烏鴉。

㉞ 文首：文即紋。頭上有花紋。

㉟ 喙：鳥嘴。喙音悔。

㊱ 其鳴自詨：詨，叫。它鳴叫時像呼喚自己的名字。詨音效。

㊲ 是炎帝之少女：炎帝，傳說中的神農氏。少女，小女兒。

㊳ 堙：填塞。堙音因。

㊴ 河：黃河。

㊵ 滔天：漫天，形容水勢浩大。

㊶ 鯀竊帝之息壤以堙洪水：帝，天帝。息壤，神話中的神土，以之作隄，可隨水勢而上漲。鯀音滾。壤音讓。

㊷ 帝令祝融殺鯀于羽郊：祝融，神話中的火神。羽郊，羽山之郊。

㊸ 鯀復生禹：復，又、再。一作腹，言鯀的肚子裏生出禹。傳說鯀被殺後，屍體三年不腐。天帝派一天神剖開鯀的肚子，跳出一條虬龍，那就是禹。

㊹ 帝乃命禹卒布土以定九州：卒，最後。布，同敷，鋪填。布土，指掘土開溝，平治洪水。定，平定。

古代傳說　二則

韓非子　有巢氏　燧人氏

上古之世，人民少而禽獸眾，人民不勝①禽獸蟲蛇。有聖人作②，構木為巢③以避羣害。而民悅之，使王天下④，號之曰有巢氏。民食果蓏蚌蛤⑤，腥臊惡臭，而傷害腹胃，民多疾病。有聖人作，鑽燧取火以化腥臊⑥，而民說⑦之，使王天下，號之曰燧人氏。

淮南子　神農氏

古者，民茹⑧草飲水，采⑨樹木之實⑩，食蠃蛖⑪之肉，時多疹病毒傷之害⑫。於是神農乃始教民播種五穀⑬，相土地之宜⑭，燥濕、肥墝⑮、高下⑯，嘗百草之滋味、水泉之甘苦，令民知所避就⑰。當此之時，一日而七十毒⑱。

作者

《韓非子》是先秦法家學說集大成之作，韓非著，《漢書・藝文志》入法家。韓非，約生於秦昭襄王二十七年，卒於秦始皇十四年（西元前二八〇？——前二三三）。韓國（今山西省東南角和河南省中部）宗室。韓非口吃，不善言談，喜歡刑名法術之學。曾多次諫議韓王變法圖強，但不被任用。著書十餘萬言，傳至秦國，受到秦王嬴政的賞識。其後韓非至秦，仍未獲信用，更被李斯誣害，死於獄中。《漢書・藝文志》著錄五十五篇，留傳至今，但今本已雜有後人的文字。

《韓非子》的風格嚴峭峻刻，善用寓言和歷史故事表意明理，其文章邏輯嚴密，議論透闢，是戰國末期諸子説理散文的代表。

《淮南子》見初冊第一課〈古代神話四則〉

題解

本課二則本無題目，現題為編者所加。所謂傳説，指民間長期流傳下來的人物事蹟的記述。〈有巢氏　燧人氏〉選自《韓非子・五蠹》，版本據《韓非子集解》。有巢氏，又稱大巢氏，傳説為遠古時代發明構木為巢的古帝。燧人氏，則發明鑽木取火，教人熟食，有典籍亦認為他是三皇之一。

〈神農氏〉選自《淮南子・脩務訓》，版本據《先秦兩漢古籍逐字索引》。神農氏，又稱烈山氏、連山氏、白耆氏、大庭氏、魁隗氏，號炎帝。他是傳説中最早發明農具，教民務農的共主。亦有典籍認為他是古代三皇之一。

注釋

① 不勝：受不了。勝音升。

② 作：興起、出現。

③ 構木為巢：用木頭搭成鳥窩般的居室。

④ 使王天下：使，讓，指推舉。王，作動詞用，作共主，推舉他做天下的共主。王音旺。

⑤ 果蓏蚌蛤：果蓏，指各種果實。木本植物的果實為果，草本植物的果實為蓏。蚌蛤，蚌和蛤蜊，都是水中貝殼動物。蓏音裸。蚌音旁陽上聲。蛤音急中入聲。

⑥ 鑽燧取火以化腥臊：鑽燧，用鑽子鑽木。燧，可取火用的木材。化，消除。燧音睡。

⑦ 說：同悅。

⑧ 茹：吃。茹音如。

⑨ 實：果實。

⑩ 采：同採。

⑪ 蠃蛖：蠃，通螺。一種有硬殼的軟體動物，如田螺、海螺。蛖，一種生活於淡水之中的軟體動物，有長圓形黑褐色的貝殼。蠃音羅。蛖音茫。

⑫ 害：災害。

⑬ 五穀：古代五種主要穀物，舊説不一。如《周禮・天官・疾醫》東漢鄭玄注：「五穀，麻、黍（粘穀）、稷（穀子）、麥、豆也。」《孟子・滕文公上》趙岐則注：「五穀謂稻、黍、稷、麥、菽也。」

⑭ 相土地之宜：相，察看。宜，合適，適宜。

⑮ 肥墝：肥，肥沃。墝，土地堅硬而瘠薄。墝音敲。

⑯ 高下：地勢高低。

⑰ 令民知所避就：避，趨避。就，趨向。使人們知道避害趨利。

⑱ 一日而七十毒：七十，言次數之多。一天之內中毒七十次。

古代寓言　二則

呂氏春秋　刻舟求劍

楚人有涉①江者，其劍自舟中墜於水，遽契②其舟曰：「是吾劍之所從墜也③。」舟止，從其所契者入水求之。舟已行矣，而劍不行，求劍若此，不亦惑乎？

列子　小兒辯日

孔子東游，見兩小兒辯鬭④。問其故⑤。一兒曰：「我以日始出時去人近⑥，而日中⑦時遠也。」一兒曰：「我以日初出遠，而日中時近也。」一兒曰：「日初出大如車蓋⑧；及日中，則如盤盂⑨：此不為遠者小而近者大乎？」一兒曰：「日初出滄滄涼涼⑩；及其中如探湯⑪：此不為近者熱而遠者涼乎？」孔子不能決也。兩小兒笑曰：「孰為汝多知乎⑫？」

作者

《呂氏春秋》是戰國末期呂不韋集門客共編的著作。呂不韋，生年不詳，卒於秦始皇十二年（西元前？——前二三五）。濮陽（今河南禹縣）人，曾為秦相國，有門客三千。呂氏命門客著其所聞，成《呂氏春秋》。分十二紀、八覽、六論，共一百六十篇，二十餘萬言。《漢書・藝文志》列為雜家之作。內容以闡釋儒道思想為主，兼及陰陽、兵、農、法、墨諸家之言。文章多用故事説理，富文學色彩，為戰國末期諸子散文的代表作。通行的注本有漢高誘注，清畢沅《呂氏春秋校注》和近人許維遹《呂氏春秋集釋》。

《列子》的作者，舊題列子。列子，相傳名禦寇、亦作圄寇、圉寇。戰國時鄭人。生卒年無可考。其學說近於莊周的虛無。《列子》最早見於漢劉歆《七略別錄》，但原本已經散失。今本《列子》八篇，可能為晉人重新搜集編成。書中多記民間故事、寓言和神話傳說。東晉張湛最早作《列子注》，近人注本有楊伯峻《列子集釋》。

題解

本課二則本無題目，現題為編者所加，版本據《先秦兩漢古籍逐字索引》。所謂寓言，指用假托的故事說明某個道理，常帶有勸戒、教育的性質。

〈刻舟求劍〉選自《呂氏春秋・慎大覽・察今》。故事說有一個楚人，他的佩劍從船上掉落水中，他急忙在船邊刻上標誌，以記認劍掉下去的位置。到船靠岸，他立刻從刻了標誌的地方下水尋劍，因舟行劍滯，最後當然是毫無結果。作者本以此說明當政者必須因應時勢的變化而採取適當的措施，後多以此寓言諷刺拘泥成法、不知變通的人。

〈小兒辯日〉選自《列子・湯問》。故事說孔子遇到兩個小孩在爭論早晨和中午時分，太陽靠遠靠近的問題。孔子不能判決孰是孰非，於是兩個孩子取笑孔子並非博學之人。這個寓言說明即使博學如孔子，亦不能事事皆知。當我們對問題還未有充分了解時，不應妄下結論。

注釋

①涉：渡。

②遽契其舟：遽，急遽、趕忙。契，同鍥，用利器刻劃。遽音巨。

③是吾劍之所從墜也：我的劍是從這裏掉下去的。

④辯鬭：爭辯。

⑤故：原故。

⑥我以日始出時去人近：以，以為。去，距離。

⑦日中：中午。

⑧車蓋：古時車子上遮日防雨的傘蓋。

⑨及日中，則如盤盂：及，到。盤盂，盛放食品的一種容器。盂音余。

⑩滄滄涼涼：清涼。

⑪探湯：把手伸進熱水裏。比喻炙熱。

⑫孰為汝多知乎：孰，誰。為，通謂。汝，你。知，同智，這裏指智慧和學識。

禮記　孔子過泰山側

孔子過泰山側，有婦人哭於墓者而哀，夫子式而聽之①。使子貢②問之曰：「子③之哭也，壹似重有憂者④。」而曰：「然⑤，昔者吾舅死於虎⑥，吾夫又死焉，今吾子又死焉⑦。」夫子曰：「為何不去也？」曰：「無苛政。」夫子曰：「小子識之⑧，苛政猛於虎也。」

作者

《禮記》是孔門後學所記和西漢（公元前二〇六——二五）學者輯錄關於禮儀制度的言論集。今本《禮記》，由西漢學官戴聖所輯，又名《小戴禮記》，與《周禮》、《儀禮》合稱「三禮」。戴聖，西漢中期人（生卒年不詳）。祖籍梁郡（今河南商丘），與輯錄《大戴禮記》的叔父戴德同學禮於后蒼，漢宣帝時繼后蒼為博士，官至九江太守。

《禮記》收有〈曲禮〉、〈檀弓〉、〈王制〉、〈月令〉、〈禮運〉、〈中庸〉、〈大學〉等四十九篇。其中有解釋《儀禮》的，有考證和記載禮儀制度的，有專門記錄孔子和七十子的言行的，是研究中國古代社會、儒家學說和文物制度的重要典籍。《禮記》最早有東漢鄭玄注，另有唐孔穎達《禮記注疏》、元陳澔《禮記集說》和清孫希旦《禮記集解》。

題解

本課節選自《禮記‧檀弓下》，現題為編者所加，版本據《先秦兩漢古籍逐字索引》。本文從婦人口中記述了一家三代慘死於虎口的厄運，並說明她仍不願離開的原因，在於此地沒有苛政，突出了「苛政猛於虎」的主題。

注釋

① 夫子式而聽之：夫子，古代對老師的尊稱，這裏指孔子。式，同軾，多指古代車前的橫木，亦可指兩旁的曲木。在這裏「式」作動詞用，指靠着式。一說握着式，亦通。

② 子貢：孔子的弟子，姓端木，名賜，字子貢。

③ 子：代詞，表示第二人稱，相當於「你」、「妳」。
④ 壹似重有憂者：壹似，簡直似。重有憂者，謂其哀有重重憂戚。重音仲。
⑤ 然：是的。
⑥ 昔者吾舅死於虎：昔者，從前。舅，古代指家翁，即丈夫的父親。
⑦ 死焉：死於此，指死於虎口。
⑧ 小子識之：小子，年輕人。長者對後輩的一般稱呼。識，同誌，即記住。識音志。

論語　五則

學而第一

曾子①曰：「吾日三省吾身②：為人謀而不忠乎③？與朋友交而不信④乎？傳不習乎⑤？」

里仁第四

子⑥曰：「士志於道⑦，而恥惡衣惡食⑧者，未足與議也⑨。」

述而第七

子曰：「德之不脩⑩，學之不講⑪，聞義不能徙⑫，不善不能改，是吾憂也。」

述而第七 又

子曰：「三人行⑬，必有我師焉⑭，擇其善者而從之⑮，其不善者而改之⑯。」

子罕第九

子曰：「歲寒⑰，然後知松柏之後彫⑱也。」

作者

《論語》是儒家經典《四書》之一，由孔子門人及其再傳弟子所輯錄，據《漢書・藝文志》所説，皆「孔子應答弟子時人及弟子相與言而接聞於夫子之語也。」孔子的言行學説都收在其中，共二十篇。

孔子生於周靈王二十一年，卒於周敬王四十一年（公元前五五一——前四七九）。名丘，字仲尼，魯國陬邑（今山東曲阜）人，儒家學派的創始者。曾做過魯國司寇，其後周遊列國，宣揚「仁政」。晚年編訂《春秋》，整理《詩》、《書》、《易》、《禮》等古代文獻。是春秋時代的偉大教育家、思想家和政治家。

《論語》的內容，包括政治主張、教育原則、倫理觀念和品德修養等各方面。文字簡明易曉，是語錄體的典範。其中很多名句，成為後世的格言和成語，對中國的思想、文學和語言有重大的影響。《論語》通行本有魏何晏《論語集解》、宋邢昺《論語注疏》、朱熹《論語集注》和清劉寶楠《論語正義》等。

題解

本課選自《論語》，版本據《先秦兩漢古籍逐字索引》。《論語》是語錄體的典範。所謂語錄體，是指直接記錄講學、論政，以及傳教者的言談口語的一種文體。這五則俱是教人如何進德修業，〈學而〉選章提倡自我反省；〈里仁〉選章指出學習應以進德修業為目的；〈述而〉二選章言進德修業的方法；〈子罕〉選章以松柏比喻堅貞不屈的君子，說明在亂世下，仍應保持節操的道理。這些說話雖出自二千多年前聖賢之口，我們今日倘能細意體會，認真實踐，當會發覺所言道理歷久彌新，使人受用無窮。

注釋

① 曾子：名參，字子輿，孔子弟子。參音驂。
② 吾日三省吾身：日，每天。三省，三次檢討自己。
③ 為人謀而不忠乎：謀：策劃、思慮。忠，盡心盡力。這裏說為人謀劃事情有沒有盡心盡力？
④ 信：守信。
⑤ 傳不習乎：傳，傳授，這裏指老師傳授的知識。習，實習、練習。
⑥ 子：《論語》中「子曰」的「子」皆為弟子門人對孔子的尊稱。
⑦ 士志於道：道，真理。讀書人專心一志去追求真理。

⑧ 惡衣惡食：惡，惡劣、不好。粗飯舊衣。

⑨ 未足與議也：不值得和他討論。

⑩ 德之不脩：脩，同修。是說不去修養好品德。

⑪ 學之不講：學問不勤於講習。

⑫ 聞義不能徙：聽到義在那裏，自己卻不能遷移到那裏。

⑬ 三人行：三個人同在路上行走的意思，形容與朋友共處的時候。「三」在這裏指最小數。

⑭ 必有我師焉：其中必定有值得我取法的人。師，指自己所值得效法的人。

⑮ 擇其善者而從之：擇取那正確的言行作取法的榜樣。從之，意思是學習他的優點，效法他的長處。之，指稱詞，指「善者」，即優點。

⑯ 其不善者而改之：承接上文而省略了「擇」字，意思是擇取那不正確的言行作改過的借鏡。改之，意思是依據他的缺點，以改正自己類似的過失。之，也是指稱詞，指「不善者」，即缺點。

⑰ 歲寒：歲，一年。歲暮天寒的時候。

⑱ 松柏之後彫：彫，通凋，凋謝、零落的意思。松樹、柏樹性耐寒冷，雖逢冬日，天氣嚴寒，眾木零落，松、柏仍不凋傷，到春天才換生新葉，所謂「後彫」，即指此一現象。

孟子　二則

揠苗助長

宋人有閔其苗之不長而揠①之者，芒芒然②歸，謂其人曰③：「今日病④矣！予⑤助苗長矣！」其子趨⑥而往視之，苗則槁⑦矣。

學弈

今夫弈之為數⑧，小數也；不專心致志⑨，則不得也。弈秋、通國之善弈者也⑩。使弈秋誨⑪二人弈，其一人專心致志，惟弈秋之為聽⑫。一人雖聽之，一心以為有鴻鵠⑬將至，思援弓繳而射之⑭，雖與之俱學，弗若⑮之矣。

作者

《孟子》一書，有以為是孟子自撰，有以為是其門人所記，《漢書・藝文志》列入儒家類，今存七篇。宋以後列於經部，朱熹將它與《論語》、《禮記》的〈大學〉和〈中庸〉篇合成《四書》，為之作注，從此成儒家經典。

孟子，生於周烈王四年，卒於周赧王二十六年（西元前三七二——二八九）。名軻，鄒（今山東鄒縣）人，戰國時代大思想家。孟子受業於子思的門人，是繼孔子後儒家學派的代表人物。孟子身處戰亂的時代，提倡「民貴君輕」，主張推行「王道」，可是不被諸侯所採納，於是退而講學著述。

《孟子》的文章，長於辯論，善用譬喻，氣勢磅礡，感情奔放，對後世散文有很大影響。通行注本有東漢趙岐《孟子章句》、宋孫奭《孟子注疏》、朱熹《四書集注》和清焦循《孟子正義》。

題解

本課二則本無題目，現題為編者所加，版本據《先秦兩漢古籍逐字索引》。〈揠苗助長〉選自《孟子・公孫丑上》。孟子本意在闡明培養浩然之氣，不要圖悚而違反自然本性的道理。今多以此告誡人們做事必須按部就班，不能主觀急進。本篇文字簡潔生動，短短四十一字，已將事情的起因、經過和結果交代得清清楚楚。

〈學弈〉選自《孟子・告子上》。本是比喻齊王不能專心致志地學習孟子的王道，實可指一切學習而言。若不專心致志，便不會成功。本文舉例貼切，對比鮮明，是學習寫作的典範。

注釋

① 宋人有閔其苗之不長而揠之者：宋人，宋國人，宋國在今河南商邱。閔，同憫，憐憫、擔憂。揠，拔。閔音敏。揠音壓。
② 芒芒然：芒，通忙。疲勞的樣子。一說通「茫」，迷茫，無知的樣子。
③ 謂其人曰：謂，告訴。其人，指他家裏的人。
④ 病：疲乏。
⑤ 予：我。
⑥ 趨：快步走。

⑦ 槁：乾枯。槁音稿。
⑧ 今夫弈之為數：今夫，用在句子開頭，表示下面要提出一個問題，加以論述。弈，圍棋的古稱。數，技術、技藝。弈音亦。
⑨ 致志：把自己的意念灌注到上面。
⑩ 弈秋、通國之善弈者也：弈秋，名秋，因善弈故名。通國，全國。弈秋是全國最善於下棋的人。
⑪ 誨：教導。
⑫ 惟弈秋之為聽：只聽弈秋的話。
⑬ 鴻鵠：天鵝。鵠音酷。
⑭ 思援弓繳而射之：援，拉、引。繳，生絲做的繩子。古人把繳繫在弓箭上射飛禽，射中後便於擒捉。繳音酌。
⑮ 弗若：不如。

史記 荊軻傳

司馬遷

荊軻者，衛人也。其先乃齊人，徙於衛，衛人謂之慶卿①。而之燕②，燕人謂之荊卿。

荊卿好讀書擊劍，以術説衛元君③，衛元君不用。其後秦伐魏，置東郡④，徙衛元君之支屬於野王⑤。

荊軻嘗游過榆次⑥，與蓋聶⑦論劍，蓋聶怒而目之⑧。荊軻出，人或言復召荊卿⑨。蓋聶曰：「曩者吾與論劍，有不稱者⑩，吾目之；試往，是宜⑪去，不敢留。」使使往之主人⑫，荊卿則已駕而去榆次矣⑬。使者還報，蓋聶曰：「固去也，吾曩者目攝之⑭！」

荊軻游於邯鄲，魯句踐與荊軻博⑮，爭道⑯，魯句踐怒而叱之，荊軻嘿⑰而逃去，遂不復會。

荊軻既至燕，愛燕之狗屠⑱及善擊筑者高漸離⑲。荊軻嗜酒，日與狗屠及高漸離飲於燕市，酒酣以往⑳，高漸離擊筑，荊軻和㉑而歌於市中，相樂也，已而㉒相泣，旁若無人者。荊軻雖游於酒人㉓乎，然其為人沈深好書；其所游諸侯，盡與其賢豪長者相結㉔。其之燕，燕之處士㉕田光先生亦善待之，知其非庸人也。

居頃之㉖，會燕太子丹質秦亡歸燕㉗。燕太子丹者，故嘗質於趙，而秦王政㉘生於趙，其少時與丹驩㉙。及政立為秦王，而丹質於秦。秦王之遇燕太子丹不善㉚，故丹怨而亡歸。歸而求為報秦王者㉛，國小，力不能。其後秦日出兵山東㉜以伐齊、楚、三晉㉝，稍蠶食諸侯㉞，且至於燕㉟，燕君臣皆恐禍之至。太子丹患之，問其傅鞠武㊱。武對曰：「秦地偏天下，威脅韓、魏、趙氏，北有甘泉、谷口之固㊲，南有涇、渭之沃㊳，擅巴、漢之饒㊴，右隴、蜀之山㊵，左關、殽㊶之險，民眾而士厲㊷，兵革有餘㊸。意有所出㊹，則長城之南，易水以北㊺，未有所定也。柰何以見陵㊻之怨，欲批其逆鱗㊼

哉！」丹曰：「然則何由⑱？」對曰：「請入圖之⑲。」

居有閒⑳，秦將樊於期㉑得罪於秦王，亡之㉒燕，太子受而舍之㉓。鞠武諫曰：「不可。夫以秦王之暴而積怒於燕，足為寒心，又況聞樊將軍之所在乎？是謂『委肉當餓虎之蹊㉔』也，禍必不振㉕矣！雖有管、晏，不能為之謀也㉖。願太子疾遣樊將軍入匈奴以滅口㉗。請西約三晉，南連齊、楚，北購於單于㉘，其後迺可圖也㉙。」太子曰：「太傅之計，曠日彌久㉚，心惛然，恐不能須臾㉛。且非獨於此也，夫樊將軍窮困於天下，歸身於丹，丹終不以迫於彊秦而棄所哀憐之交，置之匈奴，是固丹命卒之時也。願太傅更慮之㉜。」鞠武曰：「夫行危欲求安，造禍而求福，計淺而怨深，連結一人之後交㉝，不顧國家之大害，此所謂『資怨而助禍』矣㉞。夫以鴻毛燎於爐炭之上，必無事矣㉟。且以鵰鷙之秦㊱，行怨暴之怒，豈足道哉㊲！燕有田光先生，其為人智深而勇沈，可與謀。」太子曰：「願因太傅而得交於田先生，可乎？」鞠武曰：「敬諾㊳。」出見田先生，道「太子願圖國事於先生也。」田光曰：「敬奉教⑲。」乃造焉⑳。

太子逢迎，卻行為導㉑，跪而蔽席㉒。田光坐定，左右無人，太子避席㉓而請曰：「燕秦不兩立㉔，願先生留意也。」田光曰：「臣聞騏驥㉕盛壯之時，一日而馳千里；至其衰老，駑馬先之㉖。今太子聞光盛壯之時，不知臣精㉗已消亡矣。雖然，光不敢以圖國事，所善荊卿可使也㉘。」太子曰：「願因先生得結交於荊卿，可乎？」田光曰：「敬諾。」即起，趨出㉙。太子送至門，戒㉚曰：「丹所報㉛，先生所言者，國之大事也，願先生勿泄也！」田光俛㉜而笑曰：「諾。」僂行㉝見荊卿，曰：「光與子相善，燕國莫不知。今太子聞光壯盛之時，不知吾形已不逮也㉞，幸而教之曰：『燕秦不兩立，願先生留意也』。光竊不自外㉟，言足下㊱於太子也，願足下過太子於宮。」荊軻曰：「謹奉教。」田光曰：「吾聞之，長者為行，不使人疑之㊲。今太子告光曰『所言者，國之大事也，願先生勿泄』，是太子疑光也。夫為行而使人疑之，非節俠㊳也。」欲自殺以激荊卿，曰：「願足下急過太子，言光已死，明不言也。」因遂自刎⑧⑨而死。

荊軻遂見太子，言田光已死，致光之言⑨⓪。太子再拜而跪，膝行⑨①流涕，有頃而后言曰：「丹所以誡田先生毋⑨②言者，欲以成大事之謀也。今田先生以死明不言，豈丹之心哉！」荊軻坐定，太子避席頓首曰：「田先生不知丹之不肖⑨③，使得至前，敢有所道⑨④，此天之所以哀燕而不棄其孤也⑨⑤。今秦有貪利之心，而欲不可足也。非盡天下之地，臣海內之王者，其意不厭⑨⑥。今秦已虜韓王⑨⑦，盡納其地。又舉兵南伐楚，北臨趙⑨⑧；王翦將數十萬之眾距漳、鄴⑨⑨，而李信出太原、雲中⑩⓪。趙不能支秦，必入臣⑩①，入臣則禍至燕。燕小弱，數困於兵，今計舉國不足以當秦。諸侯服秦，莫敢合從⑩②。丹之私計⑩③愚，以為誠得天下之勇士使於秦，闚以重利⑩④；秦王貪，其勢必得所願矣⑩⑤。誠得劫秦王，使悉反諸侯侵地，若曹沫之與齊桓公，則大善矣⑩⑥；則不可⑩⑦，因而刺殺之。彼秦大將擅兵⑩⑧於外而內有亂，則君臣相疑，以其閒⑩⑨諸侯得合從，其破秦必矣。此丹之上願⑪⓪，而不知所委命(111)，唯(112)荊卿留意焉。」久之，荊軻曰：「此國之大事也，臣駑下(113)，恐不足任使(114)。」太子前頓首(115)，固請毋讓(116)，然後許諾。於是尊荊卿為上卿，舍上舍(117)。太子日造門下，供太牢(118)，具異物(119)，閒進車騎美女，恣荊軻所欲(120)，以順適其意。

久之，荊軻未有行意。秦將王翦破趙，虜趙王(121)，盡收入其地，進兵北略地至燕南界。太子丹恐懼，乃請荊軻曰：「秦兵旦暮(122)渡易水，則雖欲長侍足下(123)，豈可得哉！」荊軻曰：「微太子言，臣願謁之(124)。今行而毋信(125)，則秦未可親也。夫樊將軍，秦王購之金千斤，邑萬家。誠得樊將軍首與燕督亢(126)之地圖，奉獻秦王，秦王必說(127)見臣，臣乃得有以報(128)。」太子曰：「樊將軍窮困來歸丹，丹不忍以己之私而傷長者之意，願足下更慮之！」

荊軻知太子不忍，乃遂私見(129)樊於期曰：「秦之遇將軍可謂深(130)矣，父母宗族皆為戮沒(131)。今聞購將軍首金千斤，邑萬家，將柰何？」於期仰天太息(132)流涕曰：「於期每念之，常痛於骨髓(133)，顧計不知所出耳(134)！」荊軻曰：「今有一言可以解燕國之患，報將軍之仇者，何如？」於期乃前曰：「為之柰何？」荊軻曰：「願得將軍之首以獻秦王，秦王必喜而見臣，臣左手把其袖，右手揕其匈[135]，然則將軍之仇報而燕見陵之愧除矣。將軍豈有意乎[136]？」樊於期偏袒搤捥[137]而進曰：「此臣之日夜切齒腐心[138]也，乃今得聞教[139]！」遂自剄。太子聞之，馳往，伏屍而哭，極哀。既已不可柰何，乃遂盛樊於期首函封之[140]。

於是太子豫[141]求天下之利匕首，得趙人徐夫人[142]匕首，取之百金，使工以藥焠之[143]，以試人，血濡縷[144]，人無不立死者。乃裝為遣荊卿[145]。燕國有勇士秦舞陽，年十三，殺人，人不敢忤視[146]。乃令秦舞陽為副[147]。荊軻有所待，欲與俱[148]；其人居遠未來，而為治行。頃之，未發[149]，太子遲之[150]，疑其改悔，乃復請曰：「日已盡矣，荊卿豈有意哉[151]？丹請得先遣秦舞陽。」荊軻怒，叱太子曰：「何太子之遣？往而不返者，豎子也[152]！且提一匕首入不測之彊秦，僕[153]所以留者，待吾客與俱。今太子遲之，請辭決矣[154]！」遂發。

太子及賓客知其事者，皆白衣冠[155]以送之。至易水之上，既祖，取道[156]，高漸離擊筑，荊軻和而歌，為變徵之聲⑮⑦，士皆垂淚涕泣。又前而為歌曰：「風蕭蕭⑮⑧兮易水寒，壯士一去兮不復還！」復為羽聲忼慨，士皆瞋目⑮⑨，髮盡上指冠。於是荊軻就車而去，終已不顧⑯⓪。

遂至秦，持千金之資幣物，厚遺秦王寵臣中庶子蒙嘉⑯①。嘉為先言於秦王曰：「燕王誠振怖⑯②大王之威，不敢舉兵以逆軍吏⑯③，願舉國為內臣，比諸侯之列⑯④，給貢職如郡縣⑯⑤，而得奉守先王之宗廟。恐懼不敢自陳，謹斬樊於期之頭，及獻燕督亢之地圖，函封，燕王拜送于庭，使使以聞大王，唯大王命之⑯⑥。」秦王聞之，大喜，乃朝服，設九賓⑯⑦，見燕使者咸陽宮⑯⑧。荊軻奉⑯⑨樊於期頭函，而秦舞陽奉地圖柙，以次進⑰⓪。至陛⑰①，秦舞陽色變振恐，羣臣怪之。荊軻顧笑舞陽，前謝⑰②曰：「北蕃蠻夷之鄙人⑰③，未嘗見天子，故振慴⑰④。願大王少假借之⑰⑤，使得畢使於前⑰⑥。」秦王謂軻曰：「取舞陽所持地圖。」軻既取圖奏⑰⑦之，秦王發圖⑰⑧，圖窮而匕首見⑰⑨。因左手把秦王之袖，而右手持匕首揕⑱⓪之。未至身，秦王驚，自引而起，袖絕⑱①。拔劍，劍長，操其室⑱②。時惶急，劍堅，故不可立拔[183]。荊軻逐秦王，秦王環柱而走。羣臣皆愕[184]，卒起不意，盡失其度[185]。而秦法，羣臣侍殿上者不得持尺寸之兵[186]；諸郎中執兵皆陳殿下，非有詔召不得上[187]。方急時，不及召下兵，以故荊軻乃逐秦王。而卒惶急，無以擊軻，而以手共搏之[188]。是時侍醫夏無且以其所奉藥囊提[189]荊軻也。秦王方環柱走，卒惶急，不知所為，左右乃曰：「王負劍[190]！」負劍，遂拔以擊荊軻，斷其左股[191]。荊軻廢[192]，乃引其匕首以擿秦王[193]，不中，中桐柱。秦王復擊軻，軻被八創[194]。軻自知事不就[195]，倚柱而笑，箕踞以罵[196]曰：「事所以不成者，以欲生劫之，必得約契以報太子也[197]。」於是左右既前殺軻，秦王不怡者良久[198]。已而[199]論功，賞羣臣及當坐者各有差[200]，而賜夏無且黃金二百溢[201]，曰：「無且愛我，乃以藥囊提荊軻也。」

於是秦王大怒，益發兵詣趙[202]，詔王翦軍以伐燕。十月而拔薊城[203]。燕王喜、太子丹等盡率其精兵東保於遼東[204]。秦將李信追擊燕王急，代王嘉[205]乃遺燕王喜書曰：「秦所以尤追燕急者，以太子丹故也。今王誠殺丹獻之秦王，秦王必解⑳⑥，而社稷幸得血食⑳⑦。」其後李信追丹，丹匿衍水中⑳⑧，燕王乃使使斬太子丹，欲獻之秦。秦復進兵攻之。後五年⑳⑨，秦卒滅燕，虜燕王喜。

其明年，秦并天下，立號為皇帝。於是秦逐太子丹、荊軻之客，皆亡。高漸離變名姓為人庸保㉑⓪，匿作於宋子㉑①。久之，作苦㉑②，聞其家堂上客擊筑，傍偟不能去㉑③。每出言曰：「彼有善㉑④有不善。」從者以告其主，㉑⑤曰：「彼庸乃知音，竊言是非㉑⑥。」家丈人㉑⑦召使前擊筑，一坐稱善㉑⑧，賜酒。而高漸離念久隱畏約無窮時㉑⑨，乃退，出其裝匣中筑與其善衣，更容貌而前。舉坐客皆驚，下與抗禮㉒⓪，以為上客。使擊筑而歌，客無不流涕而去者。宋子傳客之㉒①，聞於秦始皇。秦始皇召見，人有識者，乃曰：「高漸離也。」秦皇帝惜其善擊筑，重赦之㉒②，乃矐其目㉒③。使擊筑，未嘗不稱善。稍益近之㉒④，高漸離乃以鉛置筑中㉒⑤，復進得近，舉筑朴㉒⑥秦皇帝，不中。於是遂誅高漸離，終身不復近諸侯之人。

魯句踐已聞荊軻之刺秦王，私曰：「嗟乎，惜哉其不講㉒⑦於刺劍之術也！甚矣吾不知人也㉒⑧！曩者吾叱之，彼乃以我為非人也㉒⑨！」

太史公曰㉚：世言荊軻，其稱太子丹之命，「天雨粟，馬生角」也㉛，太過㉜。又言荊軻傷秦王，皆非也。始公孫季功、董生與夏無且游㉝，具知其事，為余道之如是㉞。

作者

七十篇、〈表〉十篇、〈書〉八篇，始於黃帝，迄於武帝獲麟，共一百三十篇約五十餘萬言，貫通約三千年的史事。著者是司馬遷。

司馬遷，生於漢景帝中元五年，卒於漢昭帝始元元年（西元前一四五——前八六）。字子長，左馮翊夏陽（今陝西韓城縣南）人，西漢史學家。其父司馬談為太史令，臨終時，命遷承其志撰述《史記》。遷三十八歲時繼任太史令，發憤著述。漢武帝天漢三年（西元前九八），因李陵案獲罪下獄，受宮刑。出獄後任中書令，繼續著述《史記》。至武帝征和三年（西元前九〇），始大略就緒。

《史記》取材精博，記述詳審，體系完整，是歷代正史之楷模。在文學價值方面，《史記》的人物刻畫，鮮明生動，行文用語，簡鍊流暢，集先秦散文之大成。自班固至唐宋以來的古文大家，無人不讀《史記》，即使唐以後的傳奇小說以至戲劇題材，都受其影響。歷來為《史記》作注的很多：最通行的有南朝宋裴駰《史記集解》、唐張守節《史記正義》和司馬貞《史記索隱》，合稱「《史記》三家注」，有南宋黃善夫刻本《史記》（三家注本）傳世。

題解

本篇節選自《史記・刺客列傳》，版本據中華書局排印本。原文記載春秋戰國時期曹沬、專諸、豫讓、聶政和荊軻五個刺客的事迹。本文只選錄荊軻一節，記述荊軻奉燕太子丹之命謀刺秦王的經過，突顯了荊軻的俠義精神。

注釋

① 慶卿：齊有慶氏，荊軻的祖先是齊人，或本姓慶，所以衛人呼他為慶卿。卿，當時對男子的尊稱。

② 而之燕：之，前往。後又前往燕國。

③ 以術說衛元君：說，勸說、游說。衛元君，衛國第四十一代君主，在位二十二年（西元前二五一——前二三〇）。此時衛國早已淪為魏國的附庸。句謂以劍術向衛元君游說。說音稅。

④ 置東郡：東郡，約在今河北、河南、山東三省交界附近地區，主要部分是衛國故地。建立東郡。

⑤ 徙衞元君之支屬於野王：支屬，親屬。野王，衞地名，在今河南沁陽。
⑥ 榆次：趙地，在今山西榆次。
⑦ 蓋聶：戰國時代的一個勇士，通劍術。蓋音蛤。
⑧ 目之：瞪眼看他。
⑨ 人或言復召荊卿：有的人對蓋聶說，再把荊軻找來。
⑩ 曩者吾與論劍，有不稱者：曩，往昔，以前。不稱者，不稱心的地方。曩音囊陽上聲。
⑪ 宜：應該。
⑫ 主人：接待賓客的人，與客人相對。
⑬ 荊軻則已駕而去榆次矣：駕，駕御車子。去，離開。荊軻已經乘車離開榆次了。
⑭ 目攝之：攝，通懾，使畏懼、屈服。目光使他屈服。
⑮ 魯句踐與荊軻博：魯句踐，人名。句，同勾。博，賭博。
⑯ 爭道：在賭局上爭取贏路。
⑰ 嘿：同默，不作聲。嘿音墨。
⑱ 狗屠：以宰狗為業的人。
⑲ 善擊筑者高漸離：筑，古樂器，用竹子打擊琴弦發音。筑音竹。漸音尖。
⑳ 酒酣以往：往，後。飲酒至半醉以後。
㉑ 和而歌：用協諧的音調和他合唱。
㉒ 已而：片刻、過了一會兒。
㉓ 酒人：酒徒。
㉔ 其所游諸侯，盡與其賢豪長者相結：他到各諸侯國游歷，所交結的都是當地賢人、豪傑和德高望重的人。
㉕ 處士：古代隱居不做官的知識分子。

㉖ 居頃之：過了一些時候。
㉗ 會燕太子丹質秦亡歸燕：會，適逢。燕太子丹，燕王喜的兒子，名丹。質，人質。當時兩國交往，各派國君的兒子或宗室子弟留居於對方之地，作為友好的保證。亡，逃亡。適逢燕太子丹在秦國作人質逃回燕國。質音至。
㉘ 秦王政：秦王嬴政，莊襄王的兒子，西元前二四六即位，在位二十六年。西元前二二一，他統一了中國，自以為德兼三皇，功過五帝，故號皇帝，又欲傳世一至萬世，乃除謚法，號始皇帝。在位共三十七。
㉙ 驩：同歡。驩音寬。
㉚ 秦王之遇燕太子丹不善：遇，對待。秦王對待燕太子丹很不友好。
㉛ 歸而求為報秦王者：歸，返國，言太子丹返國後尋求向秦王報復的方法。
㉜ 山東：殽山以東。
㉝ 三晉：指韓、魏、趙三國。因這三國原來都是晉國的世卿，後來滅晉而瓜分其地，所以稱為三晉。
㉞ 稍蠶食諸侯：稍，逐漸、慢慢地。像蠶吃桑葉一樣逐漸侵蝕諸侯各國。
㉟ 且至於燕：且，將要。將要觸及燕國。
㊱ 傅鞠武：傅，老師。鞠武，太子丹的老師。鞠音谷。
㊲ 北有甘泉、谷口之固：甘泉，山名，在今山西淳化西北。谷口，在今陝西涇陽西北。秦國北邊有甘泉、谷口那樣鞏固的要塞。
㊳ 涇、渭之沃：涇水、渭水流域的肥沃土地，在今甘肅、陝西一帶。
㊴ 擅巴、漢之饒：擅，據有。巴，巴蜀。漢，漢中。兩地在四川東北部和陝西南部。饒，富足。擅音善。饒音搖。
㊵ 右隴、蜀之山：右，地理上以西為右。隴、蜀之山，指今甘肅南部和四川西北部一帶的山脈。
㊶ 關、殽：函谷關和殽山。殽音肴。
㊷ 民眾而士厲：人口眾多而士兵勇猛。
㊸ 兵革有餘：兵，武器。革，用皮革製的甲冑。指軍備充裕。

㊹ 意有所出：一旦有向外發展的意圖。

㊺ 則長城之南，易水以北：長城，指戰國時燕國北邊築的長城。易水，古水名，其源在今河北易縣附近，為當時燕國的南界。二句指燕國的全部疆土。

㊻ 見陵：受淩辱。

㊼ 批其逆鱗：批，觸動。逆鱗，倒生的鱗甲。相傳龍頸下有逆鱗，觸着就會遭到殺害。古代以批逆鱗代指觸怒帝王。這裏則比喻觸怒秦王，一定要遭到殺身滅國之禍。

㊽ 然則何由：由，辦法。那麼有何辦法？

㊾ 請入圖之：入，入宮。圖，商議。

㊿ 有閒：過了一些時候。閒音諫。

(51) 樊於期：人名。秦國逃至燕國的將軍。於音烏。

(52) 之：到。

(53) 受而舍之：受，接納。舍，館舍，此處作動詞用。接納並留他住下來。

(54) 委肉當餓虎之蹊：委，拋給。蹊，途徑、小路。拋肉在餓虎出入的路口。這裏引用當時的成語，比喻禍患不能幸免。蹊音兮。

(55) 振：止。

(56) 雖有管、晏，不能為之謀也：管、晏，管仲和晏嬰，都是齊國著名的宰相。雖有管仲、晏嬰那樣的賢人也不能替你出主意的。

(57) 願太子疾遣樊將軍入匈奴以滅口：疾遣，趕快遣送。匈奴，當時遊牧於燕國西北，相當今內外蒙古的外族。滅口，消除秦國對燕國侵略的藉口。

(58) 請西約三晉，南連齊、楚，北購於單于：約，締結條約。連，聯合。購，同媾，講和。單于，匈奴君主的稱呼。

(59) 其後迺可圖也：迺，古乃字。圖，設法對付。迺音乃。

(60) 曠日彌久：曠、彌，長久。句謂耗費時日。

(61) 心惛然，恐不能須臾：惛然，憂悶煩亂的樣子。須臾，片刻，極短的時間。我憂思昏亂且死，恐不能再待短時間。惛音昏。臾音余。

(62) 更慮之：重新考慮。更音庚。

(63) 後交：日後的交情。

(64) 此所謂『資怨而助禍』矣：資，助長。這正是所說的助長了怨恨，增加了禍患啊。

(65) 夫以鴻毛燎於爐炭之上，必無事矣：鴻毛，鴻雁的羽毛，比喻燕國力量的微弱。燎，燒。爐炭，比喻秦國兵力的強大。把鴻雁的羽毛放在爐炭上燒，必然甚麼事也沒有發生。燎音聊。

(66) 鵰鷙之秦：鵰，同雕，猛禽的一種。鷙，兇猛鳥類的通稱。像雕鷙一樣兇猛的秦國。鷙音至。

(67) 豈足道哉：還有甚麼可說的呢？

(68) 敬諾：諾，應承之詞。表示有敬意的答允。

(69) 敬奉教：遵從您的指教。

(70) 造：拜訪。造音燥。

(71) 卻行為導：倒退着走，為田光領路。

(72) 跪而蔽席：蔽，通拂。跪下來去拂拭坐席，是一種表示尊敬的禮節。

(73) 避席：離開座位，表示敬意。

(74) 不兩立：不能並存。

(75) 騏驥：良馬。騏音其。驥音冀。

(76) 駑馬先之：劣馬超過了良馬。駑音奴。

(77) 臣精：我的精力。

⑦⑧所善荊卿可使也：我所熟識的荊軻可以擔任這個使命。
⑦⑨趨出：快步走出。
⑧⓪戒：告誡、叮囑。
⑧①報：告訴。
⑧②俛：同俯，低頭。
⑧③僂行：彎着腰走路。
⑧④吾形已不逮也：不逮，不及。我的體力已不及從前了。
⑧⑤竊不自外：竊，謙詞，私自。不自外，表示自己不是外人。
⑧⑥足下：古代下稱上或同輩相稱的敬詞。
⑧⑦長者為行，不使人疑之：有高尚品德的人所作的行為，不讓別人懷疑。
⑧⑧節俠：有節操、有義氣的人。
⑧⑨自刎：以刀自割其頸。刎音敏。
⑨⓪致光之言：傳達田光死前說的話。
⑨①膝行：跪着前行。
⑨②毋：表示禁止或勸阻，如「不要」。
⑨③不肖：不賢，沒有才能。
⑨④使得至前，敢有所道：讓我能在你面前有所表達。
⑨⑤不棄其孤也：孤，太子丹的自稱。沒有遺棄燕國的後代。
⑨⑥非盡天下之地，臣海內之王者，其意不厭：臣，臣服。海內，即四海之內，指中國全境。古謂我國疆土四面臨海，故稱。厭，通饜，滿足。
⑨⑦韓王：韓國末代國君，名安，在位九年（西元前二三六——前二三〇），亡於秦。

⑱ 臨：到達。

⑲ 王翦將數十萬之眾距漳、鄴：王翦，秦將。距，抵達。漳、鄴，趙國的南境，在今河北臨漳和河南安陽之間的一帶地方。

⑳ 而李信出太原、雲中：李信，秦將。太原，秦郡名，在今山西太原市西南。雲中，秦郡名，在今內蒙古自治區托克托縣。

(101) 趙不能支秦，必入臣：支，支撐，抵擋。入臣，稱臣。

(102) 合從：從，通縱。合從，戰國時蘇秦勸説燕、趙、韓、魏、齊、楚六國聯合而抵抗秦國，因六國地南北連貫，所以稱為合從。從音宗。

(103) 私計：個人的想法。

(104) 闚以重利：闚，同窺，給人看，即利誘他。用豐厚的利益引誘秦王。闚音規。

(105) 其勢必得所願矣：正因為秦王貪心，必然上釣，這樣，就可成全心願了。

(106) 誠得劫秦王，使悉反諸侯侵地，若曹沫之與齊桓公，則大善矣：曹沫，魯國的大將。當時齊強魯弱，齊國常來侵略魯國，曹沫率兵作戰，三戰三敗。後來齊魯會盟，曹沫隨魯莊公參加，在會上用短劍威脅齊桓公，齊桓公被迫退還魯國的割地。太子丹的意思，是説假如能脅迫秦王，命令他把侵佔的土地完全交還給諸侯，像曹沫當年對待齊桓公那樣，就太好了。

(107) 則不可：則，古時與「即」字通用。即使不答應。

(108) 擅兵：獨攬兵權。

(109) 以其閒：閒，同間，即間隙。趁着這動亂當兒。閒音諫。

(110) 上願：最高的願望。

(111) 不知所委命：不知道把這個任務委託給誰。

(112) 唯：願。

⑪③ 駑下：謙詞，說自己才幹低劣，像駑馬那樣不中用。
⑪④ 不足任使：不配擔當這委託的使命。
⑪⑤ 頓首：磕頭。舊時禮節之一，以頭叩地即舉，而不停留。
⑪⑥ 固請毋讓：堅決請求不要推辭。
⑪⑦ 舍上舍：前舍字作動詞用，住宿。讓他住上等的館舍。
⑪⑧ 太牢：豬、牛、羊齊備的筵席。
⑪⑨ 異物：珍貴的東西。
⑫⓪ 閒進車騎美女，恣荊軻所欲：閒，同間。間或、間中。恣，放縱、任憑。謂有時用車馬、美女滿足荊軻的欲望。
⑫① 秦將王翦破趙，虜趙王：事在秦王政十九年（西元前二二八）。趙王名遷，趙國末代國君，在位八年（西元前二三五——前二二八）。
⑫② 旦暮：早晚。
⑫③ 長侍足下：長久地侍奉您。
⑫④ 微太子言，臣願謁之：微，即使沒有。謁，請求。即使沒有太子你的說話，我也會請求見你商議行動。謁音咽。
⑫⑤ 信：信物。
⑫⑥ 督亢：古地名。是燕國南界的肥沃土地。今河北涿州東南有督亢陂，其附近定興、新城、固安諸縣一帶平衍之區，皆燕之督亢地。亢音剛。
⑫⑦ 說：同悅，喜悅。說音月。
⑫⑧ 臣乃得有以報：我便可以有所回報你了。
⑫⑨ 私見：私下相見。

⑬⓪ 深：苛刻、殘酷。
⑬① 戮沒：戮，殺戮。沒，沒收為奴。戮音錄。
⑬② 太息：長嘆。
⑬③ 痛於骨髓：如痛入骨髓，形容極端悲痛。髓音緒。
⑬④ 顧計不知所出耳：但是想不出甚麼法子罷了。
⑬⑤ 揕其匈：揕，擊。匈，古胸字。搥擊他的胸膛。揕音浸。
⑬⑥ 豈有意乎：可有意這樣做呢？
⑬⑦ 偏袒搤捥：搤，同扼。捥，同腕。袒露着半面肩膊，並用一手緊握着另一隻手腕，表示激動和悲憤。搤音握。捥音碗。
⑬⑧ 切齒腐心：切，磨擦。腐，腐爛。牙齒相磨，心被煎熬得腐爛，形容憤怒激動的狀態。
⑬⑨ 乃今得聞教：乃今，如今。到了今天才聽到你的教導。
⑭⓪ 乃遂盛樊於期首，函封之：盛，裝入。函，匣子。於是就把樊於期的首級裝在匣子裏封藏起來。盛音成。
⑭① 豫：通預，預先。
⑭② 徐夫人：姓徐，名夫人，男子。
⑭③ 以藥焠之：焠，將燒紅了的鐵浸入水中。用毒藥染在匕首的鋒刃上。焠音翠。
⑭④ 血濡縷：濡縷，沾濕衣帛。形容沾血範圍極小。
⑭⑤ 乃裝為遣荊卿：指裝好匕首。一說指為荊軻收拾行裝。
⑭⑥ 忤視：忤，逆。用抗拒的眼光面對面看。忤音午。
⑭⑦ 副：助手。
⑭⑧ 荊軻有所待，欲與俱：荊軻本想等待另外一個人，同他一塊兒去。
⑭⑨ 而為治行。頃之，未發：荊軻已經替所等的人整理好行裝，但荊軻仍然遲遲未動身。

⑮⓪ 遲之：嫌他拖延。
⑮① 日已盡矣，荊卿豈有意哉：太陽要沒了，你可有動身的意思麼？
⑮② 何太子之遣？往而不返者，豎子也：豎子，猶小子，對人的鄙稱。為甚麼太子你會派這樣的人呢（指秦舞陽）！此去而不能好好地完成使命，那才是無知之輩。豎音樹。
⑮③ 僕：謙稱，荊軻自稱。
⑮④ 請辭決矣：決，同訣，訣別。請允許我向你辭行，就此告別了。
⑮⑤ 白衣冠：本是喪服。知道他難以生還，所以像送喪那樣送他，同時也為激勵他。
⑮⑥ 既祖，取道：祖，指古代遠行時祭道路之神。取道，上路。
⑮⑦ 變徵之聲：古代音律分宮、商、角、徵、羽、變宮、變徵七聲，相當於西樂所用的C、D、E、F、G、A、B七調。變徵調音節蒼涼，適於悲歌。徵音止。
⑮⑧ 蕭蕭：形容拂動的風聲。
⑮⑨ 瞋目：目露憤怒之色。瞋音親。
⑯⓪ 顧：回望。
⑯① 厚遺秦王寵臣中庶子蒙嘉：厚遺，厚贈、重重地賄賂。中庶子，官名。蒙嘉，秦王寵臣。遺音位。
⑯② 振怖：恐懼。
⑯③ 逆軍吏：逆，抗拒、拂逆。軍吏，指秦王派遣的將士。
⑯④ 願舉國為內臣，比諸侯之列：燕王願意獻出整個國家作為你的臣下，地位只求相當於秦王屬下的諸侯。
⑯⑤ 給貢職如郡縣：納貢應差像直屬的郡縣一樣。
⑯⑥ 使使以聞大王，唯大王命之：派遣使者來報知大王，請大王示下。
⑯⑦ 九賓：最隆重的禮儀，由九名儐相以次傳呼引領上殿。
⑯⑧ 咸陽宮：秦孝公遷都咸陽時所建，故址在長安東渭城故城內。

⑯⑨ 奉：捧的本字。
⑰⓪ 以次進：按着次序進前。
⑰① 陛：殿前的高臺階。
⑰② 前謝：走上前去謝罪。
⑰③ 北蕃蠻夷之鄙人：北蕃，北方外族。蠻夷，古代中國對四方邊遠地區少數民族的泛稱，於此是荊軻的自貶之詞。北方藩屬的粗野之人。
⑰④ 振慴：慴，與懾同。恐懼而戰慄。慴音攝或接。
⑰⑤ 少假借之：稍稍寬容他一下。
⑰⑥ 使得畢使於前：給他機會在大王面前能夠完成使命。
⑰⑦ 奏：進獻。
⑰⑧ 發圖：把捲成一軸的地圖張開。
⑰⑨ 圖窮而匕首見：窮，盡。見，同現。地圖展開到盡頭時露出了匕首。
⑱⓪ 揕：刺。
⑱① 自引而起，袖絕：自己盡力抽身站起，把袖子掙斷了。
⑱② 劍長，操其室：操，把持。室，鞘子。因為劍長，拔不出來，僅拿着劍鞘作武器。
⑱③ 劍堅，故不可立拔：堅，挺直。劍插在鞘內，因為挺直，不能立刻拔出來。
⑱④ 愕：因驚慌而發楞。愕音岳。
⑱⑤ 卒起不意，盡失其度：卒，與猝同，突然。度，常規。事起倉猝，出其不意，全都失去正常的反應。卒音撮。
⑱⑥ 尺寸之兵：細小的武器。
⑱⑦ 諸郎中執兵皆陳殿下，非有詔召不得上：郎中，侍衛之官。許多帶兵器的侍衛人員都排列在殿下，沒有詔令的宣召，不許上殿。

⑱⑧而卒惶急，無以擊軻，而以手共搏之：羣臣倉猝間，驚慌急迫，找不到甚麼武器去攻擊荊軻，只好徒手與荊軻搏鬥。
⑱⑨提：提，擲、投擊。
⑲⓪負劍：背劍。指把劍推到背後再拔。
⑲①左股：左腿。
⑲②廢：殘廢。
⑲③乃引其匕首以擿秦王：引，舉起。擿，同擲。
⑲④軻被八創：被，遭受。創，創傷。
⑲⑤就：成功。
⑲⑥箕踞以罵：箕踞，古人席地而坐，隨意伸開兩腿，像個簸箕。句謂蹲坐在地上破口大罵。箕音基。
⑲⑦事所以不成者，以欲生劫之，必得約契以報太子也：事情所以不成功，只因想強劫活的秦王，好得到退還侵地的諾言，去回報太子。
⑲⑧不怡：不快樂。
⑲⑨已而：後來。
⑳⓪羣臣及當坐者各有差：當坐者，應當治罪的。差，等級、差別。差音雌。
⑳①溢：同鎰，二十両為一鎰。
⑳②益發兵詣趙：詣，往、到。
⑳③十月而拔薊城：十月，指始皇二十一年（西元前二二六年）十月。薊城，燕國的都城，在今河北薊縣。薊音計。
⑳④遼東：指今遼寧東南境一帶，因在遼水以東而以此為名。
⑳⑤代王嘉：即趙公子嘉，秦破邯鄲，虜趙王遷，公子嘉逃往代（今山西北部和河北蔚縣一帶），自立為王，所以稱為代王嘉。

⑳⑥ 必解：解，解兵。必然將攻勢和緩下來。

⑳⑦ 社稷幸得血食：社稷，本是土神和谷神，古代以為國家的象徵。血食，宰殺牲口祭社稷之神叫血食。能舉行祭祀，表明國家還存在。

⑳⑧ 丹匿衍水中：匿，隱藏。衍水，在今遼寧省瀋陽市附近，俗名太子河，即由太子丹而得名。

⑳⑨ 後五年：秦王政二十五年（西元前二二二），上距破薊城之時頭尾共五年，所以說後五年。

㉑⓪ 庸保：庸，同傭，傭工。保，酒保。

㉑① 匿作於宋子：宋子，地名，在今河北趙縣北邊。在宋子地方隱姓埋名替人幫工。

㉑② 作苦：工作得很辛苦。

㉑③ 傍偟：即徘徊。

㉑④ 有善：有的地方好。

㉑⑤ 從者以告其主：隨從把這些話告知主人。

㉑⑥ 彼庸乃知音，竊言是非：那個幫工倒是個知音的人，在背地裏品評擊筑的長短。

㉑⑦ 家丈人：家主人，丈人是尊稱。

㉑⑧ 一坐稱善：坐，同座。在座的人都誇讚他擊筑擊得好。

㉑⑨ 而高漸離念久隱畏約無窮時：高漸離心想，這樣長久地隱藏畏縮是沒有了結的時候。

㉒⓪ 下與抗禮：下，走下座。抗禮，即不分尊卑，行平等禮。

㉒① 宋子傳客之：傳，輪流。客，動詞，款待。

㉒② 重赦之：再次赦免了他。赦音舍。

㉒③ 矐其目：弄瞎他的眼睛。矐音確。

㉒④ 稍益近之：漸漸地越來越同他接近。

㉒⑤ 以鉛置筑中：把鉛放入筑中。用意是使筑增加重量，可以擊人。

㉖ 朴：用力撞擊。朴音搏陰入聲。

㉗ 講：講究。

㉘ 甚矣吾不知人也：我實在是太缺乏知人之明。

㉙ 曩者吾叱之，彼乃以我為非人也：從前我因為賭博爭勝而呵叱他，他當然不會把我當成同道中人了。言外之意是深悔當初輕視了荊軻，沒有把擊刺技術教給他。叱音斥。

㉚ 太史公曰：以下都是司馬遷的評論。

㉛ 世言荊軻，其稱太子丹之命，「天雨粟，馬生角」也：當時流傳荊軻的故事中，稱太子丹的命運有上天幫助：「居然天上降下穀子，馬生出角來」。

㉜ 太過：太過份。

㉝ 始公孫季功、董生與夏無且游：從前公孫季功和董生都曾與夏無且交游。董生，即董仲舒。

㉞ 為余道之如是：跟我談到的情況就是這樣的。

桃花源記

陶潛

晉太元①中，武陵②人捕魚為業。緣③溪行，忘路之遠近。忽逢桃花林，夾岸數百步，中無雜樹，芳草鮮美，落英繽紛④。漁人甚異之，復前行，欲窮其林⑤。林盡水源⑥，便得一山，山有小口，髣髴⑦若有光。便捨船從口入，初極狹，纔通人⑧。復行數十步，豁然⑨開朗，土地平曠，屋舍儼然⑩。有良田、美池、桑、竹之屬。阡陌交通⑪，雞犬相聞⑫。其中往來種作，男女衣著，悉如外人；黃髮垂髫⑬，並怡然⑭自樂。

見漁人乃大驚，問所從來，具答之⑮。便要⑯還家，設酒殺雞作食。村中聞有此人，咸來問訊⑰。自云先世避秦時亂，率妻子邑人來此絕境⑱，不復出焉，遂與外人間隔。問今是何世⑲，乃⑳不知有漢，無論㉑魏晉。此人一一為具言所聞㉒，皆歎惋㉓。餘人各復延㉔至其家，皆出酒食。停數日，辭去。此中人語云：「不足為外人道也。」

既出，得其船，便扶向路㉕，處處誌㉖之。及㉗郡下，詣太守說如此㉘。太守即遣人隨其往，尋向所誌，遂迷不復得路。南陽劉子驥㉙，高尚士㉚也。聞之，欣然規往㉛，未果㉜，尋㉝病終，後遂無問津㉞者。

作者

陶潛，生於東晉哀帝興寧三年，卒於南朝宋文帝元嘉四年（三六五——四二七）。字淵明，一說名淵明，字元亮，晉亡（四一九）後更名潛，潯陽柴桑（今江西九江）人。曾祖陶侃是東晉大司馬，曾平定蘇峻之亂。其後家道中落，父親早逝，家境貧困。陶潛早年有濟世之志，曾先後出任江州祭酒、鎮軍參軍、建威參軍和彭澤令。陶潛個性孤高，任彭澤令時，因不願「為五斗米」向郡督郵折腰，決心辭官歸隱，躬耕自給，終身不仕。死後友人私謚為靖節。

陶潛，在中國文學史上有重要的地位。他的詩歌樸素自然、平淡超脫，一洗當時詩壇華而不實、彫飾堆砌的習氣。他善於描寫農事野趣和恬靜閒適的生活，是後世田園詩人的楷模。他的辭賦也有很高的成就，歐陽修說：「晉無文章，惟陶淵明〈歸去來辭〉一篇而已」，可謂推崇備至。

有清陶樹集注《靖節先生集》行世。

題解

本篇選自《靖節先生集》卷六，原是陶淵明的五言古詩〈桃花源詩〉前的一篇小記，相當於詩的序言，約作於晉末宋初，是作者晚年之作。陶淵明在文中描繪了一個幽美、淳樸、平等、安樂的桃花源，與當時的黑暗社會形成強烈對比。沈德潛以「此即羲皇之想也」形容本文，甚為恰當。本文敘事摹物，寫景抒情，採用樸素的白描手法，毫無彫琢痕迹，讀之使人有清新自然之感。

注釋

① 太元：東晉孝武帝司馬曜的年號（三七六——三九六）。
② 武陵：晉朝郡名，隸荊州，即今湖南省常德市一帶。
③ 緣：沿着。
④ 落英繽紛：英，花。繽紛，繁盛而紛亂。
⑤ 欲窮其林：窮，盡。漁人想走到桃花林的盡頭。

⑥ 林盡水源：桃花林的盡頭，就是溪水的源頭。

⑦ 髣髴：同彷彿。

⑧ 纔通人：纔，同才，只能容一個人通過。

⑨ 豁然：開闊的樣子。豁 (漢)huò(國)ㄏㄨㄛˋ(粵)kut^{8} 音括。

⑩ 儼然：整齊的樣子。儼 (漢)yǎn(國)ㄧㄢˇ(粵)jim^{5} 音染。

阡陌交通：阡陌，南北叫阡，東西叫陌。指田間小路。交通，互相通達。

⑫ 雞犬相聞：雞鳴狗吠的聲音，互相可以聽到。

⑬ 黃髮垂髫：黃髮，頭髮轉黃，指老人。垂髫，小孩垂下來的頭髮。指兒童。髫 (漢)tiáo(國)ㄊㄧㄠˊ(粵)tiu^{4} 音條。

⑭ 怡然：快樂的樣子。

⑮ 具答之：具，全部。答，回答。

⑯ 要：邀請。要 (漢)yāo(國)ㄧㄠ(粵)jiu^{1} 音腰。

⑰ 咸來問訊：咸，都。問訊，探問消息。

⑱ 率妻子邑人來此絕境：妻子，妻子和子女。邑人，同鄉的人。絕境，與世隔絕的地方。

⑲ 何世：甚麼朝代。

⑳ 乃：竟然。

㉑ 無論：不要說、更不必說。

㉒ 具言：此人，指漁人。具言，詳細敘述。

㉓ 歎惋：驚歎、惋惜。

㉔ 延：邀請。

㉕ 便扶向路：扶，按、沿着。向路，先前的路，指來時的路。

㉖ 誌：作標記。

㉗ 及：到。

㉘ 詣太守說如此：詣，拜見。太守，一郡的最高長官。詣㊈yì㊄ㄧˋ㊇ngei6音毅。

㉙ 南陽劉子驥：南陽，晉朝郡名，隸荊州，即今河南省南陽市。劉子驥，名驎之，字子驥。東晉人，隱居不仕，愛遊山水。

㉚ 高尚士：高雅的讀書人，尤指魏晉名士。

㉛ 規往：計劃前往。

㉜ 未果：沒有實現。

㉝ 尋：不久。

㉞ 問津：津，渡口。指問路。

千字文（上）

周興嗣

天地玄黃①，宇宙洪荒②。日月盈昃③，辰宿列張④。
寒來暑往，秋收冬藏。閏餘成歲⑤，律呂調陽⑥。
雲騰致雨⑦，露結為霜⑧。金生麗水⑨，玉出崑岡⑩。
劍號巨闕⑪，珠稱夜光⑫。果珍李柰⑬，菜重芥薑。
海鹹河淡，鱗潛羽翔⑭。龍師火帝⑮，鳥官人皇⑯。
始制文字⑰，乃服衣裳。推位讓國⑱，有虞陶唐⑲。
弔民伐罪⑳，周發殷湯㉑。坐朝問道㉒，垂拱平章㉓。
愛育黎首㉔，臣伏戎羌㉕。遐邇㉖壹體，率賓歸王㉗。
鳴鳳在竹㉘，白駒食場㉙。化被草木㉚，賴及萬方㉛。
蓋此身髮㉜，四大五常㉝。恭惟鞠養㉞，豈敢毀傷。

女慕貞潔㉟，男效才良㊱。知過必改，得能莫忘㊲。
罔談彼短㊳，靡恃己長㊴。信使可復㊵，器欲難量㊶。
墨悲絲染㊷，詩讚羔羊㊸。景行維賢㊹，克念作聖㊺。
德建名立，形端表正㊻。空谷㊼傳聲，虛堂習聽㊽。
禍因惡積，福緣善慶㊾。尺璧㊿非寶，寸陰是競(51)。
資父事君(52)，曰嚴與敬(53)。孝當竭力，忠則盡命。
臨深履薄(54)，夙興溫凊(55)。似蘭斯馨(56)，如松之盛。
川流不息，淵澄取映(57)。容止若思(58)，言辭安定(59)。
篤初誠美(60)，慎終宜令(61)。榮業所基(62)，籍甚無竟(63)。
學優登仕(64)，攝職(65)從政。存以甘棠(66)，去而益詠(67)。
樂殊貴賤(68)，禮別尊卑(69)。上和下睦(70)，夫唱婦隨(71)。
外受傅(72)訓，入奉母儀(73)。諸(74)姑伯叔，猶子(75)比兒。
孔懷兄弟(76)，同氣連枝(77)。交友投分(78)，切磨箴規(79)。

仁慈隱惻⑧，造次弗離⑧。節義廉退⑧，顛沛匪虧⑧。
性靜情逸⑧，心動神疲⑧。守真志滿⑧，逐物意移⑧。
堅持雅操⑧，好爵自縻⑧。

作者

周興嗣，生年不詳，卒於南朝梁武帝普通二年（？——五二一）。字思纂，陳郡項（今河南瀋丘縣南）人，高祖周凝是晉代的征西將府參軍和宜都太守。博通記傳，善寫文章。南朝齊隆昌（四九四）年間，任桂陽郡丞。梁代齊（五〇二）後，周興嗣的才華深受梁高祖蕭衍賞識，負責撰寫寺碑銘碣、檄文和國史。歷任安成王國寺郎、員外散騎侍郎、新安郡丞、給事中和臨川郡丞，最後復任給事中。晚年染癘疾，左目失明。曾撰《皇帝實錄》、《起居注》及《職儀》等共百餘卷，另有文集十卷，皆佚。今存〈千字文〉，另存詩賦四篇，收於唐歐陽詢的《藝文類聚》和宋李昉等編的《文苑英華》。

題解

本課及第十課的版本據《千字文釋義》。〈千字文〉是一篇長篇文章，四言韻語，無一重字，共二百五十句，凡一千言，為我國歷史上廣為流傳的學童啟蒙課本之一。古代中國向來重視兒童教育。所謂「養正於蒙」，就是要求在兒童啟蒙時期施以正確的教育，來啟迪兒童的智慧，培育兒童的品德，使之健康成長。這種啟蒙教育稱之為「蒙學」或「蒙訓」。

根據學者對史料和現存的歷代蒙學教材的考察，古代中國蒙學教材的主要目的和內容，是對兒童進行初步的品德薰陶和傳授最基本的文化知識。在眾多的蒙學教材中，最具代表性的是號稱「三、百、千」的《三字經》、〈百家姓〉和〈千字文〉。

有關〈千字文〉的成書經過，據唐李綽《尚書故實》記載，梁武帝命殷鐵石從王羲之的書法中拓出一千個不重複的字，供諸王臨摹。千字拓出後，武帝感到零亂，命周興嗣編成韻文。「興嗣一夕編綴進上，鬢髮盡白，賞賜甚厚。」該文雖以識字為主，然內容宏富，包羅天文地理、文學藝術、歷史流變、名賢事略、修身治國、禮儀規範、創造發明等，可使學童在有限篇幅內獲得廣博的文化知識。本篇所錄部分，為前半部，以四字為一句，二句為一節，依據內容，可分兩段。第一段，從「天地玄黃」至「賴及萬方」，共十八節，講天地人之道，即講天地開闢，天象天時，地生萬物，三皇、五帝和三王開物成務的情景；第二段，從「蓋此身髮」至「好爵自縻」，共三十三節，講修身之道，即講修身的重要和勉勵君子固守仁、義、禮、智、信這五常之德。通篇語言簡明，富有韻律，便於記誦，文內所含文化知識相當豐富。

注釋

① 天地玄黃：玄，黑色。黃，黃色。
② 宇宙洪荒：宇宙，指天地。洪，大。荒，遼闊、荒蕪。指天地開闢之時是混沌狀態。
③ 日月盈昃：盈，滿。昃，斜。指日有正斜，月有圓缺。昃音則。
④ 辰宿列張：辰宿，星辰的總稱。列張，陳列、張佈。宿音秀。
⑤ 閏餘成歲：閏，曆法術語，農曆以一年為三五四或三五五天，把餘之日纍計成約每三年成一個月，稱為閏月。常年十二個月，閏年為十三個月。
⑥ 律呂調陽：律呂，古代音樂中的十三律，陽律：黃鍾、大蔟、姑洗、蕤賓、夷則，稱律；陰律：大呂、應鍾、南呂、函鍾、小呂、夾鍾，稱呂。陽，陰陽的省稱。古人以十二律和十二月相配，作為測知天氣之用，指用律呂來調節陰陽氣候。
⑦ 雲騰致雨：騰，昇。致，導致。
⑧ 露結為霜：結，凝。為，變成。
⑨ 金生麗水：金，黃金。麗水，即四川境內的金沙江，水底有沙，可以淘金。
⑩ 玉出崑岡：崑岡，即位於新疆西藏間的崑崙山，專出美玉。
⑪ 劍號巨闕：巨闕，春秋時越王允常令歐治子鑄的寶劍。
⑫ 珠稱夜光：夜光，夜裏發光。古時夜裏能發光的珠子。
⑬ 果珍李柰：果珍，水果中以李柰為上品。李柰，李，李子。柰，果樹的一種，又名花紅、沙果。

⑭ 鱗潛羽翔：鱗，指魚類。羽，指鳥類。

⑮ 龍師火帝：龍師，指伏羲氏。龍，傳説伏羲氏時，有龍馬負圖出於河中，故以龍作官名。火帝，指燧人氏。傳説燧人氏發明鑽木取火，教民熟食，故稱其為火帝。

⑯ 鳥官人皇：鳥官，指少昊氏。傳説少昊氏時，有鳳鳥出現，故以鳥作官名。人皇，三皇之一，傳説上古有天皇氏、地皇氏、人皇氏的三皇時代。

⑰ 始制文字：制，創造。

⑱ 推位讓國：傳説中堯、舜，分別把帝位讓與舜、禹，史稱禪讓。

⑲ 有虞陶唐：有虞，有虞氏，傳説中舜的部族。陶唐，陶唐氏，傳説中堯的部族。

⑳ 弔民伐罪：弔，慰問、體恤。伐罪，討伐無道。此指商湯討伐夏桀，周武王討伐殷紂。

㉑ 周發殷湯：周發，周武王，姓姬，名發。殷湯，商朝的開國君王，名湯。

㉒ 坐朝問道：君主端坐朝廷上，向大臣問治國之道。指周武王滅紂後，向箕子徵詢治國之道。

㉓ 垂拱平章：垂拱，垂衣拱手平。平章，辨別、彰明。語出《尚書．堯典》：「九族既睦，平章百姓」。指賢明君主端坐朝廷，政教便得以彰顯，天下也得以治理。

㉔ 愛育黎首：愛育，愛惜撫育。黎，黑。首，頭。黎首，黎民百姓。

㉕ 臣伏戎羌：伏，此處作臣服解。戎羌，古時稱西北地區的少數民族，泛指四方少數部族。

㉖ 遐邇：遐，遠；邇，近。

㉗ 率賓歸王：率，相率、一起。賓，服從。歸，來歸、歸心。

㉘ 鳴鳳在竹：鳳凰在竹林鳴叫。一種祥瑞，代表盛世。

㉙ 白駒食場：白馬在草場吃草，喻君王恩澤萬物。

㉚ 化被草木：化，教化。被，及於。指教化及於萬物，至於草木。

㉛ 賴及萬方：賴，利。萬方，各地。

㉜ 蓋此身髮：蓋，發語詞。身髮，身體毛髮，指人的身體。

㉝ 四大五常：四大，佛教以地、水、火、風為構成人體的四大元素。五常，仁、義、禮、智、信。

㉞ 恭惟鞠養：恭，敬。惟，思。鞠，撫育。指恭謹地思念父母對自身的撫養。鞠音谷。

㉟ 女慕貞潔：慕，仰慕。貞潔，堅貞高潔。

㊱ 男效才良：效，效法、學習。才良，才學和道德。

㊲ 得能莫忘：得，獲得。能，修養。

㊳ 罔談彼短：罔，勿。短，短處。

㊴ 靡恃己長：靡，無。恃，倚仗。長，長處。

㊵ 信使可復：信，誠信，指不欺妄的說話或承諾。復，驗證。指誠信的說話能得到驗證。語出《論語・學而》：「信近於義，言可復也」。

㊶ 器欲難量：器，器量，胸襟。量，量度。指器量要大至難以量度。

㊷ 墨悲絲染：墨，墨翟。悲絲染，典出《墨子・所染》篇，墨子見到染絲而歎息，告誡人要堅守節操，不要受邪念污染。

㊸ 詩讚羔羊：羔羊，《詩經・召南・羔羊》篇。詩中讚美賢王德化所及，在位者都節儉正直。

㊹ 景行維賢：景，景仰。行，德行。指景仰賢者的德行。語出《詩經・小雅・車》：「景行行止。」

㊺ 克念作聖：克，克服、克制。念，慾念。指克制個人的慾念。做有德行修養的聖人。

㊻ 形端表正：形，形體。表，儀表。指形體端莊而外表端正。

㊼ 空谷：空曠的山谷。

㊽ 虛堂習聽：虛堂，空闊的廳堂。習，重複。習聽，指回音。意指在空濶的廳堂講話時有回音。

㊾ 福緣善慶：緣，因為。善，行善。慶，福澤。語出《易・坤》：「積善之家，必有餘慶。」意指因為行善而享有福澤。

㊿ 尺璧：一尺長的美玉。
51 寸陰是競：每一寸光陰都要珍惜。
52 資父事君：資，憑借。事，侍奉。言借事父之道以事君。
53 曰嚴與敬：曰，就是。嚴，嚴憚。敬，恭敬。指敬畏的態度。
54 臨深履薄：站在深淵旁邊，走在薄冰上面。指矜慎的態度。《詩經．小旻》：「戰戰兢兢，如臨深淵，如履薄冰。」
55 夙興溫凊：夙興，早上起來。溫凊，典出《禮記．曲禮》，言為人子要令父母冬天溫暖，夏天清涼。夙廮音叔。凊帆音清去聲。
56 似蘭斯馨：斯，語助詞。馨，香。像蘭花一樣馨香。馨音兄。
57 淵澄取映：像深淵的水清澈得可以照人。
58 容止若思：容貌舉止要像思考問題時般莊嚴。
59 言辭安定：談吐溫文而淡定。
60 篤初誠美：篤，厚，指重視。誠，誠然。指重視事情的開始，誠然是美好的。篤音督。
61 慎終宜令：慎，謹慎。宜，應當。令，善。指自始至終一樣謹慎才是美善。
62 榮業所基：指美德是成就顯榮事業的基礎。
63 籍甚無竟：籍，聲名。甚，很。無竟，無止境。指聲名盛大。
64 登仕：登，陞。即作官。
65 攝職：攝，取。取得職位。
66 存以甘棠：甘棠，木名，即棠梨樹。甘棠樹被保存下來。典出《詩經．甘棠》篇，百姓為感謝召公的德政，不忍斬伐一株他曾經停下歇息的甘棠樹。
67 去而益詠：益，增。指召公人雖不在，但人們對他的歌詠卻增加。
68 樂殊貴賤：透過音樂區別貴賤等級。

⑲ 禮別尊卑：禮儀的作用在分別尊卑輩份。
⑳ 上和下睦：和，和諧。睦，親愛。
㉑ 夫唱婦隨：唱，唱導。隨，附和。
㉒ 傅：師傅、老師。
㉓ 入奉母儀：奉，遵奉。母儀，指母親立下的規範。
㉔ 諸：眾。
㉕ 猶子：姪兒。
㉖ 孔懷兄弟：孔，甚。懷，念。言兄弟甚相思念。
㉗ 同氣連枝：同氣，同秉父母之氣，聲氣相通。連枝，如同一樹上枝枝相連。
㉘ 投分：投契。
㉙ 切磨箴規：切磨，切磋琢磨。箴，勸戒。規，規勸。指在學問上互相切磋，在道德互相規勸。箴音針。
⑳ 仁慈隱惻：仁慈，仁愛。隱惻，不忍之心，指同情憐愛之心。
㉛ 造次弗離：造次，倉猝，這裏指任何時刻。離，背離。
㉜ 節義廉退：節，氣節。義，仁義。廉，清廉。退，謙讓。
㉝ 顛沛匪虧：顛沛，指遭遇困難而處於逆境時。匪，非。虧，虧損。
㉞ 逸：安逸。
㉟ 心動神疲：心動，心存欲望，神疲，精神疲倦。
㊱ 守真志滿：守真，保持本性。志滿，志意滿足。
㊲ 逐物意移：逐物，追求物慾，意移，意志動搖。
㊳ 雅操：雅，正。正當的操守。
㊴ 好爵自縻：好，美。爵，官位。縻，繫。語出《易・中孚》：「我有好爵，吾與爾縻之。」指美好的官位自然會加到身上。縻音眉。

千字文（下）

周興嗣

都邑華夏①，東西二京②。背邙面洛③，浮渭據涇④。
宮殿盤鬱⑤，樓觀飛驚⑥。圖寫禽獸，畫綵仙靈。
丙舍傍啟⑦，甲帳對楹⑧。肆筵設席⑨，鼓瑟吹笙⑩。
陞階納陛⑪，弁轉疑星⑫。右通廣內⑬，左達承明⑭。
既集墳典⑮，亦聚羣英⑯。杜槀鍾隸⑰，漆書壁經⑱。
府羅將相⑲，路俠槐卿⑳。戶封八縣㉑，家給㉒千兵。
高冠陪輦㉓，驅轂振纓㉔。世祿㉕侈富，車駕肥輕㉖。
策功茂實㉗，勒碑刻銘㉘。磻溪伊尹㉙，佐時阿衡㉚。
奄宅曲阜㉛，微旦孰營㉜。桓公匡合㉝，濟弱扶傾。
綺迴漢惠㉞，說感武丁㉟。俊乂密勿㊱，多士寔寧㊲。

晉楚更霸㊳，趙魏困橫㊴。假途滅虢㊵，踐土會盟㊶。

何遵約法㊷，韓弊煩刑㊸。起翦頗牧㊹，用軍最精。

宣威㊺沙漠，馳譽丹青㊻。九州禹跡㊼，百郡秦幷㊽。

岳宗泰岱㊾，禪主云亭㊿。鴈門紫塞(51)，雞田赤城(52)。

昆池碣石(53)，鉅野洞庭(54)。曠遠緜邈(55)，巖岫杳冥(56)。

治本(57)於農，務茲稼穡(58)。俶載南畝(59)，我藝黍稷(60)。

税熟貢新(61)，勸賞黜陟(62)。孟軻敦素(63)，史魚秉直(64)。

庶幾中庸(65)，勞謙謹勑(66)。聆音察理，鑒貌辨色。

貽厥嘉猷(67)，勉其祗植(68)。省躬譏誡(69)，寵增抗極(70)。

殆(71)辱近恥，林皋幸即(72)。兩疏見機(73)，解組誰逼(74)。

索居(75)閒處，沈默寂寥。求古尋論(76)，散(77)慮逍遙。

欣奏累遣(78)，慼謝歡招(79)。渠荷的歷(80)，園莽抽條(81)。

枇杷晚翠(82)，梧桐(83)凋。陳根委翳(91)，落葉飄颻。

游鵾獨運[85]，凌摩絳霄[86]。耽讀翫市[87]，寓目囊箱[88]。

易輶攸畏[89]，屬耳垣牆[90]。具膳飡飯[91]，適口充腸。

飽飫烹宰[92]，飢厭糟糠[93]。親戚故舊，老少異糧[94]。

妾御績紡[95]，侍巾帷房[96]。紈扇圓絜[97]，銀燭煒[98]煌。

晝眠夕寐，藍筍象牀[99]。弦歌酒讌，接杯舉觴[100]。

矯手頓足[101]，悅豫且康[102]。嫡後嗣續[103]，祭祀烝嘗[104]。

稽顙再拜[105]，悚[106]懼恐惶。牋牒簡要[107]，顧[108]答審詳。

骸垢[109]繫浴，執挺鴛涼。驢騾犢特[110]，駭躍超驤[111]。

誅斬賊盜，捕獲叛亡[112]。布射僚丸[113]，嵇琴阮嘯[114]。

恬筆倫紙[115]，鈞巧任釣[116]。釋紛利俗[117]，並皆佳妙。

毛施淑姿[118]，工顰妍笑[119]。年矢[120]每催，曦暉朗曜[121]。

璇璣懸斡[122]，晦魄環照[123]。指薪修祜[124]，永綏吉劭[125]。

矩步引領[126]，俯仰廊廟[127]。束帶矜莊[128]，徘徊瞻眺[129]。

孤陋寡聞，愚蒙等誚⑬⓪。謂語助者，焉哉乎也。

作者

周興嗣見初冊第九課《千字文》上

題解

本篇節選〈千字文〉的後半部，即從第一百零三句開始至作品末尾。依據內容，可分三段：第一段，從「都邑華夏」至「巖岫杳冥」，共三十節，講帝王之事，即講述帝王京都的山川形勢、宮殿樓觀及所藏典籍、歷史上建功立業的謀臣策士、上古至秦漢地域的廣遠等。第二段，從「治本於農」至「愚蒙等誚」，共四十三節，講修身治家之道。其中包括強調為人處世要敦厚正直，謹慎謙虛和知足遠恥；此外又言及飲宴、祭祀、和處身治家之禮儀等。第三段，即最後兩句。這兩句或可認為是著者為湊足「千字」而作，於是寫成「謂語助者，焉哉乎也」，以收束全篇。通篇用不重複的千字，巧妙組合，對偶押韻，自然流暢地涵蓋了天文、地理、歷史、道德規範、日常生活和草木鳥獸諸領域的文化知識。千百年來已成為家傳戶誦的訓蒙課本，影響深遠。

注釋

① 都邑華夏：都邑，京城，皇帝所居之地。華夏，原指黃河中下游中原一帶，其後泛指中國。

② 東西二京：東，指東都洛陽，即今河南省洛陽市。為東漢的都城。西，西都長安，即今陝西省西安市，為西漢、唐的都城。京，都城。

③ 背邙面洛：邙，位於洛陽東北的邙山。背邙，指東京北邊靠着邙山。洛，在洛陽東南的洛水，面洛，指東京南臨洛水。邙 (漢)máng(國)ㄇㄤˊ(粵)mɔŋ^4 音亡。

④ 浮渭據涇：浮，此處指靠在旁邊。渭，黃河最大支流。據，依。指西京右靠涇水，左依渭水。

⑤ 盤鬱：盤，曲折、盤紆。鬱，幽深。指宮殿重重密密。

⑥ 樓觀飛驚：觀，樓台、樓閣。飛，飛馬。驚，驚駭，指樓閣的建築形勢像鳥驚駭高飛之狀。

⑦ 丙舍傍啟：丙舍，宮殿中正室兩旁的房屋，稱丙舍。傍，兩邊。啟，開。

⑧ 甲帳對楹：甲帳，漢武帝所造的帳幕，飾以琉璃等珍寶者稱甲帳。對，面向。當。楹，柱子。面向柱子的地方施置甲帳。楹 (漢)yíng(國)ㄧㄥˊ(粵)jiŋ^4 音盈。

⑨ 肆筵設席：肆，陳列。筵、席，指酒席。

⑩ 鼓瑟吹笙：鼓，彈奏。瑟，二十五弦的樂器。笙，簧管樂器。

⑪ 陞階納陛：階、陛，殿前的臺階。納，進入，此處指依禮入座。

⑫ 弁轉疑星：弁，冠弁，古代一種帽名。疑，似。指納階者的冠弁如轉動的繁星，形容達官貴人之多。弁 (漢)biàn(國)ㄅㄧㄢˋ(粵)bin^6 音辨。

⑬ 右通廣內：通，通達。廣內，漢朝建章宮中的殿名，是宮廷藏書之處。

⑭ 承明：漢朝未央宮中的殿名，供著述之用。

⑮ 既集墳典：墳，《三墳》，相傳是三皇時的典籍。典，《五典》，相傳是五帝時的典籍。墳典，泛指圖書。

⑯ 英：才德兼備的人才。

⑰ 杜稾鍾隸：杜，漢朝書法家杜度，指杜度的草書。鍾隸，鍾，魏朝書法家鍾繇，隸，鍾繇的隸書。

⑱ 漆書壁經：漆書，即晉初於汲郡古幕出土、以漆寫於竹簡上的汲冢書。壁經，指漢初於魯恭王宅壁中發現的古文經典。

⑲ 府羅將相：府，官府。羅，羅列、分布。

⑳ 路俠槐卿：俠，同夾，指排列。槐，三槐的簡稱，三槐即三公，《周禮》中佐王治國的太師、太傅、太保。卿，官爵中的第二等，《周禮》有六卿，漢分九卿，分別掌管朝廷要務。槐卿，泛指朝廷的勳爵大臣。

㉑ 戶封八縣：戶封，指君主分封給大臣的民戶。八縣，言有八個縣之多。

㉒ 家給：家，指大臣，士大夫的采地。給，賞賜。

㉓ 高冠陪輦：陪，侍奉。輦，君王之車。輦 (漢) niǎn (國) ㄋㄧㄢˇ (粵) lin^{5} 音連低上聲。

㉔ 驅轂振纓：轂，車輪中心可插軸的部分，這裏指車子。驅轂，驅車。纓，樊纓，馬頸下的裝飾。轂 (漢) gǔ (國) ㄍㄨˇ (粵) gut^{7} 音谷。

㉕ 世祿：世襲享受國家的俸祿。世代的奉祿積成萬貫家財。

㉖ 車駕肥輕：車駕，由馬駕的車子。肥，就馬而言。輕，就車而言。

㉗ 策功茂實：策，記錄在史策上。茂，表彰。實，功績。

㉘ 勒碑刻銘：勒，刻。碑，指刻在碑石上記死者生前事功的碑文；銘，碑文後的韻語讚頌。指立碑記功以傳後世。

㉙ 磻溪伊尹：磻溪，水名，在今陝西省寶雞縣東南，傳説為周代開國功臣姜尚釣魚之地。伊尹，商代的開國功臣及賢相，輔佐成湯討伐夏桀，建立了商朝。磻 (漢) pán (國) ㄆㄢˊ (粵) pun^{4} 音盆。

㉚ 佐時阿衡：時，即《孟子．萬章》所言的聖之時者。阿衡，阿，倚。衡，平。伊尹擔任的官名。指伊尹輔佐商湯成帝業一事。

㉛ 奄宅曲阜：奄宅，撫定，統治。曲阜，在今山東省。指周公姬旦被封於曲阜，為魯國始祖。

㉜ 微旦孰營：微，無。旦，周公名，姬姓，周文王子，周武王胞弟，西周初著賢臣，輔佐年幼的成王治國，其後東征武庚，封建諸侯，制禮作樂。孰，誰。營，造。沒有周公，誰能治理有成？

㉝ 桓公匡合：桓公，春秋五霸之一齊桓公，名小白。匡合，匡，匡時，挽救艱危的時局。合，聯合，結合。齊桓公以尊王攘夷作號召，多次會合諸侯，踐盟約誓。其後南抑強楚，救衛存刑，成就春秋霸業。匡(漢)kuāng(國)ㄎㄨㄤ(粵)hɔŋ1 音康。

㉞ 綺迴漢惠：綺，指秦時隱居商山的綺里季等「商山四皓」，迴，挽回。漢惠，漢惠帝劉盈，（前一九四——一八八在位），指張良用計，以「商山四皓」輔佐太子劉盈，打消了劉邦原先廢太子的念頭。

㉟ 說感武丁：說，傳說，商朝武丁的賢相。感，感召。武丁，商朝中興的君主。傳說武丁夢見有賢臣輔他，醒後，着人全國找尋，終於找到與夢中所見一樣的傳說。說(漢)yuè(國)ㄩㄝˋ(粵)jyt9 音月。

㊱ 俊乂密勿：俊乂，有才德的人。密勿，勤勉努力。乂(漢)yì(國)ㄧˋ(粵)ŋai6 音艾。

㊲ 多士寔寧：多士，人才眾多。寔，「實」的異體字。寧，安寧。指國家太平。

㊳ 晉楚更霸：晉，晉文公，楚，楚莊王。更，更迭，交替。霸，指春秋稱霸諸侯。

㊴ 趙魏困橫：困，窘迫。橫，連橫，即戰國時張儀主張的六國諸侯東西聯合以事秦的計策。這裏兼指蘇秦主張六國合縱以抗秦的計策。指趙魏等六國被合縱連橫所窘迫。

㊵ 假途滅虢：虢，春秋時小國。晉獻公用荀息之計，攻伐虢國時向虞國借道，而贈以寶馬珍玩作利誘。滅虢後，在還師途中又把虞國滅掉了。虢(漢)guó(國)ㄍㄨㄛˊ(粵)gwik7 音隙。

㊶ 踐土會盟：踐土，春秋時鄭國地名，在今河南省滎澤縣。會，會合。盟，訂立盟約，晉文公曾會合各國在踐土會盟。

㊷ 何遵約法：何，蕭何（？——前一九三），漢開國功臣，任丞相。蕭何依據漢高祖劉邦的「約法三章」，制定漢代律法九章。

(43) 韓弊煩刑：韓，韓非（西元前二八〇？——前二三三），先秦法家大成者。弊，困。煩，苛。韓非子受害於自己主張的煩苛之刑。

(44) 起翦頗牧：起，秦國大將白起。翦，秦國大將王翦。頗，廉頗，牧，李牧，都是趙國大將。

(45) 宣威：宣，傳揚。威，聲威。

(46) 丹青：丹，丹冊，紀功勳。青，青史，記事。丹青指史籍。

(47) 九州禹跡：九州，傳說夏禹治水後，分全中國為九州。禹，夏禹，受舜禪，建夏代。跡，夏禹治水的足跡，後世借指為中國的疆域。

(48) 百郡秦幷：百郡，漢分天下為一百零三。秦幷，指漢朝的郡縣，是秦併天下、廢封建而得來的。

(49) 岳宗泰岱：岳，指五岳，中國的五座名山。宗，主、尊。泰，泰山，位於山東省中部，五岳中的東獄。岱，岱宗，泰山的別稱。五岳以泰山為至尊。岱 (漢)dài(國)ㄉㄞˋ(粵)dɔi^{6}音代。

(50) 禪主云亭：禪，封禪，即古代帝王在泰山築壇祭天的祭祀活動。云，云云山。亭，亭亭山，兩者都是泰山下的小山，在今山東省泰安縣。

(51) 鴈門紫塞：鴈，雁的異體字。鴈門，雁門關。在今山西省門關西門山上。紫塞，指長城。秦始皇時所築長城，土為紫色，故稱紫塞。

(52) 雞田赤城：雞田，古驛名，在今寧夏靈武縣。赤城，傳說古時為蚩尤居住之地，在今河北省。

(53) 昆池碣石：昆池，即滇池，在今雲南省。碣石，碣石山，在今河北省樂亭縣東南。碣 (漢)jié (國)ㄐㄧㄝˊ(粵)kit^{8}音竭。

(54) 鉅野洞庭：鉅野，古澤名，在今山東省鉅野縣北。洞庭，湖名，在今湖南省。

(55) 曠遠緜邈：緜邈，連緜續長遠。邈 (漢)mò(國)ㄇㄛˋ(粵)mɔk^{9} 音莫。

(56) 巖岫杳冥：巖岫，山中洞穴。杳，深遠，冥，幽暗。岫 (漢)xiù(國)ㄒㄧㄡˋ(粵)dzɐu^{6} 音就。

(57) 治本：指治國之本。

(58) 務茲稼穡：務，致力。茲，此。稼，播種，穡，收割。稼穡 (漢)jià sè(國)ㄐㄧㄚˋ ㄙㄜˋ(粵)ga^{3} sik^{7} 音嫁色。

(59) 俶載南畝：俶，開始。載，從事，此指耕作事。畝，田畝。古人田畝多南坡向陽，以利農物生長，故稱良田為南畝。語出《詩經・大田》。俶 (漢)chù(國)ㄔㄨˋ(粵)tsuk^{7} 音束。

(60) 我藝黍稷：藝，種植。黍稷，泛指穀物。語出《詩經・楚茨》。

(61) 稅熟貢新：稅、貢，指收割後向上輸納穀米作貢稅。熟、新，指當年的收成。

(62) 勸賞黜陟：黜，黜退。陟，進陞。黜免惰者，昇進勤者。黜 (漢)chù (國)ㄔㄨˋ(粵)dzuk^{7} 音卒。陟 (漢)zhì(國)ㄓˋ(粵)dzik^{7} 音即。

(63) 孟軻敦素：孟，孟軻（西元前三七二——前二八九），戰國中期儒家學派的重要人物。敦，崇尚。素，樸素。

(64) 史魚秉直：史魚，名鰍，字子魚。春秋時宪國史官。秉，秉持、執守。秉直，秉持正直。

(65) 庶幾中庸：庶幾，差不多。中庸，儒家最高的道德準則，即中正不易之道。

(66) 勑：勸誡。勑 (漢)chì(國)ㄔˋ(粵)tsik^{7} 音斥。

(67) 貽厥嘉猷：貽，遺留。厥，代詞，同其。猷，謀略。留下好的謀略。貽 (漢)yí(國)ㄧˊ(粵)ji^{4} 音移。猷 (漢)yóu(國)ㄧㄡˊ(粵)jɐu^{4} 音由。

(68) 勉其祗植：祗，虔敬。植，樹立。

(69) 省躬譏誡：躬，自身。省躬，省察自身。譏，譏誚。誡，儆戒。指藉別人的譏誚或儆戒來省察自身。

(70) 寵增抗極：寵，尊榮。抗，通亢，猶極。極，至、盡。此指尊榮達至極點。

(71) 殆：差不多。殆 (漢)dài(國)ㄉㄞˋ(粵)dɔi^{6} 或 tɔi^{5} 音代或怠。

(72) 林皋幸即：皋，水邊。幸，僥倖。即，走近。言官高必險，指走近山林水澤，遠離官場可幸免於禍。皋 (漢)gāo(國)ㄍㄠ(粵)gou^{1} 音高。

(73) 兩疏見機：兩疏，指西漢時的疏廣、疏受。兩人均位高官，後託辭年老辭官歸隱，人皆敬服。見機，見機而行。

(74) 解組誰逼：組，古代官印用的綬。借指官位。解組，指除卻官職。誰逼，誰人迫使。

(75) 索居：索，蕭索、孤獨。索居，即獨居。索 (漢)suǒ(國)ㄙㄨㄛˇ(粵)sɔk^{8} 音朔。

(76) 論：說。

(77) 散：化解。

(78) 欣奏累遣：欣，喜。奏，進。欣奏，欣喜日益增多。累，繫累、精神負擔。遣，驅遣而去。累遣：精神負擔被驅除。

(79) 慼謝歡招：慼，憂愁。謝，謝絕。歡，悅。招，招來。全句指招來歡悅的，謝絕可憂的。慼 漢 qī 國 ㄑㄧ 粵 tsik^{7} 音戚。

(80) 渠荷的歷：渠，小溝。荷，荷花。的歷，光亮的樣子。

(81) 園莽抽條：莽，茂密的草。抽，長出。條，小枝。

(82) 枇杷晚翠：枇杷，果樹名，葉子四時不凋。晚，指歲暮。枇杷到歲暮之時仍然翠綠。

(83) 梧桐：樹名，秋來即落葉。

(84) 陳根委翳：陳根，陳舊的樹根。委，委謝。翳，自斃。翳 漢 yì 國 ㄧˋ 粵 ɐi^{3} 音縊。

(85) 游鵾獨運：鵾，鳥名。運，轉動。鳥獨自遨遊於天際。鵾 漢 kūn 國 ㄎㄨㄣ 粵 kwɐn^{1} 音坤。

(86) 淩摩絳霄：淩，高出。摩，迫近。絳霄，赤霄，九霄之一。此言淩虛摩空，形容其高。絳，深紅色。霄，雲。絳 漢 jiàng 國 ㄐㄧㄤˋ 粵 gɔŋ^{3} 音降。

(87) 耽讀翫市：耽，過樂，沈溺。翫，熟觀。市，買賣之地，指書肆。翫 漢 wán 國 ㄨㄢˊ 粵 wun^{6} 音換。

(88) 寓目囊箱：寓目，寄目、觀看。囊箱，貯書的袋子和箱子，借指書籍。

(89) 易輶攸畏：易，忽視。輶，古代一種輕便的車，引申為輕視。易輶，輕率不慎。攸，所。指不要輕忽言語。這是人所當畏懼的。輶 漢 yóu 國 ㄧㄡˊ 粵 jɐu^{4} 音由。

(90) 屬耳垣牆：屬，連屬，屬耳，以耳附於。垣，牆。此指隔牆有耳，機密會被人偷聽。

(91) 具膳飡飯：具，準備。飡，同餐。

(92) 飽飫烹宰：飫，饜，吃不下去。烹宰，指甘美的食物。飫 漢 yù 國 ㄩˋ 粵 jy^{3} 音鄔。

(93) 飢厭糟糠：厭，同饜，飽足。糟糠，指粗劣的食物。

(94) 糧：口糧，指飲膳習慣。

(95) 妾御績紡：御，治。績，指織麻線。紡，指紡絲。婢妾從事紡麻紡絲工作。

(96) 侍巾帷房：侍，侍奉。巾，裹頭用的巾。帷房，指內室、閨房。

(97) 紈扇圓絜：紈，細絹。圓，言其形。絜，同潔。指圓扇。紈 漢 wán 國 ㄨㄢˊ 粵 jyn4 音元。

(98) 煒：同輝、光輝。煒 漢 huī 國 ㄏㄨㄟ 粵 fai1 音暉。

(99) 藍筍象宔：筍，竹蓆。象宔，以象牙裝飾的 。

(100) 接杯舉觴：接杯，碰杯。觴，古代酒器。觴 漢 shāng 國 ㄕㄤ 粵 sœŋ1 音商。

(101) 矯手頓足：矯手，舉手。頓，踏。頓足，以足頓地。

(102) 悅豫且康：悅、豫，都是喜歡之意。康，安樂、安康。

(103) 嫡後嗣續：嫡，正妻所生之子。嗣，繼。續，承傳。嗣 漢 sì 國 ㄙˋ 粵 dzi6 音自。

(104) 烝嘗：烝、嘗，分別是春、秋兩季的祭祀名稱。見《禮記・王制》

(105) 稽顙再拜：顙，額。稽顙，以額至地的叩拜。拜，以手伏地，居父母喪時的賓客。顙 漢 sǎng 國 ㄙㄤˇ 粵 sɔŋ2 音爽。

(106) 悚懼恐惶：畏懼惶恐之意。悚，恐懼、害怕。悚 漢 sǒng 國 ㄙㄨㄥˇ 粵 suŋ2 音聳。

(107) 牋牒簡要：牋，箋的異體字。牒，古代的畫板。泛指信箋文書。牋牒 漢 jiān dié 國 ㄐㄧㄢ ㄉㄧㄝˊ 粵 dzin1 dip9 音煎蝶。

(108) 顧：回首。

(109) 骸垢：骸，形骸，指身體。

(110) 犢特：犢，小牛。特，公牛。犢 漢 dú 國 ㄉㄨˊ 粵 duk9 音讀。

(111) 駭躍超驤：駭，驚駭。驤，馬抬頭奔跑的樣子。駭 漢 hài 國 ㄏㄞˋ 粵 hai5 音蟹。驤 漢 xiāng 國 ㄒㄧㄤ 粵 sœŋ1 音商。

(112) 亡：亡命之徒。

(113) 布射僚丸：布，呂布（?——一九二），三國時人，善射。僚，姓熊，字宜僚，春秋時楚國勇士，善弄丸鈴為戲，能八個在空中，一個在手。

(114) 嵇琴阮嘯：嵇，嵇康（二二三——二六二），三國曹魏時名士，善彈琴。阮，阮籍（二一〇——二六三），善嘯，善吹口哨。與嵇康等人並稱「竹林七賢」。嘯 漢xiào國ㄒㄧㄠˋ粵siu^{3}音笑。

(115) 恬筆倫紙：恬，蒙恬（？——前二一〇），秦始皇時的大將，發明了毛筆。倫，蔡倫，東漢人，發明了造紙術。

(116) 鈞巧任釣：鈞，馬鈞，三國時魏人，善造機械。巧，技巧、技術。任，《莊子》中的任公子，善於釣魚。任漢rén國ㄖㄣˊ粵jɐm^{4}音吟。

(117) 釋紛利俗：釋紛，平釋紛亂。利俗，做些有利於世俗的事。

(118) 毛施淑姿：毛，毛嬙，施，西施。都是古代美人。淑姿，美好的姿容。

(119) 工嚬妍笑：工，善於。嚬，皺眉。妍，美好。嚬 漢pín國ㄆㄧㄣˊ粵pɐn^{4}音頻。

(120) 矢：漏矢，古代計時器。

(121) 曦暉朗曜：曦暉，日光。

(122) 璇璣懸斡：璇璣，古代測天的儀器。斡，旋轉。璣 漢jī國ㄐㄧ粵gei^{1}音機。斡 漢guǎn 國ㄍㄨㄢˇ粵wat^{8}音挖。

(123) 晦魄環照：晦，幽暗。魄，月初出或將沒時之光。環，回還、回復，指月光由晦暗回復至明亮。

(124) 指薪修祜：指薪，典出《莊子・養生主》。修，治，修身。祜，福。修祜，修福。這裏借薪雖盡而火仍傳，指人若能修德以積福，則能遺澤延綿。祜 漢hù國ㄏㄨˋ粵wu^{6}音戶。

(125) 永綏吉劭：綏，安。劭，勸勉。綏 漢suí國ㄙㄨㄟ粵sœy^{1}音須。劭 漢shào 國ㄕㄠˋ粵siu^{6}音邵。

(126) 矩步引領：矩步，步行時合符規矩。引領，指抬頭。

(127) 俯仰廊廟：俯，俯身。仰，仰首、頭。指舉止端莊，如同身在朝廷。

(128) 束帶矜莊：束帶，古時士大夫束在腰間的寬帶子。矜，莊重。莊，嚴肅。衣着齊整，儀態持重。

(129) 瞻眺：瞻仰，眺望，抬頭遠望。眺 漢tiào國ㄊㄧㄠˋ粵tiu^{3}音跳。

(130) 愚蒙等誚：等，這類。指愚昧無知一類的人。誚 漢qiào國ㄑㄧㄠˋ粵tsiu^{3}音俏。

顏氏家訓 三則

顏之推

教子

齊朝有一士大夫，嘗謂吾曰：「我有一兒，年已十七，頗曉書疏①，教其鮮卑語及彈琵琶③，稍欲通解，以此伏事公卿，無不寵愛，亦要事也。」吾時俛④而不答。異哉，此人之教子也！若由此業⑤，自致卿相，亦不願汝曹⑥為之。

勉學

鄴平之後⑦，見徙入關。思魯⑧嘗謂吾曰：「朝無祿位，家無積財，當肆筋力⑨，以申⑩供養。每被課篤⑪，勤勞經史⑫，未知為子，可得安乎？」吾命之曰：「子當以養為心⑬，父當以學為教⑭。使汝棄學徇財⑮，豐吾衣食，食之安得甘？衣之安得暖？若務先王之道，紹⑯家世之業，藜羹緼褐⑰，我自欲之⑱。」

勉學 又

古之學者為己，以補不足也；今之學者為人，但能說之也⑲。古之學者為人，行道以利世也；今之學者為己，脩身以求進也。夫學者猶種樹也，春玩其華，秋登其實⑳；講論文章，春華也，脩身利行㉑，秋實也。

作者

顏之推，生於南朝梁武帝中大通三年，約卒於隋文帝開皇十一年（五三一——五九一？）。字介，琅邪臨沂（今屬山東）人。父顏勰曾任梁湘東王蕭繹的鎮西府諮議參軍。之推幼承家學，博覽群書，文筆典麗，深得蕭繹器重。初任國左常侍，加鎮西墨曹參軍，蕭繹即帝位後，任為散騎侍郎。梁亡（五五七）後，先投北齊，歷任中書舍人、司徒錄事參軍、黃門侍郎，受齊帝賞識。齊亡（五七七）後，入仕北周，任御史上士。終身以歷事異朝為恨事。著有《顏氏家訓》和《冤魂志》。

題解

本課三則皆選自《顏氏家訓》，版本據王利器《顏氏家訓集解》。家訓，是家長在立身處世為學等方面對子孫的教誨。《顏氏家訓》分上下兩卷，共二十篇。全書以儒家思想闡述立身處世與為學之道。首則選自《顏氏家訓・教子》，內容是訓誨子弟不要為了功名而去取悅權貴。文字簡潔，生動地反映當時社會的風尚和價值觀念。

第二、第三則皆選自《顏氏家訓・勉學》，作者有感於當時北朝社會士大夫之間追求功名利祿的風氣盛行，特提出語重心長的訓勉，希望子弟崇尚學藝和注重實踐，以立身行己。這篇文章有勸誡和啟導的作用。

注釋

① 書疏：奏疏、信札。
② 伏事：伏，通服。
③ 鮮卑語及彈琵琶：鮮卑語：鮮卑，五胡之一。南北朝時，北方被鮮卑族的北魏太武帝拓跋燾統一後，歷經北齊、北周兩朝，長期與南方的宋、齊、梁、陳對峙。北齊高氏也是鮮卑族，當時出仕北齊的漢族士大夫，學習鮮卑語以求通顯。彈琵琶：鮮卑人擅長彈琵琶。
④ 俛：同俯，低頭。
⑤ 業：指這種方法。
⑥ 汝曹：汝，通你。曹，輩。汝曹即你輩、你們。
⑦ 鄴平之後，見徙入關：鄴平，鄴，北齊國都，今河南省臨漳縣。鄴平，指西元五七七年北齊被北周所滅。見，即被。徙入關，北齊幼主高恒（五七七年在位）暨王室中人，俱被送至長安，恒初受封安國公，其後被殺。
⑧ 思魯：顏之推長子。
⑨ 當肆筋力：肆，竭盡。筋力，體力。
⑩ 申：通伸。
⑪ 課篤：課，課試、考試，這裏泛指課程。篤，同督。課篤，指以課試督促學業。

⑫ 勤勞經史：努力學習經史。

⑬ 子當以養為心：做兒子的應當存心奉養父母。

⑭ 父當以學為教：做父親的，應當教導兒子努力學習。

⑮ 徇財：徇，追逐。徇財，追求財富。徇 (漢)xùn (國)ㄒㄩㄣˋ (粵)sœn^{1} 音荀。

⑯ 紹：繼承。

⑰ 藜羹縕褐：藜，一年生草本植物，葉色赤，卵形有距齒，嫩時可食。羹，野菜造的羹湯。縕褐，粗布造的衣服。藜 (漢)lí (國)ㄌㄧˊ (粵)lai^{4} 音黎。縕 (漢)yùn (國)ㄩㄣˋ (粵)wan^{3} 音蘊。

⑱ 我自欲之：之，指上述惡衣粗食的生活。指自願過簡單的生活。

⑲ 古之學者為己，以補不足也；今之學者為人，但能說之也：古之學者為己，今之學者為人，語出《論語・憲問》，前者欲將所學充實自己，後者欲將所學取悅於人，但能說之，本孔安國釋「為人」說：「為人，徒能言之。」指只能空談，不能實踐。

⑳ 春玩其華，秋登其實：華，同花。實，果實。這裏以華、實比喻學與用。

㉑ 脩身利行：脩身，涵養德性，利行，有利於天下的行為。

雜說・世有伯樂

韓愈

世有伯樂①，然後有千里馬②。千里馬常有，而伯樂不常有。故雖有名馬，衹辱於奴隸人之手③，駢死於槽櫪之間④，不以千里稱⑤也。

馬之千里者，一食或盡粟一石⑥。食馬者⑦不知其能千里而食⑧也。是⑨馬也，雖有千里之能，食不飽，力不足，才美不外見⑩，且欲與常馬等⑪不可得，安⑫求其能千里也？策之不以其道⑬，食之不能盡其材⑭，鳴之而不能通其意⑮，執策而臨之曰：「天下無馬。」嗚呼！其真無馬耶⑯？其真不知馬也？

作者

韓愈，生於唐代宗大曆三年，卒於唐穆宗長慶四年（七六八——八二四）。字退之，河南河陽（今河南孟縣）人。因昌黎（今河北省昌黎縣）有韓氏望族，故世稱韓昌黎。父仲卿，早卒。韓愈幼年孤苦，勤奮力學。唐德宗貞元八年（七九二）舉進士，初任宣武節度使推官，後調四門博士。德宗貞元十九年（八〇三）轉任監察御史時，因上書抨宮市之弊，被貶為陽山（今廣東陽山）令。唐憲宗元和十四年（八一九）任刑部侍郎，因諫迎佛骨，貶為潮州（今廣東豐順、潮陽一帶）刺史。元和十五年（八二〇）穆宗，召為國子祭酒，轉任京兆尹兼御史大夫，終任吏部侍郎。謚文，世稱韓文公。

韓愈是唐代古文運動的倡導者。他推尊儒學，力排佛老；倡文以載道。反對六朝以來的駢偶文風，推崇兩漢古文。韓愈的古文，各體兼長，字句精煉，蘇軾譽為「文起八代之衰」。韓愈的詩，氣勢壯闊，力求新奇，開「以文為詩」的風氣，對宋詩影響深遠。韓愈著述豐富，較通行的版本有明萬曆（一五七三——一六一九）中徐氏東雅堂刊本《昌黎先生集》四十卷、《外集》十卷、《遺文》一卷、《昌黎先生集傳》一卷，另有近人馬其昶《韓昌黎文集校注》。

題解

本篇選自《韓昌黎文集校注》卷一，是韓愈所寫四篇〈雜説〉中的第四篇。説，是一種文體，有論述的意思，可以直接述説事物，也可以通過敘事、詠物的方式説明道理。本文以「千里馬常有而伯樂不常有」為喻，指出當時權貴庸碌無能，不懂知人善任，嘲諷他們壓抑和摧殘人才的劣行，表達了懷才不遇的心聲。全篇文句凝煉，辭鋒鋭利，乃韓文名篇之一。

注釋

① 伯樂：相傳姓孫，名陽，是春秋時善於相馬的人。
② 千里馬：能日行千里的良馬。
③ 祇辱於奴隸人之手：祇，同衹，只、僅。辱，屈辱。奴隸人，養馬的人。
④ 騈死於槽櫪之間：騈，並，一起。這裏指千里馬與尋常的馬一起死在馬廄之中。槽，盛牲畜飼料的木製長條形容器。櫪，馬廄。槽櫪 漢cáo lì 國ㄘㄠˊ ㄌㄧˋ 粵tsou[4] lik[7] 音曹礫。
⑤ 稱：見稱
⑥ 一石：古代重量單位，三十斤為鈞，四鈞為石。
⑦ 食馬者：飼馬的人。
⑧ 食：通飼，飼養。
⑨ 是：此、這。

⑩ 見：同現，顯現。

⑪ 等：等同。

⑫ 安：怎能夠。

⑬ 策之不以其道：策，馬鞭，這裏作鞭策解。以，用。道，正確的方法。

⑭ 食之不能盡其材：材，資質、才能。飼養方法不當，不能發揮千里馬的才能。

⑮ 鳴之而不能通其意：不能通曉牠鳴叫時的意思。相傳伯樂曾遇一拉鹽車的馬伏在車下，見伯樂而長鳴；伯樂知其為千里馬，因而為之落淚。

⑯ 其真無馬耶：其，語氣詞，即難道。

三戒・黔之驢

柳宗元

黔①無驢。有好事者②船載以入。至，則無可用，放之山下。虎見之，龐然大物也，以為神，蔽林間窺之③。稍④出近之，慭慭然莫相知⑤。他日，驢一鳴，虎大駭⑥，遠遁，以為且噬己也⑦，甚恐。然往來視之，覺無異能者⑧，益⑨習其聲，又近出前後，終不敢搏。稍近益狎⑩，蕩倚衝冒⑪。驢不勝怒⑫，蹄⑬之。虎因喜，計之⑭曰：「技⑮止此耳！」因跳踉大㘎⑯，斷其喉，盡其肉，乃⑰去。

噫⑱！形之龐也類⑲有德，聲之宏也類有能，向不出其技⑳，虎雖猛，疑畏㉑，卒不敢取㉒。今若是焉，悲夫！

作者

柳宗元，生於唐代宗大曆八年，卒於唐憲宗元和十四年（七七三——八一九）。字子厚，河東（今山西永濟）人。德宗貞元九年（七九三）舉進士，初任校書郎，歷任藍田（今陝西藍田）尉，貞元十九年（八〇三）年，任監察御史。王叔文執政時，擢禮部員外郎。其後王氏失勢，柳氏被貶為永州（今湖南零陵）司馬。唐憲宗元和十年（八一五），再貶為柳州（今廣西僮族自治區柳州市）刺史。元和十四年（八一九），病逝於柳州，年僅四十七歲。

柳宗元與韓愈並稱「韓柳」，都是唐代古文運動的領袖。韓愈評他的散文「雄深雅健，似司馬子長」。他的哲理散文，説理透闢。傳記則取材廣泛，形象感人，意味雋永。他的山水遊記，流暢清新，刻劃細緻，寄寓他被貶謫邊遠的愁緒。此外，他也擅長辭賦和詩歌，有《柳河東集》四十五卷，《外集》二卷傳世。

題解

本課選自《河東先生集》卷三，是〈三戒〉中的第二篇。孔子説：「君子有三戒」（《論語．季氏》），柳宗元便用「三戒」作為三篇寓言的總題，意思是告訴人們三件應該警戒的事情。

黔，唐代的黔中道，包括現在的湖北、四川、貴州、湖南部分地區，後來改稱現在的貴州地區為黔。本文描寫了一頭外強中虛的驢子，終於被老虎識破而吃掉。按作者在〈三戒〉前的小序中所說，這是對「出技以怒強」的人的警戒，也是諷刺那種本事不大而又好勝的人。「黔驢技窮」這個成語即出自本文。

注釋

① 黔：唐代的黔中道，包括現在的湖北省西南部、四川省東南部、貴州省北部、湖南省西部等地區，後來簡稱現在的貴州地區為黔。黔 ㊥qián ㊟ㄑㄧㄢˊ ㊤kim^{4} 音鉗。

② 好事者：愛生事端的人。

③ 蔽林間窺之：蔽，隱蔽。窺，偷窺，偷看。窺 ㊥kuī ㊟ㄎㄨㄟ ㊤kwai^{1} 音規。

④ 稍：續漸。

⑤ 憖憖然莫相知：憖憖然，小心謹慎的樣子。莫相知，不知道它是甚麼。憖 ㊥yìn ㊟ㄧㄣˋ ㊤jan^{6} 音刃。

⑥ 駭：驚懼。駭 ㊥hài ㊟ㄏㄞˋ ㊤hai^{5} 音蟹。

⑦ 以為且噬己也：且，將要。噬，咬。噬 ㊥shì ㊟ㄕˋ ㊤sai^{6} 音誓。

⑧ 異能：特殊技能。

⑨ 益：更加。

⑩ 狎：輕慢地玩弄。

⑪ 蕩倚衝冒：蕩，碰撞。倚，靠近。衝，衝撞。冒，冒犯。

⑫ 不勝怒：不勝，忍受不了，指惱怒得難以忍受。

⑬ 蹄：這裏作動詞用，踢的意思。

⑭ 計：盤算這種情況。

⑮ 技：本領。

⑯ 因跳踉大㘚：因，於是。跳踉，跳躍。㘚，虎怒吼。踉 (漢)liáng (國)ㄌㄧㄤˊ (粵)lœŋ^{4} 音良。㘚 (漢)hǎn (國)ㄏㄢˇ (粵)ham^{3} 音喊。

⑰ 乃：才。

⑱ 噫：嘆息聲。噫 (漢)yī (國)ㄧ (粵)ji^{1} 音衣。

⑲ 類：好像。

⑳ 向不出其技：向，假如。出，顯示。

㉑ 疑畏：疑慮、害怕。

㉒ 卒不敢取：最終不敢進攻。

陋室銘

劉禹錫

山不在高，有仙則名；水不在深，有龍則靈。斯是陋室①，惟吾德馨②。苔痕上階綠③，草色入④簾青。談笑有鴻儒⑤，往來無白丁⑥。可以調素琴⑦、閱金經⑧。無絲竹⑨之亂耳，無案牘之勞形⑩。南陽諸葛廬⑪，西蜀子雲亭⑫。孔子云：「何陋之有⑬？」

作者

劉禹錫，生於唐代宗大曆七年，卒於唐武宗會昌二年（七七二——八四二）。字夢得，彭城（今江蘇徐州）人。唐德宗貞元九年（七九三）舉進士，初任淮南節度使杜佑的記室，後入朝任監察御史，受主政的王叔文器重。唐憲宗即位（八〇五）後，王叔文失勢，禹錫被貶朗州司馬，此後十餘年，此後十餘年，先後多次貶謫。晚年回洛陽，官至檢校禮部尚書兼太子賓客。

劉禹錫是中唐時期的著名詩人，與白居易時相唱和，世稱「劉白」。他善長七律和七絕，又擅於摸仿民歌的語氣，寫出很多傳誦一時的樂府。有一九一三年董康影印宋刻蜀大字本《劉賓客文集》正集三十卷和外集十卷。

題解

本篇選自《全唐文》卷六百八。銘是古代文體的一種，鏤刻在金屬器物或碑石上面，主要用來頌揚祖德，昭明鑒誡，兼有自勉之意。〈陋室銘〉是作者描寫自己所居住的簡陋房子，藉此表達不同流俗的志趣和坦蕩樂天的襟懷。

注釋

① 陋室：陋室，狹小簡陋的房屋，該陋室在今安徽和縣城內。

② 馨：香氣遠聞。這裏用以形容美好的德行遠播。馨 漢xīn 國ㄒㄧㄣ 粵hing1 音兄。

③ 苔痕上階綠：苔，隱花植物，顏色蒼綠，常延貼地面，生於陰濕地方。苔痕，指連成一片的青苔。上階，蔓生到臺階上面。

④ 入：映入。

⑤ 鴻儒：學識淵博的人。
⑥ 白丁：原指沒有功名的人。這裏借指沒有學識的人。
⑦ 調素琴：調，彈奏。素琴，沒有華麗裝飾的琴。
⑧ 金經：指用泥金書寫的佛經。
⑨ 絲竹：絲，弦樂器。竹，管樂器。絲竹，泛指各種樂器，這裏表示音樂聲。
⑩ 案牘之勞形：案牘，官府公文。形，身體。
⑪ 南陽諸葛廬：廬，草屋。東漢末年諸葛亮（一八一——二三四）隱居南陽隆中的草廬（今湖北襄陽縣西）。
⑫ 西蜀子雲亭：子雲，即漢代文學家揚雄（西元前五三——西元一八），長於辭賦，他在簡陋的屋子裏寫成《太玄經》，後人把這地方稱為「草玄堂」，即文中的子雲亭，位於四川成都縣治。
⑬ 何陋之有：語出《論語・子罕》：「君子居之，何陋之有？」本文只用「何陋之有」，兼含「君子居之」的意思。

賣油翁

歐陽修

陳康肅公①善射，當世無雙，公亦以此自矜②。嘗射於家圃③，有賣油翁釋擔而立，睨④之，久而不去。見其發矢⑤，十中八九，但微頷⑥之。康肅問曰：「汝亦知射乎？吾射不亦精乎？」翁曰：「無他，但手熟爾⑦。」康肅忿然曰：「爾安敢輕吾射⑧！」翁曰：「以我酌油知之⑨。」乃取一葫蘆置於地，以錢⑩覆其口，徐以杓酌油瀝之，自錢孔入而錢不濕⑪。因曰：「我亦無他，惟手熟爾。」康肅笑而遣之⑫。此與莊生所謂解牛、斲輪者何異⑬？

作者

歐陽修，生於北宋真宗景德四年，卒於北宋神宗熙寧五年（一〇〇七——一〇七二）。字永叔，號醉翁，晚年號六一居士，廬陵（今江西吉安）人。北宋仁宗天聖八年（一〇三〇）舉進士，初任西京推官，歷任樞密副使、參知政事、刑部尚書及兵部尚書等職，官至太子少師。歐陽修出身寒微，了解民生疾苦與社會弊端。政治上，他支持改革派的范仲淹推行變法，曾因此數度被貶。晚年因與王安石政見不合，辭官歸隱。

歐陽修是北宋文壇巨擘，與尹洙、梅堯臣等同倡平易樸實的詩文，反對當時奇澀險怪的文風。他又主張文章應「明道致用」，繼承韓愈文以載道的精神。歐陽修被尊為唐宋八大家之一，無論散文、詩、詞都有很高成就。歐陽修也精於史學，曾奉詔修《新唐書》，又自撰《五代史記》。有明天順（一四五七——一四六四）間刊本《歐陽文忠公集》一百五十三卷《附錄》五卷傳世。

題解

本篇選自《歐陽修全集．歸田錄》卷一，是作者晚年退居潁州（今安徽阜陽）時所作。故事通過善射的陳康肅和賣油翁的交談，以及賣油翁用錢孔瀝油的情景，說明一個人絕不能因有一技之長而自矜，同時也揭示出熟能生巧的道理。全文只一百四十餘字，但卻綽有情韻，且富於哲理。

注釋

① 陳康肅公堯咨：陳堯咨，謚號康肅，北宋人，擅長射箭。公，尊稱。

② 自矜：自負。矜 (漢)jīn(國)ㄐㄧㄣ(粵)giŋ^{1} 音 京。

③ 家圃：指自設的射圃，射箭場地，圃 (漢)pǔ(國)ㄆㄨˇ(粵)pou^{2} 音普。

④ 睨：斜着眼看的樣子。睨 (漢)nì(國)ㄋㄧˋ(粵)ŋɐi^{6} 音偽。

⑤ 矢： (漢)shǐ(國)ㄕˇ(粵)tsi^{2} 音始。

⑥ 頷：點頭。頷 (漢)hàn(國)ㄏㄢˋ(粵)hɐm^{4} 音含。

⑦ 爾：同耳，罷了。

⑧ 爾安敢輕吾射：爾，這裏作你解。輕，輕視，小看。你怎麼敢小看我射箭的本領。

⑨ 以我酌油知之：以，相當於憑或根據。酌，斟酒，這裏指舀油。

⑩ 錢：當時有方孔的銅錢，宋代的錢幣圓形中有方孔。

⑪ 徐以杓酌油瀝之，自錢孔入而錢不濕：慢慢地用油勺舀油，油穿過錢孔注入葫蘆，而錢不被沾濕。杓 (漢)shào(國)ㄕㄠˋ(粵)sœk^{8} 或 dzœk^{8} 音削或雀。瀝 (漢)lì(國)ㄌㄧˋ(粵)lik^{9} 或 lik^{7} 音力或礫。

⑫ 遣之：遣，遣發。之，指賣油翁。意即把賣油翁打發走。

⑬ 此與莊生所謂解牛、斲輪者何異：莊生（西元前三六五——二九〇），即莊子。解牛，指《莊子・養生主》中「庖丁解牛」的故事；斲輪，載於《莊子・天道》中「輪扁斲輪」的故事。兩則寓言都含有「熟能生巧」的意義，以此與賣油翁的瀝油技巧相比。全句意思：這件事和莊子所說的解牛、斲輪有甚麼分別呢？斲 (漢)zhuó(國)ㄓㄨㄛˊ(粵)dœk^{8} 音琢。

愛蓮說

周敦頤

水陸草木之花，可愛者甚蕃①，晉陶淵明獨愛菊②。自李唐③來，世人盛愛牡丹④；予獨愛蓮之出淤泥而不染⑤，濯清漣而不妖⑥，中通外直，不蔓不枝⑦，香遠益清，亭亭靜植⑧，可遠觀而不可褻玩焉⑨。予謂菊，花之隱逸者也⑩。牡丹，花之富貴者也⑪。蓮，花之君子者也⑫。噫⑬！菊之愛，陶後鮮有聞⑭；蓮之愛，同予者何人？牡丹之愛，宜乎眾矣⑮。

作者

周敦頤，生於北宋真宗天禧元年，卒於北宋神宗熙寧六年（一〇一七——一〇七三）。字茂叔，道州營道（今湖南道縣）人，謚曰元公，被推為宋代理學的創始者。周敦頤出仕三十餘年，初任分寧主簿，歷任南安軍司理參軍、桂陽令，終任廣東轉運判官。任內清廉正直，甚得百姓愛戴。

周敦頤名列《宋史．道學傳》之首，被譽為是自孟子以後能傳承儒家道統的聖賢。周敦頤晚年在江西廬山蓮花峰下的小溪旁築室講學，室名以營道舊居「濂溪」命名，故世稱濂溪先生。著有〈太極圖說〉及《通書》四十篇，闡發太極之義理，探究萬物之根源。有明嘉靖癸卯（一五四三）道州濂溪書院刊本《濂溪集》三卷傳世。

題解

本文選自《周子全書》卷十七，是一篇託物言志的散文。本文作者讚頌蓮花，意在揄揚高潔脫俗、剛直堅貞的品格。「牡丹之愛，宜乎眾矣」，含蓄地貶諷追逐富貴的世俗風尚。全篇運用了對比和比喻的修辭手法，以菊花、牡丹來襯托蓮花的高潔，又以蓮比喻自己的志趣。文字雋永，富有詩意。

注釋

① 蕃：通繁，多的意思。蕃 (漢)fán (國)ㄈㄢˊ (粵)fan^{4} 音凡。

② 晉陶淵明獨愛菊：晉代大詩人陶淵明特別喜歡菊花，他的詩裏一再寫菊。而「採菊東籬下，悠然見南山」兩句最為人所稱引。其生平可參考本冊第八課〈桃花源記〉。

③ 李唐：唐朝的皇帝姓李，故稱李唐。

④ 世人盛愛牡丹：唐以來，人愛牡丹成風，故牡丹又稱為國色。

⑤ 出淤泥而不染：淤泥，泥積於池塘、河溝中的汸泥。句謂從淤泥裏生長，卻不受泥的污染。喻君子雖生活於世間，卻不為世俗同化。淤 (漢)yū (國)ㄩ (粵)jy^{1} 音於。

⑥ 濯清漣而不妖：濯，洗。清漣，水清而有微波，猶言清水。妖，美而欠端莊。洗浴於清水微波中因而不妖媚。喻君子立身正派，不媚於世。濯 (漢)zhuó (國)ㄓㄨㄛˊ (粵)dzɔk^{9} 音鑿。

⑦ 不蔓不枝：蔓，滋長延伸。枝，生枝杈。不會蔓延，不生旁枝。

⑧ 亭亭淨植：亭亭，挺立的樣子。挺拔、潔淨地直立於水面上。

⑨ 可遠觀而不可褻玩焉：褻，褻瀆、輕慢。焉，相當於「啊」、「呀」。可遠看而不可以玩弄。褻 (漢)xiè (國)ㄒㄧㄝˋ (粵)sit^{8} 音屑。

⑩ 予謂菊，花之隱逸者也：隱逸，隱居之士。菊花不與眾花爭妍，如世上隱居的人，不與世俗同流合污。

⑪ 牡丹，花之富貴者也：指牡丹花朵肥大而濃艷，像富貴人家生活豪華。

⑫ 蓮，花之君子者也：君子，品德高尚的人。蓮花是花中的君子，因蓮花有「出淤泥而不染」的特性。

⑬ 噫：感嘆詞，相當於「唉」。噫 (漢)yī (國)ㄧ (粵)ji^{1} 音衣。

⑭ 陶後鮮有聞：鮮，少。聞，聽說。陶淵明之後，很少聽說有人愛菊。鮮 (漢)xiǎn (國)ㄒㄧㄢˇ (粵)sin^{2} 音洗。

⑮ 宜乎眾矣：宜，當然、無怪。宜乎眾矣，說許多人喜愛牡丹，是意料中事。

傷仲永

王安石

金谿①民方仲永，世隸耕②。仲永生五年，未嘗識書具③，忽啼④求之。父異⑤焉，借旁近與之⑥，即書⑦詩四句，并自為其名⑧。其詩以養父母、收族為意⑨，傳一鄉秀才觀之⑩。自是指物作詩立就⑪，其文理皆有可觀者⑫。邑人奇之⑬，稍稍賓客其父⑭，或以錢幣乞之⑮。父利其然⑯也，日扳仲永環謁於邑人⑰，不使學。

予聞之也久。明道中⑱，從先人⑲還家，於舅家見之，十二三矣。令作詩，不能稱前時之聞⑳。又七年，還自揚州，復到舅家，問焉。曰㉑：「泯然眾人矣㉒。」

王子㉓曰：「仲永之通悟受之天㉔也。其受之天也，賢於材人遠矣㉕；卒之為眾人，則其受於人者不至也㉖。彼其受之天也，如此其賢也，不受之人，且為眾人㉗。今夫不受之天，固眾人；又不受之人，得為眾人而已邪㉘？」

作者

王安石，生於北宋真宗天禧五年，卒於北宋哲宗元祐元年（一〇二一——一〇八六）。字介甫，號半山，北宋神宗元豐三年（一〇八〇）封荊國公，世稱王荊公，撫州臨川（今江西撫州）人。王安石是北宋名政治家，北宋仁宗慶曆三年（一〇四三）進士，初任淮南判官簽書，歷任舒州通判、常州知府、江東刑獄提點及參知政事。先後兩度任中書門下平章事，執掌朝政期間，推行新政，變法圖強。因政策時有偏激，加上所任非人，所以遭保守派的反對，新法受挫。晚年退居金陵，卒謚文。

王安石是唐宋八大家之一，不論古文、詩歌，都成就超卓。王安石的説理古文，深於經術，議論透闢，得力於先秦諸子。他的詩歌，取法韓愈，下開江西詩派之風氣。宋紹興辛未（一一五一）王珏刊明初修補本《臨川先生文集》一百卷和元大德辛丑（一三〇一）安成王常刊本李壁注《王荊文公詩注》五十卷〈目錄〉三卷附〈年譜〉一卷傳世，另著有《周官新義》及《唐百家詩選》。

題解

本文選自《臨川先生文集》卷第七十一。作者通過神童方仲永的遭遇，說明天賦條件之不足恃。一個人無論天資多高，其成材與否，主要決定於教育，因而強調後天學習的重要性。本文是一篇簡短的雜記，前兩段敘事，一聞一見，欲抑先揚。末段因事生議，由惋惜仲永的際遇，帶出教育的重要，發人深省。

注釋

① 金谿：縣名，在今江西臨川東。谿 ㊅ xī ㊍ ㄒㄧ ㊆ kai1 音稽。
② 世隸耕：隸，屬於。世代都是種田人。
③ 未嘗識書具：不曾知道甚麼是書寫的工具。
④ 啼：哭哭啼啼。
⑤ 異：異，驚異、詫異。對此覺得奇怪。
⑥ 借旁近與之：從附近借來給他。
⑦ 書：書寫。
⑧ 自為其名：為，作書寫解。書寫自己的姓名。或謂為所作的詩立題目。
⑨ 其詩以養父母、收族為意：那首詩以奉養父母、和睦族人為內容。
⑩ 傳一鄉秀才觀之：給全鄉的秀才傳看。

⑪ 自是指物作詩立就：立就，立即完成。從此以後，指定以某種事物為題，讓他作詩，揮筆而成。

⑫ 其文理皆有可觀者：謂詩的構思條理，都有值得欣賞的地方。

⑬ 邑人奇之：邑，人所聚居的地方。邑人，指同鄉人。奇之，以之（方仲永）為異常。同鄉人認為方仲永是異常的人。

⑭ 稍稍賓客其父：賓客，這裏用作動詞，就是以賓客之禮對待他的父親。全句指漸漸以賓客的禮節款待他的父親。

⑮ 或以錢幣乞之：有人用錢請仲永作詩。

⑯ 利其然：以此為有利，即貪圖這樣的好處。

⑰ 日扳仲永環謁於邑人：扳，拉着、領着。環謁，四處拜訪。每天拉着仲永在鄉裏四處拜訪。扳 ㊥bān ㊀ㄅㄢ ㊄pan^{1} 音攀。

⑱ 明道中：明道年間。明道，宋仁宗趙禎年號（一〇三二——一〇三三）。

⑲ 先人：先父，指安石的亡父王益。

⑳ 不能稱前時之聞：稱，相稱、相當。聞，聲望。與原先的聲譽已經不相稱了。聞 ㊥wèn ㊀ㄨㄣˋ ㊄men^{6} 音問。

㉑ 曰：指舅家人的回答。

㉒ 泯然眾人矣：泯，消失。眾人，普通人。毫無區別地成為普通人了。泯 ㊥mǐn ㊀ㄇㄧㄣˇ ㊄men^{5} 音敏。

㉓ 王子：王安石自稱。

㉔ 通悟受之天：指聰明及領悟力得自天賦。

㉕ 賢於材人遠矣：比起一般有才幹的人強得多了。

㉖ 卒之為眾人，則其受於人者不至也：最後成了普通人，那是因為從沒受過人所給予的教育。

㉗ 彼其受之天也，如此其賢也，不受之人，且為眾人：彼其，代詞連用，即他。他有天所賦予的才具，如此聰明，只因不受教育，尚且成為普通的人。

㉘ 今夫不受之天，固眾人；又不受之人，得為眾人而已邪：現在那些不具備天賦條件的，本來就是普通人；如又不接受教育，要想做個普通人能嗎？意思是要做個普通人也難。

夢溪筆談　三則

沈括

活字印刷術

板印書籍①，唐人尚未盛為之②。自馮瀛王始印五經③，已後典籍，皆為板本④。慶曆中⑤，有布衣⑥畢昇，又為活板。其法用膠泥刻字，薄如錢脣⑦，每字為一印，火燒令⑧堅。先設一鐵板，其上以松脂臘和紙灰之類冒之⑨，欲印則以一鐵範⑩置鐵板上，乃密布⑪字印，滿鐵範為一板，持就火煬之⑫，藥稍鎔⑬，則以一平板按其面，則字平如砥⑭。若止印三二本，未為簡易；若印數十百千本，則極為神速。常作二鐵板，一板印刷，一板已自⑮布字，此印者纔畢，則第二板已具。更互用之，瞬息可就⑯。每一字皆有數印；如「之」、「也」等字，每字有二十餘印，以備一板內有重複者。不用則以紙貼之⑰，每韻為一貼，木格貯之⑱。有奇字⑲素無備者，旋⑳刻之，以草火燒，瞬息可成。不以木為之者㉑，木理㉒有疏密，沾水則高下不平，兼㉓與藥相粘不可取㉔；不若燔土㉕，用訖㉖再火令藥鎔，以手拂之，其印自落，殊不㉗沾污。昇死，其印為予羣從㉘所得，至今寶藏。

隕星

治平元年㉙，常州日禺時㉚，天有大聲如雷，乃一大星幾如月㉛，見於東南；少時而又震一聲，移著㉜西南；又一震而墜，在宜興縣㉝民許氏園中。遠近皆見，火光赫然㉞照天，許氏藩籬㉟皆為所焚。是時火息，視地中只有一竅㊱如桮大，極深，下視之，星在其中，熒熒然㊲。良久漸暗，尚熱不可近。又久之，發其竅，深三尺餘，乃得一圓石，猶熱，其大如拳，一頭微銳，色如鐵，重亦如之。州守㊳鄭伸得之，送潤州㊴金山寺，至今匣藏，遊人到則發視㊵。王無咎㊶為之傳甚詳。

指南針

方家㊷以磁石磨針鋒，則能指南，然常微偏東，不全南也。水浮㊸多蕩搖，指爪及盌脣㊹上皆可為之，運轉尤速，但堅滑易墜，不若縷㊺懸為最善。其法取新纊中獨繭縷㊻，以芥子許蠟㊼綴㊽於針腰，無風處懸之，則針常指南。其中有磨而指北者。予家指南北者皆有之。磁石之指南，猶柏㊾之指西，莫可原其理。

作者

沈括，生於北宋仁宗天聖八年，卒於北宋哲宗元祐元年（一〇三〇——一〇九四）。字存中，湖州錢塘（今浙江吳興錢塘）人，北宋著名科學家。北宋仁宗嘉祐八年（一〇六三）進士。初任館閣校勘。歷任太子中允、提舉司天監、太常丞等，官至龍圖閣待制。

沈括博學洽聞，於天文、方志、律曆、音樂、醫藥及卜算各方面，無所不通。沈括任察訪使時，留心農田水利，又曾製造渾儀、景表、五壺浮漏等科學儀器，並招衞樸造新曆。著有《夢溪筆談》二十六卷，有上海涵芬樓藏明代複刻南宋乾道二年（一一六六）揚州州學刊本傳世。書中記述當時的掌故遺聞和各種科學技術，是記載中國古代科技成就的重要歷史文獻。

題解

本課三則本無題目，現題為編者所加，版本據《夢溪筆談校證》。筆談是筆記類著作體裁之一種。

〈活字印刷術〉選自《夢溪筆談》卷十八。文章介紹我國古代四大發明之一的印刷術。作者以簡練的文字將板印書籍的歷史和活字印刷的發明經過記述下來。

〈隕星〉選自同書卷二十。我國自古已有豐富的天象觀測記錄，本文即詳細地描述了宋英宗治平元年（一〇六四）一次隕星墜落的過程，及事後處理的種種情況，並指出隕星是一種鐵石之類的物質，與現代人對隕石的認識相符。

〈指南針〉選自同書卷二十四。早在公元前三世紀，國人已經懂得運用司南去指示方向，這是世界上最早的指南裝置。其後不斷改進，至宋代已製成了用人工磁化的鐵針。在本文中，作者簡介了人工磁化及四種指南裝置。

注釋

① 板印書籍：板，同版。
② 盛為之：盛，廣泛、大規模。之，指板印書籍。
③ 自馮瀛王始印五經：馮瀛王，即五代人馮道，生於唐僖宗中和二年，卒於後周世宗顯德元年（八八二——九五四），字可道，馮道卒後，後周世宗柴榮追封他為瀛王，故後世稱馮瀛王。五代，指後梁、後唐、後晉、後漢、後周。五經，指《周易》、《尚書》、《詩經》、《禮記》、《春秋》五種儒家經書。
④ 板本：木版印刷的本子。
⑤ 慶曆中：慶曆年間。慶曆，宋仁宗趙禎年號（一〇四一——一〇四八）。
⑥ 布衣：平民。古代沒有官職的人穿麻布衣服，所以稱布衣。
⑦ 錢脣：銅錢的邊緣。
⑧ 令：使之。
⑨ 其上以松脂臘和紙灰之類冒之：和，作動詞用，即混合。冒，蒙、蓋。
⑩ 範：框子。
⑪ 布：排列。

⑫ 持就火煬之：就，靠近。煬，烤。煬 漢yàng 國ㄧㄤˋ 粵joeŋ^{6} 音樣。

⑬ 藥稍鎔：鎔，熔化。藥，指上文說的松脂蠟等物。

⑭ 字平如砥：砥，比喻平直。砥 漢dǐ 或 zhǐ 國ㄉㄧˇ 或 ㄓˇ 粵dai^{2} 或 dzi^{2} 音底或紙。

⑮ 自：別自，另外。

⑯ 瞬息可就：瞬息，一眨眼一呼息的極短時間。就，完成。

⑰ 以紙貼之：貼，用紙條為標簽標出。

⑱ 每韻為一貼，木格貯之：把字按韻分類，用紙條標記，分別放在木格裏。

⑲ 奇字：生僻字。

⑳ 旋：迅速。

㉑ 不以木為之者：為，製造。者，表示原因。

㉒ 木理：木的紋理，質地。

㉓ 兼：並且。

㉔ 不可取：拿不下來。

㉕ 燔土：燔，燒。燒土，就是上文說的「用膠泥刻字」，「火燒令堅」。燔 漢fán 國ㄈㄢˊ 粵fan^{4} 音凡。

㉖ 訖：完結。訖 漢qì 國ㄑㄧˋ 粵ŋɐt^{7} 音迄。

㉗ 殊不：一點也不。

㉘ 予羣從：羣，眾，諸。從，次於最親的親屬，例如堂兄弟為從兄弟、姪為從子、伯叔父為從父。單說從則指年紀比自己小的。句意是我的弟姪輩。

㉙ 治平元年：治平，宋英宗年號（一〇六四——一〇六七），即西元一〇六四年。

㉚ 常州日禺時：常州，州名，轄境包括今江蘇常州、武進、江陰、無錫、宜興等地，治所在今常州。禺，禺谷，古代傳說中日落的地方。日禺時，日落的時候。漢yú 國ㄩˊ 粵jy^{4} 音如。

㉛ 乃一大星，幾如月：大星，很大的流星。幾如月，幾乎像月亮一樣明亮。

㉜ 移著：著，通着，着落，歸向。移到。

㉝ 宜興縣：縣名，在今江蘇南部。

㉞ 赫然：光輝耀眼的樣子。

㉟ 籬：籬笆。藩 ㊟fān㊖ㄈㄢ粵fan^{4}。籬 漢lí國ㄌㄧˊ粵lei^{4} 音離。

㊱ 竅：窟窿，洞穴。竅 漢qiào國ㄑㄧㄠˋ粵kiu^{3} 或 hiu^{3} 音喬陰去聲或曉去聲。

㊲ 熒熒然：微光閃動的樣子。

㊳ 州守：宋代州一級的行政長官。

㊴ 潤州：地名，在今江蘇鎮江。

㊵ 發視：打開來看。

㊶ 王無咎：王無咎，生於宋仁宗天聖二年，卒於宋神宗熙寧二年（一〇二四——一〇六九），字補之，建昌南城（今江西南城）人，王安石的學生，嘉祐年間進士。咎 漢jiù國ㄐㄧㄡˋ粵gau^{3} 音究。

㊷ 方家：指從某種技藝專長作為職業的人，包括醫、卜、星、相一類的人。

㊸ 水浮：這裡指將磁針漂浮在水上。

㊹ 指爪及帮脣：指爪，指甲。帮脣，即碗邊。帮，同碗。帮 漢wǎn國ㄨㄢˇ粵wun^{2} 音腕。

㊺ 縷：線。縷 漢lǚ國ㄌㄩˇ粵lœy^{5} 或 lau^{5} 音呂或柳。

㊻ 其法取新纊中獨蠒縷：纊，絲綿。蠒，同繭。獨蠒縷，單根蠶絲。纊 漢kuàng國ㄎㄨㄤˋ粵kwɔŋ^{3} 音礦。蠒 漢jiǎn國ㄐㄧㄢˇ粵gan^{2} 音簡。

㊼ 以芥子許蠟：芥子，芥菜籽。許，約。約如芥子大小的蠟。

㊽ 綴：連結。綴 漢zhuì國ㄓㄨㄟˋ粵dzœy^{3} 音最。

㊾ 柏：指側柏，屬於柏樹的一種，它的樹葉都傾向西方。

日喻

蘇軾

生而眇①者不識日，問之有目者。或告之曰：「日之狀如銅槃。」扣槃而得其聲。他日聞鐘，以為日也。或告之曰：「日之光如燭。」捫燭而得其形。他日揣籥②，以為日也。日之與鐘、籥亦遠矣，而眇者不知其異，以其未嘗見而求之人也。道之難見也甚於日，而人之未達③也，無以異於眇。達者告之，雖有巧譬善導，亦無以過於槃與燭也。自槃而之④鐘，自燭而之籥，轉而相之⑤，豈有既⑥乎！故世之言道者，或即其所見而名之⑦，或莫之見而意⑧之，皆求道之過也。然則道卒不可求歟？蘇子曰：「道可致而不可求⑨。」何謂致？孫武⑩曰：「善戰者致人，不致於人⑪。」子夏⑫曰：「百工居肆以成其事，君子學以致其道⑬。」莫之求而自至，斯以為致也歟？

南方多沒人⑭，日與水居也，七歲而能涉，十歲而能浮，十五而能浮沒矣。夫沒者，豈苟然哉？必將有得於水之道者。日與水居，則十五而得其道。生不識水，則雖壯，見舟而畏之。故北方之勇者，問於沒人，而求其所以沒，以其言試之河，未有不溺者也。故凡不學而務求道，皆北方之學沒者也。

昔者以聲律取士⑮，士雜學而不志於道。今者以經術取士⑯，士求道而不務學。渤海吳君彥律⑰，有志於學者也，方求舉於禮部⑱，作〈日喻〉以告之。

作者

蘇軾，生於北宋仁宗景祐三年，卒於北宋徽宗建中靖國元年（一〇三六——一一〇一）。字子瞻，號東坡居士，眉州眉山（今四川眉山）人。北宋仁宗嘉祐二年（一〇五七）進士。初任福昌主簿，歷密州、徐州、湖州、知州，後因「烏臺詩案」，涉作詩諷刺朝政被貶黃州團練副使。北宋哲宗元祐七年（一〇九二），官至禮部尚書，其後屢遭貶謫，終任朝奉官。政治上，蘇軾反對王安石的新法。任地方官時，關心百姓疾苦，有治績。

蘇軾是「唐宋八大家」之一，一生著述豐富，散文、詩、詞、書畫皆有卓越成就。其文縱橫揮灑，其詩奔放豪邁，清新暢達，富於理趣，與黃庭堅並稱「蘇黃」。其詞突破了唐五代詞綺艷柔靡的傳統，開創豪放詞派，與辛棄疾並稱「蘇辛」，在中國文學史上影響深遠。有明萬曆三十四年（一六〇六）吳興茅維刊本《東坡全集》七十五卷和《四部叢刊》據南宋刊本影《經進東坡文集事略》六十卷傳世。

題解

本課選自《蘇軾文集》卷六十四，一作「日喻說」，作於宋神宗元豐元年（一〇七八）。當時正值王安石變法，朝廷改以經術取士。據《烏臺詩案》，本文是「以譏諷朝更改科場新法之不便也。」作者在文中，認為士子既應務學，也應求道。全篇借喻說理，內容深入淺出。

注釋

① 眇：此指雙目失明。眇 (漢)miǎo (國)ㄇㄧㄠˇ (粵)miu^5 音秒。

② 揣籥：揣，摸索形狀。籥，古代一種形狀似笛的樂器。籥 (漢)yuè (國)ㄩㄝˋ (粵)jœk^9 音若。

③ 達：懂得，理解。下文「達者」，即懂得道的人。

④ 之：往，轉到。下文「之籥」的「之」字，義同。

⑤ 轉而相之：相，視察、觀察。從一件事物轉而往另一件事物來觀察。

⑥ 既：盡。
⑦ 即其所見而名之：見，見解、認識。名，稱說、解釋。就他所認識的用來解釋道。
⑧ 意：同臆，猜測。
⑨ 道可致而不可求：致，使事物自至。下文「致人」的「致」，義同，是說道可令其自致而不可勉強求得。
⑩ 孫武：約生於西元前五三五年，卒年不詳。春秋時齊國軍事家，著有《孫子兵法》。
⑪ 善戰者致人，不致於人：是說善於作戰的人，時時處在主動地位，誘使敵人來打，而不陷於被動。
⑫ 子夏：孔子的學生，姓卜名商，字子夏（西元前五〇七——四二〇）。
⑬ 百工居肆以成其事，君子學以致其道：肆，官府造作之所。致，使至。語見《論語・子張》。是說工匠居住在製造場所裏來完成他們的工作，君子則靠學習掌握真理。
⑭ 沒人：能潛水的人。
⑮ 昔日以聲律取士：聲律，詩賦。由於詩賦重聲律，故云。指北宋前期的科舉制度仍沿襲唐人的作法，以詩賦取士。當時雖設「明經」科目，但不為士人所重視。
⑯ 今者以經術取士：指神宗熙寧四年（一〇七一），王安石罷詞賦科，以經術取士。
⑰ 渤海吳君彥律：渤海，唐時置棣州渤海郡，治所在今山東陽信。吳君彥律，吳琯，字彥律。蘇軾任徐州知府時，吳彥律任該州監酒正字，與蘇軾時有唱和。
⑱ 方求舉於禮部：求舉，應試禮部，即唐宋以來主管科舉的機構。向禮部報名應進士科的考試。

賣柑者言

劉基

杭①有賣果者，善藏柑②，涉寒暑不潰③。出之燁然④，玉質而金色⑤，置于市，賈⑥十倍，人爭鬻⑦之。予貿⑧得其一，剖之，如有煙撲口鼻；視其中，則乾若敗絮⑨。予恠⑩而問之曰：「若所市於人者⑪，將以實籩豆⑫，奉祭祀，供賓客乎？將衒外以惑愚瞽也⑬！甚矣哉！為欺也。」

賣者笑曰：「吾業是有年矣⑭。吾賴是以食吾軀⑮。吾售之，人取之，未嘗有言⑯，而獨不足子所乎⑰？世之為欺者不寡矣，而獨我也乎？吾子未之思也⑱。今夫佩虎符坐皋比者⑲，洸洸乎干城之具也⑳，果能授孫吳之略㉑耶？峨大冠拖長紳者㉒，昂昂乎廟堂之器也㉓，果能建伊皐之業㉔耶？盜起而不知禦，民困而不知救，吏姦而不知禁，法斁㉕而不知理，坐糜廩粟㉖而不知恥；觀其坐高堂、騎大馬，醉醇醴而飫肥鮮者㉗，孰不巍巍乎可畏，赫赫乎可象㉘也。又何往而不金玉其外，敗絮其中也哉？今子是之不察㉙，而以察吾柑。」

予默然無以應。退而思其言，類東方生滑稽之流㉚，豈其憤世疾邪者耶？而託于柑以諷耶？

作者

劉基，生於元武宗至大四年，卒於明太祖洪武八年（一三一一——一三七五）。字伯溫，青田（今浙江青田）人。元文宗至順（一三三〇——一三三二）年間進士，初任江西高安縣丞，歷任江浙儒學副提舉、浙東元帥府都事等職。其後棄官還鄉，隱居於青田山中專事著述。元末接受朱元璋的徵召，輔助朱氏平定天下，建立明朝。官至御史中丞兼太史令，封誠意伯。晚年留京師，傳為宰相胡惟庸毒殺。

劉基博通經史，專精讖緯術數之學，與宋濂並列明代開國文臣之首。劉基的文章，風格古樸，文筆銳利，寓意深遠。有明成化六年（一四七〇）浙江巡按戴用刊本《誠意伯劉先生文集》二十卷傳世。

題解

〈賣柑者言〉選自《誠意伯文集》卷七。這是一篇諷刺性散文，作者藉賣柑者之口，揭露元朝末年社會的腐敗，嘲諷某些居高位的文臣武將，無不如杭柑之「金玉其外，敗絮其中」，都是虛有其表的庸才。文句簡煉，內容發人深省。

注釋

① 杭：指浙江杭州。
② 柑：果名，形似橘而大，橙黃色。
③ 涉寒暑不潰：涉，經歷。潰，腐爛。潰 漢kuì 國ㄎㄨㄟˋ 粵kui2 音繪。
④ 燁然：光彩鮮明的樣子。燁 漢yè 國ㄧㄝˋ 粵jip9 音頁。
⑤ 玉質而金色：質地像玉一樣潤澤，顏色如金子似的耀眼。
⑥ 賈：通價，價格。
⑦ 鬻：原意是賣，這裏是購買的意思。鬻 漢yù 國ㄩˋ 粵juk9 音育。
⑧ 貿：買。
⑨ 敗絮：破棉絮。
⑩ 恠：「怪」的異體字。
⑪ 若所市於人者：若，你。市，賣。

⑫ 將以實籩豆：實，裝滿。籩，竹編的禮器。豆，木製或銅製、陶製的禮器。這兩種器皿古時用作盛載果品食物供祭祀神靈或招待賓客時使用。籩 (漢)biān(國)ㄅㄧㄢ(粵)bin1 音邊。

⑬ 將衒外以惑愚瞽也：將，抑或。衒，炫耀，誇耀。瞽，盲人。衒 (漢)xuàn(國)ㄒㄩㄢˋ(粵)jyn6 音願。瞽 (漢)gǔ(國)ㄍㄨˇ(粵)gu2 音古。

⑭ 吾業是有年矣：業，從事，是，代詞，指賣柑這工作。有年，有許多年。

⑮ 吾賴是以食吾軀：食，動詞，供養，意即養活。軀，身軀，意即生命。食 (漢)sì(國)ㄙˋ(粵)dzi6 音自。

⑯ 有言：有責問的話。

⑰ 而獨不足子所乎：足，滿足。子，對對方的敬稱。所，代詞，即這。子所，你這裏。

⑱ 吾子未之思也：吾子，對談話對象的親切稱呼。之，是代詞賓語，放在否定句中提到動詞之前。未之思，即「未思之」。

⑲ 佩虎符坐皐比者：虎符，虎形的兵符。古時大將出征，國君授予虎形兵符的一半作為調動軍隊的憑據。皐比，虎皮，這裏指鋪了虎皮的將軍座席。佩帶着虎符，坐上虎皮座位的人。皐 (漢)gào(國)ㄍㄠˋ(粵)gou1 音高。

⑳ 洸洸乎干城之具也：洸洸，威武的樣子。干，盾，古代禦敵的兵器，這裏作動詞用。具，才具，這裏指人材。干城之具，指捍衞國家的將才。洸 (漢)guāng(國)ㄍㄨㄤ(粵)gwoŋ1 音光。

㉑ 孫吳之略：孫武（西元前五三五?——?）、吳起（西元前四四〇——三八一）的謀略。孫、吳都是春秋戰國時期有名的軍事家。

㉒ 峨大冠拖長紳者：峨，高，這裏作動詞用。紳，古代士大夫束在腰間作為裝飾的大帶子。指士大夫。峨 (漢)é(國)ㄜˊ(粵)ŋɔ4 音俄。

㉓ 昂昂乎廟堂之器也：昂昂，高傲不凡的樣子。廟堂之器，喻指朝廷大臣之材。

㉔ 伊皐之業：伊，伊尹，商湯的大臣。皐，皋陶，相傳是舜的輔佐重臣。伊尹、皋陶的業績。陶 (漢)yáo(國)ㄧㄠˊ(粵)jiu4 音堯。

㉕ 斁：敗壞。斁 ㊗漢dù 國ㄉㄨˋ 粵dou^{3}音到。

㉖ 坐糜廩粟：坐，徒然、白白的。糜，糜爛，消耗、浪費。廩，糧倉。廩粟，國庫的糧食，俸祿。糜 漢mí 國ㄇㄧˊ 粵mei^{4}音眉。廩 漢lǐn 國ㄌㄧㄣˇ 粵lɐm^{5}音凜。

㉗ 醉醇醴而飫肥鮮者：飫，飽吃。醇醴，濃厚之甜酒。醴 漢lǐ 國ㄌㄧˇ 粵lɐi^{5}音禮。飫 漢yù 國ㄩˋ 粵jy^{3}音於陰去聲。

㉘ 赫赫乎可象：赫赫，顯赫的樣子。可象，可以效法，值得仿效。氣勢壯盛值得效法。赫 漢hè 國ㄏㄜˋ 粵hak^{7}音客陰入聲。

㉙ 是之不察：是，代詞，指上述現象。

㉚ 類東方生滑稽之流：類，類似。東方生，即東方朔，生於漢景帝初三年，卒於漢武帝太始四年（西元前一五四——前九三），字曼倩，詼諧滑稽，善諷諫。滑 漢gǔ 國ㄍㄨˇ 粵gwɐt^{7}音骨。

滿井遊記

袁宏道

燕地①寒，花朝節②後，餘寒猶厲。凍風時作，作則飛沙走礫③。局促一室之內，欲出不得。每冒風馳行，未百步，輒返。

廿二日，天稍和，偕數友出東直④。至滿井⑤。高柳夾堤，土膏⑥微潤，一望空闊，若脫籠之鵠⑦。於時冰皮始解⑧，波色乍明，鱗浪⑨層層，清徹見底，晶晶然⑩如鏡之新開，而冷光之乍出于匣⑪也。山巒為晴雪⑫所洗，娟然如拭⑬，鮮妍明媚，如倩女之靧面，而髻鬟之始掠也⑭。柳條將舒未舒，柔梢披風⑮，麥田淺鬣⑯寸許。遊人雖未盛，泉而茗者⑰，罍⑱而歌者，紅裝而蹇者⑲，亦時時有。風力雖尚勁，然徒步則汗出浹⑳背。凡曝沙㉑之鳥，呷浪之鱗㉒，悠然自得，毛羽鱗鬣㉓之間，皆有喜氣。始知郊田之外，未始無春，而城居者未之知㉔也。

夫能不以遊墮事㉕，而瀟然㉖於山石草木之間者，惟此官㉗也。而此地適與余近，余之遊將自此始，惡能無紀㉘？己亥㉙之二月也。

作者

袁宏道，生於明穆宗隆慶二年，卒於明神宗萬曆三十八年（一五六八——一六一〇）。字中郎，號石公，公安（今湖北公安）人。萬曆二十年（一五九二）舉進士，授吳縣知縣，頗有政績。歷任順天教授、國子助教、禮部主事，官至考功員外郎。

袁宏道是明中葉的文學名家，與兄宗道及弟中道皆以文學名世，號「公安三袁」，人稱公安派。他反對前後七子尊唐貶宋的文學思想，抨擊詩壇上模擬復古的弊端，提倡「性靈」說。他的詩文清新雋永，詩歌則雜以俚語，開明代文學的新氣象。有萬曆四十五年（一六一七）金陵大業堂刊本何偉然編《梨雲館類定袁中郎全集》二十四卷傳世。

題解

本課選自《袁宏道集箋校》卷十七。記是文體名，以敘事為主，兼及議論抒情和山川景觀的描寫。滿井，地名，在今北京市東北郊，距東直門三、四里。本文寫作者初春到滿井郊遊，見萬物復甦，生機蓬勃，感受到人生的情趣。本篇的特點在於輕快灑脫，清新自然，體現了公安派「獨抒性靈」、「不拘格套」的文學風格。

注釋

① 燕地：今河北北部。周朝初年（西元前十一世紀），周封召公奭於薊（今河北薊縣），因燕山定國號為燕，戰國時期是七雄之一的燕國的所在地。今北京歸屬燕地，所以也稱燕。

② 花朝節：當時以農曆二月十二為百花生日，稱花朝節。

③ 礫：小石頭。礫 (漢)lì (國)ㄌㄧˋ (粵)lik^{7} 音靂。

④ 東直：東直門。原北京城東北的一個城門，現已拆除。

⑤ 滿井：地名，在今北京市東北郊，距東直門三、四里。

⑥ 土膏：肥沃的土地。

⑦ 鵠：天鵝。鵠 (漢)hú (國)ㄏㄨˊ (粵)huk^{9} 音酷。

⑧ 冰皮始解：解，融化。冰皮，水上結冰的薄層。

⑨ 鱗浪：魚鱗似的水紋。

⑩ 晶晶然：光亮如水晶一樣。

⑪ 匣：指鏡匣。

⑫ 晴雪：指雪在晴天被融化。

⑬ 娟然如拭：拭，擦抹乾淨。娟然，秀美的樣子。拭(漢)shì(國)ㄕˋ(粵)sik^{7}音式。

⑭ 如倩女之靧面而髻鬟之始掠也：倩女，美麗的少女。靧面，洗臉。掠，這裏指把頭髮輕輕梳攏。倩(漢)qiàn(國)ㄑㄧㄢˋ(粵)sin^{3}音線。靧(漢)huì(國)ㄏㄨㄟˋ(粵)fui^{3}音悔。髻(漢)jì(國)ㄐㄧˋ(粵)gai^{3}音繼。鬟(漢)huán(國)ㄏㄨㄢˊ(粵)wan^{4}音環。掠(漢)lüè(國)ㄌㄩㄝˋ(粵)lœk^{9}音略。

⑮ 披風：在風中飄拂。

⑯ 淺鬣：鬣，馬頸上長毛。這裏借喻麥苗。鬣(漢)liè(國)ㄌㄧㄝˋ(粵)lip^{9}音獵。

⑰ 泉而茗：茗，泡茶、煮茶。泉，泉水，作動詞用，引申為汲泉水。

⑱ 罍：古代的盛酒器，在這裏作動詞用，意為拿着酒杯。罍(漢)léi(國)ㄌㄟˊ(粵)lœy^{4}音雷。

⑲ 紅裝而蹇者：紅裝，青年女子。蹇，本意為跛足，引申而為蹇驢或駑馬。這裏作動詞用，意謂年輕的婦女騎着驢子。蹇(漢)jiǎn(國)ㄐㄧㄢˇ(粵)gin^{2}音肩上聲。

⑳ 浹：濕透。浹(漢)jiá(國)ㄐㄧㄚˊ(粵)dzip^{8}音接。

㉑ 曝沙：在沙灘上曬太陽，曝(漢)pù(國)ㄆㄨˋ(粵)buk^{9}音僕。

㉒ 呷浪之鱗：吞吐水波的魚。呷(漢)xiá(國)ㄒㄧㄚˊ(粵)hap^{8}音峽中入聲。

㉓ 毛羽鱗鬣：毛羽，指鳥。鱗鬣，言魚的鱗和鰭，借指魚。

㉔ 未之知：即「未知之」，因為是否定句。所以賓語「之」提前。不知道。

㉕ 墮事：耽誤正事。

㉖ 瀟然：無拘無束的樣子。

㉗ 此官：這個官，指作者自己。當時作者任順天府儒學教授，是個清閒的官職。

㉘ 惡能無紀：惡能，怎能。紀，紀錄。怎能沒有文章記遊？惡 漢wū國ㄨ粵wu1音烏。

㉙ 己亥：明朝神宗萬曆二十七年（一五九九）。

口技

林嗣環

京中有善口技者，會①賓客大讌。於廳事②之東北角，施八尺屏障③，口技人坐屏障中。一桌、一椅、一扇、一撫尺④而已，家賓團坐。少頃，但聞屏障中撫尺二下，滿堂寂然，無敢譁者。遙遙聞深巷犬吠聲，便有婦人驚覺欠伸⑤，搖其夫語猥褻事。夫囈語⑥，初不甚應，婦搖之不止，則二人語漸間雜。床又從中戛戛，既而⑦兒醒大啼。夫令婦撫兒乳⑧，兒含乳啼，婦拍而嗚⑨之。夫起溺，婦亦抱兒起溺。床上又一大兒醒，狺狺⑩不止。當是時，婦手拍兒聲、口中嗚聲、兒含乳啼聲、大兒初醒聲、床聲、夫叱大兒聲、溺缾中聲、溺桶中聲，一齊湊發，眾妙畢備⑪。滿座賓客，無不伸頸側目，微笑嘿歎⑫，以為妙絕也。

既而夫上床寢，婦又呼大兒溺，畢，都上床寢，小兒亦漸欲睡。夫齁聲⑬

起，婦拍兒亦漸拍漸止。微聞有鼠作作索索⑭，盆器傾側，婦夢中咳嗽之聲，賓客意少舒⑮，稍稍正坐。忽一人大呼火起，夫起大呼，婦亦起大呼，兩兒齊哭。俄而⑯百千人大呼，百千兒哭，百千狗吠，中間力拉崩倒之聲⑰，火爆聲、呼呼風聲，百千齊作，又夾百千求救聲、曳屋許許聲⑱、搶奪聲、潑水聲，凡所應有，無所不有。雖人有百手，手有百指，不能指其一端⑲；人有百口，口有百舌，不能名⑳其一處也。於是賓客無不變色離席，奮袖出臂㉑，兩股戰戰㉒，幾欲先走。而忽然撫尺一下，羣響畢絕。撤屏視之，一人、一桌、一椅、一扇、一撫尺而已。

作者

林嗣環，生卒年不詳，明末清初人。字鐵崖，福建晉江人。清世祖順治六年（一六四九）進士，為人耿介疏狂，曾隨明降將尚可喜、耿繼茂南征桂王的南明政權。官至廣東提刑按察司副使，駐節瓊州（今海南島）。其後因事被貶戍邊疆，後遇赦放還，客死杭州西湖。

林嗣環工詩文，善書畫，晚年寓居西湖，為朱彝尊、王士禎等推重，著文集，今佚。

題解

本文節選自《虞初新志》卷一〈秋聲詩自序〉，現題為編者所加。口技是民間藝人運用「口」作出多種擬聲的技藝。作者用細膩的筆法，具體地描摹藝人的奇技、聽眾的神態和動作，文字暢朗，節奏明快。

注釋

① 會：正趕上。
② 廳事：大廳、客廳。
③ 施八尺屏障：施，設置、安放。屏障，指屏風、圍帳一類用以隔斷視線的東西。
④ 撫尺：即「醒木」，藝人表演所用的一種道具。
⑤ 驚覺欠伸：驚醒後打哈欠、伸懶腰。
⑥ 囈語：說夢話。囈 ㊕yì㊖ㄧˋ㊗ngai⁶ 音藝。
⑦ 既而：不久之後。
⑧ 撫兒乳：撫，撫摸、安撫。乳，餵奶，動詞。

⑨ 嗚：嘴裏發出安慰小孩的嗚嗚聲，這裏作動詞用，指輕聲哼唱着哄孩子入睡。

⑩ 狺狺：狺 漢 yín 國 ㄧㄣˊ 粵 ŋen^{4} 音銀。一本作絮絮。

⑪ 眾妙畢備：畢，全、都。意思是各種聲響都摹仿得非常傳神。

⑫ 嘿歎：嘿，同默。

⑬ 齁聲：熟睡時的鼻息聲，俗說打齁、打呼嚕。齁 漢 hōu 國 ㄏㄡ 粵 heu^{1} 音侯陰平聲。

⑭ 作作索索：形容老鼠活動的聲音。

⑮ 意少舒：少，稍微。舒，舒緩，舒展。心情稍稍放鬆。

⑯ 俄而：一會兒。

⑰ 中間力拉崩倒之聲：間，夾雜。力拉，象聲詞，形容房屋倒塌聲。裏面夾雜着劈里啪啦房屋倒塌的聲音。

⑱ 曳屋許許聲：曳，拉。許許，眾人拉倒燃燒的房屋時齊聲用力的呼喊聲。許 漢 hǔ 國 ㄏㄨˇ 粵 fu^{2} 或 wu^{2} 音虎或烏上聲。

⑲ 不能指其一端：一端，一頭，這裏是「一種」的意思。不能指，不能辨別清楚。意思是口技摹擬的各種聲音同時發出，聽者來不及分辨到底是哪一種聲音。

⑳ 名：說出、指稱。

㉑ 奮袖出臂：形容賓客逃生之狀。

㉒ 兩股戰戰：戰，通顫，指發抖。形容驚恐之狀。

河中石獸

紀昀

滄州①南，一寺臨河干②，山門圮於河③，二石獸並沈焉。閱④十餘歲，僧募金重修。求二石獸於水中，竟不可得，以為順流下矣。棹數小舟⑤，曳鐵鈀⑥，尋十餘里無跡。一講學家設帳⑦寺中，聞之笑曰：「爾輩不能究物理⑧。是非木杮⑨，豈能為暴漲攜之去⑪？乃石性堅重，沙性鬆浮，湮⑩於沙上，漸沈漸深耳。沿河求之，不亦傎⑪乎？」眾服為確論。一老河兵⑫聞之，又笑曰：「凡河中失石，當求之於上流。蓋石性堅重，沙性鬆浮，水不能衝石，其反激之力⑬，必於石下迎水處齧沙為坎穴⑭。漸激漸深，至石之半，石必倒擲坎穴中。如是再齧，石又再轉。轉轉不已，遂反溯流⑮逆上矣。求之下流，固傎；求之地中，不更傎乎？」如其言，果得於數里外。然則天下之事，但知其一，不知其二者多矣。可據理臆斷歟！

作者

紀昀，生於清世宗雍正二年，卒於清仁宗嘉慶十年（一七二四——一八〇五），字曉嵐，號春帆，晚號石雲，直隸獻縣（今河北獻縣）人。清高宗乾隆十九年（一七五五）進士，初任翰林院編修、歷任貴州都匀府知府、翰林院侍讀學士。後因洩露兩淮鹽運使盧見曾得罪一事，貶戍新疆烏魯木齊三年。其後得清高宗賞識，授命總纂《四庫全書》，歷十三年而成，遷禮部尚書，官至協辦大學士。

紀昀學問淵博，一生精力悉耗於《四庫全書》的編製上。他所撰的《四庫全書總目提要》，評論歷代典籍，探源竟委，蔚為巨觀。紀昀著述豐富，除《沈氏四聲考》和《閱微草堂筆記》外，今有嘉慶十七年（一八一二）廣州鎔經鑄史齋《紀文達公遺集》十六卷傳世。

題解

本文選自《閱微草堂筆記》卷十六，現題為編者所加。全書廿四卷，雜記作者所見所聞之事。〈河中石獸〉僅二百五十餘字，敘述生動具體，有力地說明了要對事物有正確的處理方法，不僅需要對事理物性有正確認識，還需對生活有深刻的體驗。「但知其一，不知其二」，不可能獲得真知。全文生動有趣，是一篇足以啟發心智的好文章。

注釋

① 滄州：今河北滄州。
② 河干：河岸。
③ 山門圮於河：山門，廟門。圮，坍塌。圮 ㊉pǐ ㊀ㄆㄧˇ ㊇pei² 音鄙。
④ 閱：經。
⑤ 棹數小舟：棹，同櫂，船槳之類，這裏作動詞用。棹 ㊉zhào ㊀ㄓㄠˋ ㊇dzau⁶ 音爪低去聲。
⑥ 曳鐵鈀：曳，拉，引申為牽引。鈀，金屬製成，形同耙，五齒，鏟土、平土的工具。鈀 ㊉pá ㊀ㄆㄚˊ ㊇pa⁴ 音爬。
⑦ 設帳：開設講壇，即設館授徒。
⑧ 究物理：推求事物的事理物性。
⑨ 是非木杮：是，這。杮，從大木上削下的木片。杮，一作柹。杮為柹之異體字，果木名，或為杮之誤。杮 ㊉fèi ㊀ㄈㄟˋ ㊇fai³ 音肺。
⑩ 湮：埋沒。湮 ㊉yān ㊀ㄧㄢ ㊇jan¹ 音因。
⑪ 傎：同顛，此處作顛倒解。
⑫ 河兵：清代置河道總督，掌管黃河、運河、永定河的堤防及疏浚等事。河兵為河道總督轄下的兵丁。
⑬ 反激之力：反彈的衝激力量。
⑭ 必於石下迎水處齧沙為坎穴：齧，咬、侵蝕。必定在石的下方迎着水的地方侵蝕河沙，形成坑穴。齧 ㊉niè ㊀ㄋㄧㄝˋ ㊇jit⁹ 音熱。
⑮ 溯流：逆着水流。溯 ㊉sù ㊀ㄙㄨˋ ㊇sou³ 音訴。

黃花崗烈士事略序①　孫文

滿清末造②，革命黨人歷艱難險巇③，以堅毅不撓④之精神，與民賊相搏⑤，躓踣者屢⑥，死事⑦之慘，以辛亥三月二十九日圍攻兩廣督署之役為最，吾黨菁華⑧，付之一炬⑨，其損失可謂大矣。然是役也，碧血橫飛⑩，浩氣四塞⑪，草木為之含悲，風雲因而變色，全國久蟄⑫之人心，乃大興奮，怨憤所積，如怒濤排壑，不可遏抑⑬，不半載而武昌之大革命⑭以成，則斯⑮役之價值，直可驚天地、泣鬼神，與武昌革命之役並壽。

顧自民國肇造⑯，變亂紛乘⑰，黃花崗上一抔土⑱，猶湮沒於荒煙蔓草間⑲，延至七年⑳，始有墓碣之建修㉑，十年始有事略之編纂；而七十二烈士者，又或有紀載而語焉不詳，或僅存姓名而無事迹，甚者且姓名不可考，如史載田橫事㉒，雖以史遷之善傳游俠㉓，亦不能為五百人立傳，滋可痛已！

鄒君海濱㉔以所輯《黃花崗烈士事略》丐序於予㉕。時予方以討賊督師桂林㉖，環顧國內，賊氛方熾㉗，杌隉之象㉘，視清季有加㉙；而予三十年前所主唱之三民主義、五權憲法㉚為諸先烈所不惜犧牲生命以爭者，其不獲實行也如故，則予此行所負之責任，尤倍重於三十年前。倘國人皆以諸先烈之犧牲精神為國奮鬥，助予完成此重大之責任，實現吾人理想之真正中華民國，則此一部開國血史，可傳世而不朽；否則不能繼述先烈遺志且光大之，而徒感慨於其遺事，斯誠後死者之羞也。

余為斯序，既痛逝者，並以為國人之讀茲編者勗㉛。

作者

孫文，生於清穆宗同治五年，卒於民國十四年（一八六六——一九二五）。字逸仙，號中山，廣東香山（今廣東中山縣）翠亨村人。中華民國創始人。少時在鄉塾讀書，後來在夏威夷檀香山及香港讀中學，畢業於香港西醫書院，行醫於香港澳門和廣州等地。清德宗光緒二十年

（一八九四），中國於中日甲午戰爭慘敗後，孫中山上書清廷重臣李鴻章敷陳救國大計，未被採納。光緒卅一年（一九〇五），於東京成立中國同盟會，聯合海外革命志士，倡民族、民權、民生並重的「三民主義」。屢次策動反清活動，均告失敗。宣統三年（一九一一），辛亥革命爆發，滿清覆亡，孫中山被舉為中華民國臨時大總統。其後，繼任為總統的袁世凱稱帝不遂，民國為軍閥割據，孫中山於廣州成立軍政府，帶領國民軍北伐。民國十四年（一九二五）孫中山因肝癌於北京逝世，卒年五十九歲。

孫中山先生一生為推翻專制、建設民主中國而努力，被史家尊為現代中國的國父。著有《建國方略》、《建國大綱》及《三民主義》等政論學說，一九八一年北京中華書局出版《孫中山全集》十一卷，收錄孫氏一生的著述。

題解

本篇選自《孫中山全集》第六卷。一九一九年，革命元老鄒魯蒐集資料並開始編寫《黃花崗烈士事略》，一九二二年書刊行。事略，是記述人物事迹大略的一種文體。清宣統三年（一九一一）三月二十九日，黃興領導在廣州的革命黨人起義反清，圍攻兩廣總督官署，因寡不敵眾而失敗，死難者數百人，事後，收得屍骨七十二具，合葬於廣州市西北郊的黃花崗，後來正式稱為黃花崗七十二烈士之墓。一九二一年十二月，孫中山先生應鄒魯的請求，在戎馬倥傯之際寫成這一篇書序。序中回顧了艱難曲折的革命道路，讚揚了黃花崗烈士的愛國精神，並闡釋黃花崗戰役的歷史意義，勉勵國人繼承先烈的遺志，完成其未竟的事業。文字簡潔凝重，誠摯感人，充分顯出革命家強烈的憂國憂民及緬懷先烈的感情。

注釋

① 黃花崗烈士事略序：一九一九年，鄒魯（一八八五——一九五四）蒐集資料編寫《黃花崗烈士事略》，一九二一年，孫文寫了這篇書序，一九二三年正式刊行。事略，是記述人物事跡大略的一種文體。清宣統三年（一九一一）三月二十九日，黃興領導革命黨人在廣州舉行反清起義，圍攻兩廣總督官署，因寡不敵眾而失敗，死難者數百人。事後，收得屍骨七十二具，合葬於廣州市西北郊的黃花崗，後來被稱為黃花崗七十二烈士之墓。

② 滿清末造：清朝末期。由於清帝為滿族（中國的少數民族之一），故當時革命黨人稱之為「滿清」。

③ 革命黨人歷艱難險巇：革命黨人，這裏指中國同盟會會員。險巇，危險的境地。巇 ㊁漢 xī ㊁國 ㄒㄧ ㊁粵 hei^{1} 音希。

④ 堅毅不撓：撓，屈服。撓 ㊁漢 náo ㊁國 ㄋㄠˊ ㊁粵 nau^{4} 音鬧低平聲。

⑤ 與民賊相搏：民賊，指殘害人民的人。搏，搏鬥。搏 ㊁漢 bó ㊁國 ㄅㄛˊ ㊁粵 bɔk^{8} 音博。

⑥ 躓踣者屢：躓，絆倒。踣，向前仆倒。躓踣，跌倒，比喻革命遭遇挫折。辛亥（一九一一年）革命前，孫中山領導的反清義舉曾經歷過十次失敗。躓 ㊁漢 zhì ㊁國 ㄓˋ ㊁粵 dzi^{3} 音至。踣 ㊁漢 bó ㊁國 ㄅㄛˊ ㊁粵 bak^{9} 音白。

⑦ 死事：為國家大事殉難。

⑧ 菁華：精華，菁，與精通。喻革命黨中最優秀的分子。

⑨ 付之一炬：一炬，一把火。一把火燒燬，指革命菁英於此次戰役中犧牲殆盡。

⑩ 碧血橫飛：碧血，指忠臣烈士的鮮血。烈士的血四處飛濺。

⑪ 浩氣四塞：浩氣，浩然之氣，浩然正氣充塞於天地間。

⑫ 久蟄：蟄，指蟲類冬眠，潛藏不動。久蟄，形容國人心靈不醒覺。蟄㊇zhí㊉ㄓㄜˊ㊈dzɐt^{9} 或 dzik^{9} 音侄或直。

⑬ 怒濤排壑，不可遏抑：壑，溝壑。遏抑，壓制、阻擋。形容革命浩動像洶湧波濤衝擊着溝谷般，不可阻擋。壑㊇huò㊉ㄏㄨㄛˋ㊈kɔk^{8} 音確。

⑭ 武昌之大革命：指一九一一年十月十日爆發的辛亥革命。

⑮ 斯：這次。

⑯ 顧自民國肇造：顧，念。肇，始。肇造，始建。肇㊇zhào㊉ㄓㄠˋ㊈sin^{6} 音兆。

⑰ 乘：利用、憑借。

⑱ 一抔土：抔，用手捧。一抔土，指墳墓。抔㊇poú㊉ㄆㄡˊ㊈pɐu^{4} 音裒。

⑲ 猶湮沒於荒煙蔓草間：湮沒，埋沒。荒煙蔓草，形容非常荒涼的地方。湮㊇yān㊉ㄧㄢˊ㊈jɐn^{1} 音因。

⑳ 七年：指中華民國七年（一九一八）。

㉑ 碣：圓頂的碑石。

㉒ 田橫：漢初烈士，戰國末年齊國君田氏後人，秦末起兵，擁田廣為王，其後自立為帝。劉邦滅楚後，田橫領幕客據海島自守，其後以不屈於劉邦招降而殉節。

㉓ 雖以史遷之善傳游俠：傳，記載。游俠，古代稱輕生重義，急人之難的人。《史記》中有〈游俠列傳〉。

㉔ 鄒君海濱：鄒君，指鄒魯，字海濱，廣東大埔人。早年參加同盟會，曾參加黃花崗戰役。一九三二年，任中山大學校長。有《黃花崗烈士傳》、《中國國民黨史稿》等著作。

㉕ 丏序於予：丏，請求、乞求。請我作序。

㉖ 時予方以討賊督師桂林：時，指民國十年十二月（一九二一）。以討賊督師桂林：因為討賊而在桂林督師。是年五月，孫中山在廣州就任非常大總統，揭起護法旗幟。七月，擊敗廣西的桂系軍閥陸榮廷。十二月，抵桂林，準備討伐據有北京政權的直系軍閥曹錕（一八六二——一九三八）、吳佩孚（一八七二——一九四〇）。

㉗ 賊氛方熾：賊，指當時盤據各地的軍閥。熾，指敵人的氣燄正盛。熾 (漢)chì (國)ㄔˋ (粵)tsi^{3} 音次。

㉘ 杌隉之象：杌隉，動蕩不安。杌隉之象，這裏指動蕩情況。杌 (漢)wù (國)ㄨˋ (粵)ŋɐt^{9} 音兀。隉 (漢)niè (國)ㄋㄧㄝˋ (粵)jit^{9} 或 nip^{9} 音熱或聶。

㉙ 視清季有加：視，比較。季，這裏指一個朝代的末期。比清朝末年更為嚴重。

㉚ 主唱之三民主義、五權憲法：唱，同倡。主唱，提倡。三民主義，即民族、民權、民生主義。這是中山先生在一九〇五年提出的中國革命綱領。五權憲法，即規定將行政、立法、司法、考試、監察五種治權各自獨立的憲法。

㉛ 並以為國人之讀茲編者勗：茲編，這部書。勗，勉勵。勗 (漢)xù (國)ㄒㄩˋ (粵)juk^{3} 音郁。

三字經（節錄）

人之初，性本善①。性相近，習相遠②。
苟不教，性乃遷③。教之道，貴以專④。
昔孟母，擇鄰處⑤，子不學，斷機杼⑥。
竇燕山，有義方⑦，教五子，名俱揚⑧。
養不教，父之過⑨。教不嚴，師之惰⑩。
子不學，非所宜。幼不學，老何為。
玉不琢，不成器⑪；人不學，不知義⑫。
為人子，方少時⑬，親師友，習禮儀⑭。
香九齡，能溫席⑮，孝於親，所當執⑯。
融四歲，能讓梨⑰，弟於長⑱，宜先知。

首孝弟⑲，次見聞，知某數，識某文⑳。
一而十，十而百，百而千，千而萬㉑。
三才者，天地人㉒。三光者，日月星㉓。
三綱者，君臣義，父子親，夫婦順㉔。
曰春夏，曰秋冬，此四時，運不窮㉕。
曰南北，曰西東，此四方，應乎中㉖。
曰水火，木金土，此五行，本乎數㉗。
曰仁義，禮智信，此五常㉘，不容紊。
稻粱菽，麥黍稷，此六穀㉙，人所食。
馬牛羊，雞犬豕，此六畜㉚，人所飼。
曰喜怒，曰哀懼，愛惡欲，七情㉛具。
匏土革，木石金，與絲竹，乃八音㉜。
高曾祖，父而身，身而子，子而孫，

自子孫，至玄曾，乃九族㉝，人之倫。
父子恩，夫婦從，兄則友，弟則恭，
長幼序，友與朋，君則敬，臣則忠。
此十義㉞，人所同。凡訓蒙，須講究㉟，
詳訓詁，明句讀㊱。為學者，必有初，
小學終，至四書㊲。論語者，二十篇，
羣弟子，記善言㊳。孟子者，七篇止，
講道德，説仁義㊴。作中庸，子思筆，
中不偏，庸不易㊵。作大學，乃曾子㊶，
自修齊，至平治㊷。孝經通㊸，四書熟，
如六經㊹，始可讀。詩書易，禮春秋，
號六經，當講求。有連山，有歸藏，
有周易，三易詳㊺。有典謨，有訓誥，

有誓命，書之奧㊻。我周公，作周禮，
著六官，存治體㊼。大小戴，注禮記㊽，
述聖言，禮樂備。曰國風，曰雅頌㊾，
號四詩㊿，當諷詠。詩既亡，春秋作(51)，
寓褒貶，別善惡。三傳者，有公羊，
有左氏，有穀梁(52)。經既明，方讀子。
撮其要(53)，記其事。五子者，有荀揚，
文中子，及老莊(54)。經子通，讀諸史，
考世系(55)，知終始。自羲農，至黃帝，
號三皇，居上世(56)。唐有虞，號二帝。
相揖遜，稱盛世(57)。夏有禹，商有湯(58)，
周文武，稱三王(59)。夏傳子，家天下(60)。
四百載，遷夏社。湯伐夏，國號商，

六百載，至紂亡(61)。周武王，始誅紂，
八百載，最長久(62)。周轍東，王綱墜，
逞干戈，尚遊說(63)。始春秋，終戰國，
五霸強，七雄出(64)。嬴秦氏，始兼并。
傳二世，楚漢爭(65)。高祖興，漢業建，
至孝平，王莽篡(66)。光武興，為東漢。
四百年，終於獻(67)。蜀魏吳，爭漢鼎，
號三國，迄兩晉(68)。宋齊繼，梁陳承，
為南朝，都金陵(69)。北元魏，分東西，
宇文周，與高齊(70)。迨至隋，一土宇，
不再傳，失統緒(71)。唐高祖，起義師，
除隋亂，創國基(72)。二十傳，三百載，
梁滅之，國乃改(73)。梁唐晉、及漢周，

稱五代[74]，皆有由。炎宋興，受周禪[75]。

十八傳，南北混。遼與金，皆稱帝[76]。

元滅金，絕宋世。涖中國，兼戎狄，

九十年，國祚廢[77]。太祖興，國大明，

號洪武，都金陵[78]。迨成祖，遷燕京，

十七世，至崇禎[79]。權閹肆，寇如林，

至李闖，神器焚[80]。清太祖，膺景命，

靖四方，克大定[81]。廿一史，全在茲，

載治亂，知興衰[82]。

作者

《三字經》是明清時代最普及的兒童蒙學讀本，俗稱「小綱鑒」。古代社會重視兒童教育，稱為「蒙學」，讓兒童在啟蒙時期接受正確的倫理和文化知識。《三字經》相傳最早由南宋名儒王應

麟編著，也有宋末元初人區適子或元末明初人黎貞編著兩種說法。《三字經》原本只敘述到宋代的歷史，遼以下部分由明清人續作。

王應麟，生於宋寧宗嘉定十六年，卒於元成宗元貞二年（一二二三——一二九六）。字伯厚，號厚齋，慶元府（今浙江鄞縣）人。幼聰敏，九歲通《六經》。南宋理宗淳祐元年（一二四一）舉進士，初任西安主簿，歷任揚州教授、太常博士，官至禮部尚書兼給事中。王應麟是南宋晚年名儒，敢言直諫。

《三字經》結構謹嚴，內涵豐贍而文簡意賅。全篇句法整齊，每句三字，用韻諧協，易於記誦。有民國二十二年（一九三三）蘇州國學會章炳麟《重訂三字經》行世。

題解

本課節錄自《三字經》，版本據《三字經注解備要》。

《三字經》是我國傳統社會流行的蒙學讀本，俗稱「小綱鑒」。是童蒙教材「三、百、千」之首。

《三字經》是宋人所寫，談歷史也只寫到宋代。遼、金、元以下的篇段，皆明、清人續作。從前有人稱《三字經》為「袖裏通鑒綱目」，或「千古一奇書」。更有人說：「若能句句知詮解，子史經書一貫通。」可知《三字經》成書之後，很快便成為古代中國流傳範圍最廣，影響最深遠的蒙學教材。

《三字經》的成功之處首先是全書字數不多，且結構謹嚴，內涵豐贍而文簡意賅。又因此書句法整齊，句句三字。用韻諧協，讀來琅琅上口，易於記誦，故歷受各朝蒙塾採用不衰。許多人幼年讀過，即終身不忘。

《三字經》作為中國優秀傳統文化組成的一部分，在海外亦早有影響。一九九〇年聯合國教育科學文化組已將《三字經》選入該組織編輯出版的《兒童道德叢書》，向全世界推薦。到目前為止，有英、日、朝等多種譯本流傳於世界各地。而中國近來，各地提倡古典學術及道德教育，多從《三字經》及其他經籍汲取靈源。廣東教育當局更着專家重新編寫《三字經》，其中大部分資料及字句，均維持舊《三字經》的原貌，可說明此書的價值及地位之重要。

注釋

① 人之初，性本善：初，人剛出生之時。性，即人的本性。人本性善，是孟子（西元前三九一——三〇五）根據孔子（西元前五五一——四七九）的仁愛學說最先提出的，見《孟子‧滕文公》。

② 習相遠：習，習染。遠，差距，由於習染使人與人在性情上有差距。

③ 苟不教，性乃遷：苟，如果、假如。遷，改變。這裏指變壞。

④ 教之道，貴以專：道，泛指事物的規律、原理。專，注、勤勉之意。此指教育幼童的方法。

⑤ 昔孟母，擇鄰處：孟母，孟子的母親仉氏，戰國時魏國人，是古代賢母的典範。擇鄰，選擇鄰居。處，居住。孟母為使孟軻有良好的學習環境，曾三次為選擇鄰居而搬家。

⑥ 子不學，斷機杼：杼，織布機上的梭子。傳説孟母有一天正在織布時，孟軻逃學回家。她生氣地把織布機上的梭子折斷，織好的布也作廢了。孟母以此教育兒子讀書是不可半途而廢的。杼 ㊥zhù ㊄ㄓㄨˋ ㊇tsy^5 音柱。

⑦ 竇燕山，有義方：竇燕山，即竇禹鈞，五代後周漁陽人，所居地方屬燕（今北京及以東地區），故號燕山。其人善詞學，官至右諫議大夫。藏書頗豐，又建義學，請當時名師免費為窮人子弟授課。義方，合符義的規範和道理。

⑧ 教五子，名俱揚：燕山五子，皆宋初名臣，長子儀，官禮部尚書。次子儼，官禮部侍郎。三子侃，官補闕。四子偁，諫議大夫，參大政。五子僖，官起居注郎。時稱「竇氏五龍」。

⑨ 養不教，父之過：教，教育。孩子失教是父母的過錯。

⑩ 教不嚴，師之惰：嚴，嚴格。教訓不夠嚴格，是老師的懶惰。

⑪ 玉不琢，不成器：玉，玉石。琢，琢磨。器，器皿。

⑫ 義：仁義、義理。

⑬ 為人子，方少時：子，子弟。方，正當。

⑭ 禮儀：禮節、儀文。

⑮ 香九齡，能溫席：香，黃香（？——一二二），字文彊，東漢江夏郡安陸（今屬湖北）人。《後漢書・黃香傳》記其幼年喪母，以孝道服侍父親。夏天用扇子為父扇涼枕頭和席子，冬天以體溫為父溫暖被褥，孝名播於京師，其事跡列入元張守正《二十四孝》一書中。

⑯ 執：持。

⑰ 融四歲，能讓梨：融，孔融（一五三——二〇八），字文舉，東漢魯國（山東曲阜）人。孔子第二十代孫。文壇「建安七子」之一，文學成就卓著。《後漢書・孔融傳》載其四歲同兄弟一起吃梨時，將大的讓給兄長，自己吃

小的。是為敬讓之道。

⑱ 長：對待兄長的態度。

⑲ 首孝弟：首，首要。敬父母為孝，尊兄長為弟。《墨子・兼愛》云：「友兄悌弟。」

⑳ 知某數，識某文：數，數目。文，文理，泛指各科知識。

㉑ 一而十，十而百，百而千，千而萬：一者，數之始，由一到萬，說明數目的規律。

㉒ 三才者，天地人：古稱天、地、人為三才，語出《易．說卦》。

㉓ 三光者，日月星：古稱日、月、星為三光，語出《白虎通．封公侯》。

㉔ 三綱者，君臣義，父子親，夫婦順：三綱，綱，提綱的總繩。三綱之說是由西漢今文經學大師董仲舒（西元前一七六——一〇四）提出，即「君為臣綱，父為子綱，夫為妻綱。」

㉕ 運不窮：循環不息。

㉖ 應乎中：指南北西東四個位置應中心點而確立。

㉗ 曰水火，木金土，此五行，本乎數：水、火、木、金、土，五行。數，指五行之間的規律。

㉘ 曰仁義，禮智信，此五常：五常，指仁、義、禮、智、信五種道德規範。仁為五常之首，指人與人之間的關係。義，宜，心之契，剛毅果敢，是謂義。禮，儀，心之理，國之法規。智，知。信，忠厚誠實之意。

㉙ 六穀：始見於《周禮・天官．膳大》，鄭玄注引鄭司農注。

㉚ 六畜：始見於《左傳．昭公二十五年》。

㉛ 七情：始見於《禮記・禮運》。

㉜ 匏土革，木石金，與絲竹，乃八音：匏，形比葫蘆大，古人用它做樂器。八音，統稱由匏、陶土、皮革、木材、石頭、金屬、絲和竹子八種材料製成的樂器。匏 漢páo 國ㄆㄠˊ 粵pau^{4} 音刨。

㉝ 高曾祖……乃九族：九族，以自己為本，上推四世至高祖，下推四世至玄孫。

㉞ 十義：儒家倡導的十種倫理道德。見《禮・禮運》：「父慈、子孝、兄良、弟悌、夫義、婦聽、長惠、幼順、

君仁、臣忠，十者謂之十義。」

㉟ 凡訓蒙，須講究：蒙，蒙童，初學童子。訓，教育。訓蒙即教育蒙童。

㊱ 詳訓詁，明句讀：訓詁，用通俗語言解釋古文字句。讀，加點斷句為讀。讀 ㊥dòu ㊒ㄉㄡˋ ㊆dau6 音逗。

㊲ 小學終，至四書：《小學》，宋代朱熹（一一三〇——一二〇〇）編寫的兒童啟蒙課文。內篇包括〈立教〉、〈明倫〉、〈敬身〉、〈稽古〉，外篇包括〈嘉言〉、〈善行〉。《四書》，朱熹將《論語》、《孟子》、〈大學〉、〈中庸〉這四部書編在一起，合稱《四書》。

㊳ 論語者，二十篇，羣弟子，記善言：儒家經典《論語》是孔子及其弟子言行的記錄。內容包括論學、論禮、論政、論樂等。分為二十篇，是研究孔子思想的要籍。

㊴ 孟子者，七篇止，講道德，說仁義：儒家經典《孟子》由孟軻及其弟子公孫丑、萬章等著，共七篇，內容以倡導仁、義思想為主。

㊵ 作中庸，子思筆，中不偏，庸不易：儒家經典〈中庸〉，《禮記》中的一篇，凡三十三章。子思，孔子之孫孔伋，字子思，〈中庸〉作者。中不偏，中指不偏不倚，過猶不及。庸，庸不易，庸是庸常不變易的道理。

㊶ 作大學，乃曾子：儒家經典〈大學〉，《禮記》中的一篇，分為十章。曾子，名參，春秋思想家，魯人，孔子弟子，相傳是〈大學〉的作者。

㊷ 自修齊，至平治：修齊平治，指格物、致知、誠意、正心、修身、齊家、治國、平天下，指作為〈大學〉主要的八條目。

㊸ 孝經通：《孝經》，十三經之一，孔門後學所撰。記述孔子給曾子講孝道的言論，共十八章。

㊹ 如六經：《六經》即《詩》、《書》、《易》、《禮》、《樂》、《春秋》六種經書的總稱。《樂經》已失傳，故後世多稱五經。又與《四書》合稱為「四書五經」。

㊺ 三易詳：三易，《易》的書有三種，名為《連山》、《歸藏》、《周易》。詳，完備、完善。

㊻ 有典謨，有訓誥，有誓命，書之奧：書《尚書》，記虞、夏、商、周史事。典、謨、訓、誥、誓、命是《尚書》

的六種文體。奧，深奧的內容。謨 漢mó國ㄇㄛˊ粵mou^4 音毛。

㊼ 我周公，作周禮，著六官，存治體：周公，姓姬，名旦，文王之子，武王之弟。曾輔佐武王滅紂，武王死後，成王年幼，由他攝政。他的治績和人品受後世推崇。六官，指《周禮》記載周朝六卿之官：天官冢宰、地官司徒、春官宗伯、夏官司馬、秋官司寇、冬官司空。治體，治國的典章制度。

㊽ 大小戴，注禮記：大小戴，大戴即戴德，字延君，漢代梁郡（河南商丘）人，西漢今文經學家。小戴即戴聖，字次君，戴德之侄，曾任九江太守，西漢今文經學家。《禮記》是記載孔子及其門徒講禮的文章選集，由載德編纂的八十五篇稱為《大載禮記》，而由載聖編纂的四十九篇稱為《小載禮記》。

㊾ 曰國風，曰雅頌：《詩經》分《風》、《雅》、《頌》三種體裁。國風，即〈風〉。國者，諸侯所封之國。風者，民俗歌謠之詞。為《詩經》中最主要部分，共一百六十篇。〈雅〉，分作〈小雅〉和〈大雅〉，是周室的樂章，共一百〇五篇。頌，宗廟祭祖之歌，頌美先王，共四十篇。

㊿ 四詩：即〈國風〉、〈小雅〉、〈大雅〉、〈頌〉。

(51) 詩既亡，春秋作：周室東遷後，王權衰落，天子治績不能藉採詩以傳揚，《詩》也就沒有了。孔子便作《春秋》以起撥亂反正的作用。語出自《孟子》：「王者之跡熄而《詩》亡，《詩》亡然後《春秋》作。」《春秋》是魯國的編年史，傳由孔子整理及編纂。

(52) 三傳者，有公羊，有左氏，有穀梁：公羊，《春秋公羊傳》，是專門解釋《春秋》的著作，相傳為孔子門徒子夏的學生齊國人公羊高所著。左氏，指《左氏春秋》，是記載春秋歷史的重要著作，相傳為孔子同期的魯國人左丘明所著。穀梁，《春秋穀梁傳》，專門解釋《春秋》的著作，相傳為孔子門徒子夏的學生魯國人穀梁赤所著。三書並稱《春秋》三傳。

(53) 撮其要：撮，取。要，要點、要義。撮 漢cuō國ㄘㄨㄛ粵$tsyt^8$ 音猝。

(54) 五子者，有荀揚，文中子，及老莊：荀子（西元前三四〇——二四五），名卿，楚蘭陵人，作有《荀子》。揚子（西元前五三——一八），名雄，漢成都人，作《太玄經》、《法言》。文中子（五八四？——六一八？），姓王，名通，字仲淹，隋龍門人，作《元經》、《中說》兩書。老子，姓李名耳，字伯陽，東周時為柱下史，作《道德經》。莊子（西元前三六五——二九〇），名周，字子休，楚蒙城人，為漆園令，作有《莊子》。

55 讀諸史，考世系：諸史，各種史書。世系，一姓世代相承的系統，此處指歷代帝王和世家大族的家譜。

56 自羲農，至黃帝，號三皇，居上世：羲，伏羲氏，姓風，號太昊，上古傳說中的氏族首領。農，神農氏，姓姜，號炎帝，上古傳說中的氏族首領。相傳他教民以耕，嘗百草以製藥。黃帝，姓公孫，又姓姬，又名軒轅氏，上古傳說中的氏族首領，三皇，即伏羲、神農、黃帝，此說始見於《尚書》。因神農亦稱炎帝，故後代華夏民族自稱為「炎黃子孫」。上世，上古時代（西元前五〇〇〇——前四〇〇〇）。

57 唐有虞，號二帝。相揖遜，稱盛世：唐，陶唐氏，號堯，傳說中的上古帝王。有虞，有虞氏，號舜，傳說中的上古帝王。揖遜，揖，拱手為禮。遜，謙遜，這裏指上古的禪讓制度。傳說堯因兒子丹朱不肖，禪讓帝位給舜。舜因兒子商均不肖，將位禪讓給禹。揖 (漢)yī (國)ㄧ (粵)jep^{7} 音邑。遜 (漢)xùn (國)ㄒㄩㄣˋ (粵)sœn^{3} 音信。

58 夏有禹，商有湯：禹，姒姓，名文命。有夏氏，號禹。傳說中的上古帝王，奉舜命，治大水有功。湯，子姓，名履，商朝（西元前二二〇五——一一二二）開國之君。夏桀無道，湯伐之，遂有天下，謚成，後世稱成湯。

59 周文武，稱三王：周文、武，指周文王姬昌、周武王姬發。三王，指夏、商、周三代之君。

60 夏傳子，家天下：夏，中國歷史上第一個家天下的王朝，約公元前廿一世紀至公元前十七世紀（二二〇五？——一七六六？），統治地域為黃河中下游及中原地區。家天下，傳賢不傳子，乃官天下。夏禹不傳賢而傳子，故云家天下。

61 湯伐夏，國號商，六百載，至紂亡：商，繼夏朝之後的君主世襲王朝，公元前十七世紀至公元前十一世紀。紂，名受，號帝辛，史稱紂王，商朝的亡國之君，以殘暴著名。

62 周武王，始誅紂，八百載，最長久：周，繼商之後創立封建制度的王朝，公元前十一世紀至公元前二百四十九年，包括西周、東周兩個時期。周朝享國八百載，共傳三十七王，是中國最長久的皇朝。

63 周轍東，王綱墜，逞干戈，尚遊說：周轍東，周幽王在位時西部犬戎入侵，幽王被犬戎所殺，其子平王為避犬戎，向東遷都至洛陽。王綱，朝廷綱紀。干戈，古代兩種兵器，借指戰爭。遊說，春秋戰國時士大夫周遊各國，陳述政見。轍（漢）ché（國）ㄓㄜˊ（粵）tsit^8 音撤。說（漢）shuì（國）ㄕㄨㄟˋ（粵）sœy^3 音稅。

64 始春秋，終戰國，五霸強，七雄出：春秋，平王東遷後，稱為東周。東周時列國紛爭，又分為春秋時期和戰國時期。五霸，指春秋時齊桓公、晉文公、秦穆公、宋襄公、楚莊王。七雄，指戰國時秦、楚、齊、燕、韓、趙、魏七國。

65 嬴秦氏，始兼并。傳二世，楚漢爭：嬴秦氏，指秦始皇，姓嬴名政，統一六國，自稱始皇帝（西元前二五九——二一〇在位）。傳位次子胡亥，為二世皇帝（西元前二〇九——二〇七在位）。楚漢爭 ，指楚霸王項羽與漢王劉邦逐鹿中原的戰爭。贏（漢）yíng（國）ㄧㄥˊ（粵）jiŋ^4 音盈。

66 高祖興，漢業建，至孝平，王莽簒：高祖，漢高祖劉邦（西元前二五六——一九五），字季，沛縣人。以布衣起兵反秦，後滅項羽，建立西漢王朝（西元前二〇二——八）。孝平，漢平帝劉衎，幼年登基，相傳為王莽所害。王莽（西元前四五—西元二三），字巨君，漢元帝皇后之侄。元始五年毒死平帝，自稱假皇帝。次年立兩歲的劉嬰為太子，後稱帝，改國號為新（九——二三）。簒（漢）cuàn（國）ㄘㄨㄢˋ（粵）san^3 音散。

67 光武興，為東漢。四百年，終於獻：光武，漢光武帝劉秀（西元前六——五七），東漢王朝（西元二五——二二〇）的開國皇帝。獻，漢獻帝劉協（一八一——二三四），東漢亡國之君。

68 蜀魏吳，爭漢鼎，號三國，迄兩晉：東漢亡後，魏、蜀、吳三分天下，蜀，三國時期劉備建立的蜀漢政權，都成都，共傳兩世四十三年（二二一——二六三）。魏，三國時期曹丕建立的政權，都洛陽，凡五世四十六年（二二一——二六三）。吳，三國時期孫權建立的東吳政權，都金陵（今南京），傳四世共五十九年（二二二——二八〇）。漢鼎，相傳大禹收九州之金屬鑄成九鼎，成為傳國之重器，後世稱爭奪天下為問鼎，此指漢朝失去的天下。迄兩晉：天下三分之局到兩晉為止，兩晉即西晉、東晉。司馬炎簒魏建晉後，併吞吳國，天下歸一統。

69 宋齊繼，梁陳承，為南朝，都金陵：宋，宋武帝劉裕簒東晉建立的宋（四二〇——四七九），史稱劉宋，為南朝第一個王朝。齊，齊高帝蕭道成簒宋建立齊（四七九——五〇二），史稱南齊或蕭齊，為南朝第二個王朝。梁，梁武帝蕭衍篡齊建立梁，史稱南梁或蕭梁（五〇二——五五七），為南朝第三個王朝。陳，陳高祖陳霸先篡梁建立陳（五五七——五八九），為南朝第四個王朝。西元五世紀初至六世紀之末，是中國歷史上的南北朝時期。史家將南方的宋、齊、梁、陳合稱南朝，北方的北魏、東魏、西魏、北周、北齊合稱北朝，南北雙方時戰時和，形成對峙局面。

⑳ 北元魏，分東西，宇文周，與高齊：北元魏，北方的元魏，由道武帝拓跋珪所建。其後孝文帝拓跋宏實施漢化，改拓跋之姓為元，故稱北魏或元魏（三八六——五三四），都平城（山西大同）。北朝第一個王朝。晉室南遷後，中國北方出現「五胡十六國」的混亂局面，其後皆為北魏所併。分東西：東，東魏，北魏權臣高歡擁清河王世子善見為帝，定都鄴城（河北臨漳縣），史稱東魏（五三四——五五〇）。西，西魏，北魏夏州刺史宇文泰弒孝武帝元修，另擁立南陽王寶炬為帝，國都為長安，史稱西魏（五三五——五五六）。宇文周，公元五百五十七年，宇文泰（原西魏大將軍），子宇文覺，篡西魏恭帝之位而稱周帝，國號周，史稱北周（五五七——五八一）。高齊，公元五百五十年，高歡子東魏丞相高洋逼東魏孝靜帝禪位，建國號齊，史稱北齊（五五〇——五七七）。

(71) 迨至隋，一土宇，不再傳，失統緒：迨，直到。一土宇，土宇，天下。一土宇即統一天下。西元五七七年，北齊被北周所滅，北方一統。其後北周為隋所篡，南朝的陳又為隋所滅，中國復歸一統。隋，西元五百八十一年，北周權臣楊堅廢靖帝自立，國號隋，是為隋文帝（五八一——六〇四在位），都長安。失諸緒：其後繼位的煬帝（六〇五——六一八在位），昏暴不仁，失去統治權，天下大亂。迨 (漢) dài (國) ㄉㄞˋ (粵) dɔi^6 音代。

(72) 唐高祖，起義師，除隋亂，創國基：唐高祖，李淵，字叔德，唐朝的開國皇帝。淵本隴西成紀（今甘肅秦安）人，七歲時世襲隋朝唐國公。隋末天下大亂，李淵在次子李世民的輔助下起兵，攻入長安。廢隋恭帝而自立，國號唐（六一八——九〇七），其後翦滅群雄，一統天下。

(73) 梁滅之，國乃改：唐末藩鎮割據，各自擁兵攻伐。西元九百零七年，受唐室封梁王的朱全忠弒唐昭宗及唐宗室、大臣，另立哀宗李晃，其後逼哀宗退位，改國號為梁，史稱後梁，唐亡。

(74) 五代：史稱唐亡後出現的後梁（九〇七——九二三）、後唐（九二三——九三六）、後晉（九三六——九四七）、後漢

（九四七——九五一）、後周（九五一——九六〇）為五代。此時中國又陷入分裂之局。

⑮ 炎宋興，受周禪：炎宋，即北宋，宋太祖趙匡胤以火德稱王，故云炎宋。趙匡胤（九二七——九七六），河北琢縣人，後周時任殿前都點檢，領宋州歸德軍節度使，公元九百六十年，發動陳橋兵變稱帝，國號宋，建都開封。周禪，後周恭帝讓位給趙匡胤。禪 漢shàn國ㄕㄢˋ粵sin6 音善。

⑯ 遼與金，皆稱帝：遼（九一六——一一二五），契丹族在中國北方建立的王朝，定都上京（今內蒙巴林左旗）。金（一一一五——一二三四），女真族在中國北方建立的王朝，定都會寧府（今黑龍江阿城南）。

⑰ 元滅金，絕宋世。涖中國，兼戎狄，九十年，國祚廢：元（一二七一——一三六八），蒙古族建立的統一帝國，定都在大都（今北京）。戎，又稱西戎，西北民族之一。狄，西北民族之一。戎狄，這裏泛指女真，西夏（一〇三八——一二二七）的党項族、遼的契丹族等先後被蒙古統治的族裔。國祚，指皇位、國運，一般指王朝的統治期。戎 漢róng國ㄖㄨㄥˊ粵jung4 音容。

⑱ 太祖興，國大明，號洪武，都金陵：太祖，明太祖朱元璋（一三二八——一三九八），明朝（一三六八——一六四四）開國皇帝，建都金陵（今南京），年號洪武。

⑲ 迨成祖，遷燕京，十七世，至崇禎：成祖，朱棣（一三六八——一四二四），朱元璋第四子，封燕王，後為明朝第三代皇帝。惠帝朱允炆繼太祖即位後，削藩集權，原本據守北京的朱棣便以「靖難」為名，發兵攻入南京，奪取皇位，並遷都北京。崇禎，明思宗朱由檢（一六一一——一六四四在位），明朝末代皇帝，年號崇禎。西元一六四四年，李自成（一六〇五——一六四五）率兵攻入北京，建號大順，朱由檢自縊於煤山（今北京景山），明朝遂亡。禎 漢zhēn國ㄓㄣ粵dzing1 音貞。

⑳ 權閹肆，寇如林，至李闖，神器焚：權閹，閹即太監。權閹，指弄權太監。寇，流寇，指明末各地的農民義軍。李闖，李自成（一六〇五——一六四五），陝西米脂人，義軍領袖。闖，李自成承高迎祥稱闖王。神器，帝王之位，見《漢書‧敘傳上》，這裏指明室的江山。肆 漢sì國ㄙˋ粵si3 音試。

㉛ 清太祖，膺景命，靖四方，克大定：清太祖，愛新覺羅努爾哈赤（一六一六——一六二六在位），清王朝的奠基

者。明末稱臣明室，任東北的建州左衛指揮。經過多番征戰，統一了女真各部。西元一六四四年，清兵入關，其後統一中國。膺景命，承受天命。靖，平定。膺 漢yīng 國ㄧㄥ 粵jiŋ¹ 音英。

㉜ 廿一史，全在茲，載治亂，知興衰：廿一史，指《史記》、《漢書》、《後漢書》、《三國志》、《晉書》、《宋書》、《南齊書》、《梁書》、《陳書》、《魏書》、《北齊書》、《周書》、《隋書》、《南史》、《北史》、《唐書》、《五代史》、《宋史》、《遼史》、《金史》、《元史》，是時《明史》未修定，故云。

詩經二首

魏風・伐檀

坎坎伐檀兮①，寘之河之干②兮；河水清且漣猗③。不稼不穡④，胡取禾三百廛兮⑤？不狩不獵⑥，胡瞻爾庭有縣貆兮⑦？彼君子兮，不素餐兮⑧！

坎坎伐輻⑨兮，寘之河之側兮；河水清且直⑩猗。不稼不穡，胡取禾三百億⑪兮？不狩不獵，胡瞻爾庭有縣特⑫兮？彼君子兮，不素食兮！

坎坎伐輪兮，寘之河之漘⑬兮；河水清且淪⑭猗。不稼不穡，胡取禾三百囷⑮兮？不狩不獵，胡瞻爾庭有縣鶉⑯兮？彼君子兮，不素飧⑰兮！

秦風・無衣

豈曰無衣⑱？與子同袍⑲。王于興師⑳，修我戈矛㉑，與子同仇㉒！
豈曰無衣？與子同澤㉓。王于興師，修我矛戟㉔，與子偕作㉕！
豈曰無衣？與子同裳㉖。王于興師，修我甲兵㉗，與子偕行！

作者

《詩經》，原名《詩》或《詩三百》，漢儒尊稱《詩》為經，故稱《詩經》，至今相沿不改。《詩經》是我國成書最早的詩歌總集，大約成書於公元前六世紀，據說曾經過孔子的刪訂，存三百零五篇，原作者不詳。《詩經》所收詩歌產生的時代，上起西周初期，下迄春秋中葉，前後約五百年。《詩經》分〈風〉、〈雅〉、〈頌〉三類。〈風〉包括周南、召南、邶、宪、鄘、王、鄭、齊、魏、唐、秦、陳、檜、曹、豳十五部分，合稱十五〈國風〉，共一百六十篇。〈風〉是地方土調，大部分屬民間歌謠，小部分屬貴族作品。〈雅〉原是周代朝廷樂歌的名稱，內容以史事和祭祀為主。分〈小雅〉、〈大雅〉，共一百零五篇。〈大雅〉大部分是西周初年的貴族作品，〈小雅〉是西周末東周初之作，有部分屬民間歌謠。頌分周頌、魯頌、商頌，共四十篇，是周王和各諸侯宗廟祭祀的樂歌。

《詩經》在中國文學發展史上有極重要的地位，為研究古代詩歌的創作技巧和文字聲韻提供了詳實的資料。《詩經》的內容，包括社會各階層的活動，從多方面反映了春秋中葉以前的歷史。《詩經》遭秦火後，漢初傳《詩經》者有魯、齊、韓、毛四家。至宋初，僅毛《詩》尚傳，其餘三家已散佚，只留下少量遺説。毛《詩》傳自毛亨和毛萇。《詩經》歷來注本多不勝數，清人**王先謙撰有《詩三家義集疏》，是較為普及的綜合注本**。

題解

〈伐檀〉選自《詩經‧魏風》，版本據《先秦兩漢古籍逐字索引》。〈魏風〉是十五國風之一。魏，國名，國君姓姬，為晉獻公所滅，故城在今山西芮城縣東北。《毛詩》説：「〈伐檀〉，刺貪也。在位貪鄙，無功而受祿，君子不得進仕爾。」以後各家詩説多將〈伐檀〉解作君子懷才不遇，賢者不用於時的諷刺詩。今人或據詩的內容認為〈伐檀〉是伐木造車的勞動者對不勞而獲的貴族表示憤慨。

〈無衣〉選自《詩經‧秦風》，版本據《先秦兩漢古籍逐字索引》。〈秦風〉是十五國風之一。

秦，國名，在禹貢雍州地域。《毛詩》說：「〈無衣〉，刺用兵也。秦人刺其君好攻戰，亟用兵，而不與民同欲焉。」以為是刺詩。然後世或以為〈序〉意與詩情不協。今據其內容而言，此詩似應是一首雄壯的軍歌，描寫秦國士兵英勇從軍，同仇敵愾的戰鬥精神。詩分三章，形式整齊，節奏明快。

注釋

① 坎坎伐檀兮：坎坎，用斧砍木的聲音。伐，砍。檀，樹名，木質堅硬，古代用作造車的材料。兮，語氣助詞，相當於現代漢語的「啊」。坎 ㊅kǎn㊂ㄎㄢˇ㊇hɐm^{2} 音砍。

② 寘之河之干：寘，同置，安放。之，第一「之」字為代詞，指砍下來的檀木。第二「之」字，即現今「的」字。干，水邊。

③ 漣猗：漣，風吹水面吹起波紋如環。猗，語氣助詞，作用與「兮」相同。猗 ㊅yī㊂ㄧ㊇ji^{1} 音衣。

④ 不稼不穡：稼，耕種。穡，收割莊稼。不稼不穡，指貴族不事生產。稼 ㊅jià㊂ㄐㄧㄚˋ㊇ga^{3} 音嫁。穡 ㊅sè㊂ㄙㄜˋ㊇sik^{7} 音色。

⑤ 胡取禾三百廛兮：胡，何。禾，穀類的通名。三百，表示數量之多，非實數。廛，「纏」字的假借，束的意思。廛 ㊅chán㊂ㄔㄢˊ㊇tsin^{4} 音前。

⑥ 不狩不獵：狩、獵同義。分別言之，則夏天打獵曰獵，冬天打獵曰狩。此處則泛稱打獵。狩 ㊅shòu㊂ㄕㄡˋ㊇sɐu^{3} 音瘦。

⑦ 胡瞻爾庭有縣貆兮：瞻，向上看。爾，你。庭，院子。縣，同懸，懸着的。貆，幼小的貉，皮可以製衣。貆

漢 huán 國 ㄏㄨㄢˊ 粵 wun^{4} 或 hyn^{1} 音桓或圈。

⑧ 彼君子兮，不素餐兮：彼，那些。君子，西周及春秋時代對貴族的通稱，或泛指有道德有學問的人，這裏則指貴族。素餐，白吃，指不勞而食。下文素食、素飧均同此意。

⑨ 輻：車輪中連接車軸和輪圈的木條。

⑩ 直：平。這裏形容水波不興。

⑪ 億：古代十萬曰億，極言其多。一說通「繶」，束。

⑫ 特：三歲的獸。

⑬ 漘：水邊。漘 漢 chún 國 ㄔㄨㄣˊ 粵 sœn^{4} 音純。

⑭ 淪：微細的波紋。淪 漢 lún 國 ㄌㄨㄣˊ 粵 lœn^{4} 音倫。

⑮ 囷：倉廩小而圓稱囷，現代稱囤。囷 漢 qūn 國 ㄐㄩㄣ 粵 kwɐn^{1} 音坤。

⑯ 鶉：鳥名，即鵪鶉。鶉 漢 chún 國 ㄔㄨㄣˊ 粵 sœn^{4} 音純。

⑰ 飧：熟食。飧 漢 sūn 國 ㄙㄨㄣ 粵 syn^{1} 音孫。

⑱ 豈曰無衣：豈曰，難道說。衣，上衣。

⑲ 與子同袍：子，周時對人的尊稱，多用於男子。袍，長衣，行軍時，白天當衣，夜裏當被。

⑳ 王于興師：王，指天子周王。于，往。興師，出兵作戰。

㉑ 修我戈矛：修，修整。戈矛，戈與矛都是古代長柄兵器。

㉒ 同仇：指共同的敵人。

㉓ 澤：同襗，內衣。

㉔ 戟：為古代一種長柄兵器。

㉕ 偕作：一齊起來，指一齊作戰。

㉖ 裳：下衣。

㉗ 甲兵：甲，鎧甲。兵，兵器。

漢樂府三首

十五從軍征

十五從軍征，八十始得歸。道逢①鄉里人，家中有阿誰②？遙望是君家，松柏冢纍纍③。兔從狗竇④入，雉⑤從樑上飛。中庭生旅穀⑥，井上生旅葵⑦。舂⑧穀持作飯，採葵持作羹⑨。羹飯一時熟，不知貽⑩阿誰。出門東向望，淚落沾我衣。

江南①

江南可採蓮，蓮葉何田田⑫。魚戲蓮葉間，魚戲蓮葉東，魚戲蓮葉西，魚戲蓮葉南，魚戲蓮葉北⑬。

長歌行

青青園中葵⑭，朝露待日晞⑮。陽春布德澤⑯，萬物生光輝⑰。常恐秋節至，焜黃華葉衰⑱。百川⑲東到海，何時復西歸。少壯不努力，老大徒⑳傷悲！

作者

漢樂府是漢代一種合樂的歌辭，包括朝廷樂曲和民間歌謠，當中以民間歌辭的成就最大。原作者大都不詳。漢武帝（前一四〇——前八七）時設樂府官署，以李延年為協律都尉採集民間歌謠，並製作樂章。當時從各地採集得來的民歌俗曲達一百三十八篇。

文學史把漢代樂府所整理的歌辭及後世的擬作稱為「樂府詩」，或簡稱「樂府」。其中採自民間而加以整理的民歌，又稱為樂府民歌。樂府詩各有詩題，原本兼指歌辭的題目和用以合樂的聲譜。後世聲譜散迭，詩題用以解釋歌辭的本意，成為後世文人仿作的依據。現存的漢樂府民歌見於宋代郭茂倩所編的《樂府詩集》，大多為東漢時期作品。樂府民歌的風格質樸自然，善於敘事。樂府民歌的內容廣泛，反映下層社會的生活。

題解

〈十五從軍征〉節選自《樂府詩集》卷二十五，本題為「紫騮馬歌辭」，注引《古今樂錄》曰：「『十五從軍征』以下是古詩。」詩歌內容描寫一位十五歲開始從軍，八十歲才回到故鄉的老人的經歷。寫出漢代兵役制度之不合理，及戰爭給人民帶來的苦難的情形。

〈江南〉選自《樂府詩集》卷二十六。這首民歌以活潑的文字和明快的節奏，描寫江南採蓮的情景。

〈長歌行〉選自《樂府詩集》卷三十。歌行，是古代詩歌的一種體裁。它的音節和格律一般比較自由，形式富於變化。樂府有〈長歌行〉、〈短歌行〉。這首詩勉勵年青人及時發憤，珍惜時光，「少壯不努力，老大徒傷悲」這兩句話，成為學子們的座右銘。

注釋

① 道逢：在路上遇見。
② 家中有阿誰：阿誰，即誰。阿，語助詞，沒有實際意義。我家裏還有甚麼人？這是主人公問鄉鄰的話。
③ 松柏冢纍纍：冢，墳墓。纍纍，一堆堆，一個疊一個的。
④ 狗竇：狗出入的洞。竇 ㊥dòu㊥ㄉㄡˋ㊥dɐu⁶ 音豆。
⑤ 雉：野雞。雉 ㊥zhì㊥ㄓˋ㊥dzi⁶ 音自。
⑥ 旅穀：旅，不經播種而生。野生的穀。
⑦ 旅葵：一種野生的菜。
⑧ 舂：用石臼脫去皮殼。舂 ㊥chōng㊥ㄔㄨㄥ㊥dzuŋ¹ 音忠。
⑨ 羹：即今日之湯。羹 ㊥gēng㊥ㄍㄥ㊥gɐŋ¹ 音庚。
⑩ 貽：通給。貽 ㊥yí㊥ㄧˊ㊥ji⁴ 音移。
⑪ 江南：漢代指揚州地區，在長江之南。
⑫ 蓮葉何田田：何，何等，多麼。田田，形容荷葉挺出水面，飽滿勁秀的樣子。
⑬ 魚戲蓮葉東，魚戲蓮葉西，魚戲蓮葉南，魚戲蓮葉北：描寫魚兒在蓮葉間向四面游動，穿來穿去，好像在遊戲作樂。

⑭ 青青園中葵：青青，植物生長旺盛時的鮮綠顏色。葵，向日葵。

⑮ 朝露待日晞：晞，給日光曬乾。向日葵上還帶着清晨的露水，正等待陽光出來把它曬乾。晞 漢xī 國ㄒㄧ 粵hei^{1} 音希。

⑯ 陽春布德澤：陽春，溫暖的春天。布，施予。德澤，恩惠，這裏指大自然賜給萬物的陽光雨露。

⑰ 萬物生光輝：萬物煥發出一派光彩奪目的生機。

⑱ 焜黃華葉衰：焜黃，形容草木枯黃，花葉凋落衰敗貌。華，同花。植物的花葉就要枯黃凋落了。焜 漢hǔn 國ㄏㄨㄣˇ 粵kwan^{1} 音坤。

⑲ 百川：百，是虛數，指很多。川，在這裏指江河。無數條江河。

⑳ 徒：徒然，白白地。

南北朝樂府一

子夜四時歌

春歌（其一）

春風動春心，流目①矚山林。山林多奇采，陽鳥②吐清音。

夏歌（其七）

田蠶③事已畢，思婦猶苦身④。當暑理絺服，持寄與行人⑤。

秋歌（其十七）

秋夜入窗裏，羅帳起飄颺。仰頭看明月，寄情千里光⑥。

冬歌（其一）

淵⑦冰厚三尺，素雪⑧覆千里。我心如松柏⑨，君情復何似⑩？

敕勒歌

敕勒川⑪，陰山⑫下。天似穹廬⑬，籠蓋四野。天蒼蒼，野茫茫，風吹草低見⑭牛羊。

作者

南北朝樂府包括魏晉南北朝時期南北兩地的民間歌謠。南朝樂府民歌指由南朝樂府官署採集並保存下來的歌詩，流行於長江中游和下游一帶。這些民歌大部分收入宋朝郭茂倩所編《樂府詩集・清商曲辭》中，原作者不詳。北朝樂府民歌則是北魏以後（三八六年後）北方民族用漢語寫成的作品，以描寫大漠的風光和少數民族的生活為主。收於《樂府詩集・雜歌謠辭》。

內容方面，由於南北地理、氣候和民風各異，因此兩地民歌自闢蹊徑。大抵北朝民歌聲調高亢粗豪，南朝民歌輕柔細緻；北朝民歌風格激昂奔放，南朝民歌風格幽怨含蓄，歌辭清麗婉轉。

題解

〈子夜四時歌〉選自《樂府詩集》卷四十四。〈子夜四時歌〉是從〈子夜歌〉變化出來的一種歌唱四時的曲調，簡稱〈四時歌〉，又稱〈吳聲四時歌〉，內容大都描寫男女之間的愛情。

〈春歌〉第一首描寫春風、春光觸動了春心，引起青年對愛情的渴望。

〈夏歌〉第七首寫丈夫遠遊的婦人生活的艱辛，她不僅有蠶事的辛勞，更因思夫、憂夫而忍受許多煎熬。在炎暑天，也須日夜趕製衣服，託人帶給在遠方的人。

〈秋歌〉第十七首主題與上一首相近，抒發了女子對丈夫的思念，以秋風比喻孤寂的心境。

〈冬歌〉第一首以女子自道的方式，用冰雪和松柏比喻堅貞不渝的愛情。

〈敕勒歌〉選自《樂府詩集》卷八十六，是北朝敕勒族的一首民歌。敕勒，又名鐵勒，種族名，為匈奴族的後裔，北齊時居於朔丹（今山西北部）一帶。這首民歌描繪了遼闊的草原景象和北方民族的遊牧生活，文字簡樸，格調沈雄。

注釋

① 流目矚山林：流目，這裏是放眼的意思。矚，注視。矚 ㊥zhǔ ㊔ㄓㄨˇ ㊖dzuk^{7} 音足。

② 陽鳥：隨着太陽南北遷移的候鳥。

③ 田蠶：本指種田養蠶，這裏指養蠶產絲。

④ 思婦猶苦身：思婦，思念丈夫的婦人。猶，仍然。意思是說丈夫離家，婦人仍然要辛辛苦苦地幹活。

⑤ 當暑理絺服，持寄與行人：絺，細葛布。緊接上句意，是說正當暑天，思婦還要趕製葛布衣服，寄給遠方的丈夫。絺 ㊥chī ㊔ㄔ ㊖tsi^{1} 音雌。

⑥ 千里光：光，指月光，意思是託月光寄情給千里外的征人。

⑦ 淵：深水的潭。

⑧ 素雪：素即白，指白雪。

⑨ 松柏：松柏歲寒不凋，比喻自己堅貞不渝。

⑩ 君情復何似：君，指對方。意思是說，您對我的愛情又怎樣呢？

⑪ 敕勒川：川，平川、平原。南北朝時期，敕勒族聚居的地方，在現在的甘肅、內蒙一帶。敕 ㊥chì ㊔ㄔˋ ㊖tsik^{7} 音斥。

⑫ 陰山：在內蒙古自治區的北部，現在叫大青山。

⑬ 穹廬：圓頂氈帳，是遊牧民族住的帳房，俗稱蒙古包。穹 ㊥qióng ㊔ㄑㄩㄥˊ ㊖kuŋ^{4} 音窮。

⑭ 見：同現。

南北朝樂府二

木蘭辭

唧唧①復唧唧，木蘭當戶織②。不聞機杼③聲，唯④聞女歎息。問女何所思⑤？問女何所憶？女亦無所思，女亦無所憶⑥。昨夜見軍帖⑦，可汗大點兵⑧。軍書十二卷⑨，卷卷有爺⑩名。阿爺無大兒，木蘭無長兄。願為市鞍馬⑪，從此替爺征。東市買駿馬，西市買鞍韉⑫，南市買轡頭⑬，北市買長鞭。

旦⑭辭爺孃⑮去，暮宿黃河邊。不聞爺孃喚女聲，但聞黃河流水鳴濺濺⑯。旦辭黃河去，暮至黑山⑰頭。不聞爺孃喚女聲，但聞燕山胡騎鳴啾啾⑱。萬里赴戎機⑲，關山度若飛⑳。朔氣傳金柝㉑，寒光照鐵衣㉒。將軍百戰死，壯士十年歸。

歸來見天子，天子坐明堂㉓。策勳十二轉㉔，賞賜百千強㉕。可汗問所欲㉖，木蘭不用尚書郎㉗。願馳千里足㉘，送兒還故鄉。爺孃聞女來，出郭相扶將㉙。阿姊聞妹來，當戶理紅妝㉚。小弟聞姊來，磨刀霍霍㉛向豬羊。開我東閣門，坐我西間牀。脫我戰時袍，著㉜我舊時裳。當窗理雲鬢㉝，挂鏡帖花黃㉞。出門看火伴㉟，火伴始㊱驚惶。同行十二年，不知木蘭是女郎。雄兔腳撲朔，雌兔眼迷離㊲。兩兔傍地走㊳，安能辨我是雄雌。

作者

見初冊第二十八課〈南北朝樂府一〉

題解

本篇選自《樂府詩集》卷二十五，內容敘述古代孝女花木蘭代父從軍的故事。原題在《樂府詩集》內共有兩首，本課選錄第一首。詩中對木蘭的性格，無論從軍前的溫靜嫻淑，與參軍後的剛毅勇武，都有細緻的刻劃。至於中段寫木蘭功成不居、淡泊名利的表現，和後半寫木蘭回家後的細節，都恰到好處，堪稱南北朝民歌的傑作。

注釋

① 唧唧：織機聲。唧 (漢)jī (國)ㄐㄧ (粵)dzik^{7} 音即。

② 當戶織：對着門織布。

③ 機杼：指織布機。杼，織布梭子。杼 (漢)zhù (國)ㄓㄨˋ (粵)tsy^{5} 音柱。

④ 唯：只。

⑤ 何所思：何，甚麼。想的是甚麼。

⑥ 憶：思憶。

⑦ 軍帖：軍中的文告。

⑧ 可汗大點兵：可汗，古代我國某些少數民族對君主的稱呼。君主大規模的徵兵。可 (漢)kè (國)ㄎㄜˋ (粵)hɐk^{7} 音克。汗 (漢)hán (國)ㄏㄢˊ (粵)hɔn^{4} 音寒。

⑨ 軍書十二卷：軍書，徵兵名冊。十二，表示多數，非確指。下文的「十年」、「十二轉」、「十二年」，情形相同。

徵兵的名冊有很多卷。
⑩ 爺：指父親。下文的「阿爺」同此。
⑪ 願為市鞍馬：為，為此，指代父出征。市，買。鞍馬，泛指馬和馬具。願意為此去買鞍馬。
⑫ 韉：馬鞍下的墊子。韉 漢jiān 國ㄐㄧㄢ 粵dzin[1] 音箋。
⑬ 轡頭：駕馭牲口用的嚼子和韁繩。轡 漢pèi 國ㄆㄟˋ 粵bei[3] 音臂。
⑭ 朝：早晨。一本作旦。
⑮ 孃：母親。
⑯ 濺濺：水流聲。濺 漢jiān 國ㄐㄧㄢ 粵dzin[1] 音煎。
⑰ 黑山：殺虎山，在今內蒙古自治區呼和浩特市東南一百里。
⑱ 但聞燕山胡騎鳴啾啾：燕山，燕然山。即今蒙古人民共和國境內的杭萝山。胡，古代對西北方少數民族的稱呼。胡騎，胡人的騎兵。鳴，一作聲。啾啾，形容悽戾的叫聲。騎 漢jì 國ㄐㄧˋ 粵kei[3] 音冀。啾 漢jiū 國ㄐㄧㄡ 粵dzɐu[1] 音周。
⑲ 戎機：軍事機務。
⑳ 關山度若飛：度，度過。像飛一樣地跨過一道道關，越過一座座山。
㉑ 朔氣傳金柝：朔，北方。金柝，古時守夜打更用的器具。北方的寒氣傳送着打更的聲音。朔 漢shuò 國ㄕㄨㄛˋ 粵sok[8] 音索。柝 漢tuò 國ㄊㄨㄛˋ 粵tɔk[8] 音託。
㉒ 鐵衣：鐵甲。
㉓ 天子坐明堂：天子，指上文的「可汗」。明堂，古代帝王舉行大典的正殿。
㉔ 策勳十二轉：策勳，記功。轉，次的意思。
㉕ 賞賜百千強：強，用在數目後，表示比這數目略多。這裏說得到了比百千要多的賞賜。
㉖ 問所欲：問木蘭有甚麼要求。

㉗ 不用尚書郎：不用，不願作。尚書郎，尚書省的官。尚書省是當時管理國家政事的機關。
㉘ 願馳千里足：希望騎上千里馬。
㉙ 出郭相扶將：郭，外城。扶將，扶持，指爺娘互相攙扶着。
㉚ 紅妝：古代稱女子的裝飾為紅妝。
㉛ 霍霍：磨刀的聲音。
㉜ 著：穿。
㉝ 雲鬢：像雲那樣的鬢髮，形容鬢髮之美。鬢㊥bìn㊖ㄅㄧㄣˋ㊗ban³音殯。
㉞ 掛鏡帖花黃：掛，一作對。帖，同貼。花黃，當時婦女貼在臉上的一種黃色裝飾。
㉟ 火伴：即伙伴，同伍的士兵。當時規定若干士兵同一個灶吃飯，所以稱火伴。
㊱ 始：開始，方纔。
㊲ 雄兔腳撲朔，雌兔眼迷離：撲朔，爬搔。迷離，眯着眼。據傳說，兔子靜臥時，雄兔兩隻前腳時時抓搔，雌兔兩隻眼睛時常眯着，所以容易辨認。
㊳ 傍地走：貼着地面跑。

魏晉南北朝詩一

歸園田居（其一）　陶潛

少無適俗韻①，性本愛邱山②。誤落塵網③中，一去三十年④。羈鳥戀舊林⑤，池魚思故淵⑥。開荒南野際⑦，守拙⑧歸園田。方宅⑨十餘畝，草屋八九間。榆柳蔭後簷⑩，桃李羅堂前⑪。曖曖遠人村⑫，依依墟里煙⑬。狗吠⑭深巷中，雞鳴桑樹顛⑮。戶庭無塵雜⑯，虛室有餘閒⑰。久在樊籠⑱裏，復得返自然。

歸園田居（其三）　陶潛

種豆南山⑲下，草盛豆苗稀。晨興理荒穢⑳，帶月荷鋤歸㉑。道狹草木長㉒，夕露㉓霑我衣。衣霑不足惜，但使願㉔無違。

作者

陶潛見初冊第八課〈桃花源記〉

題解

〈歸園田居〉共有五首，本課選取第一首和第三首，版本據《靖節先生集》卷二。這些沒有嚴密格律限制的詩歌，統稱「古詩」，以別於唐代才正式出現的講求格律的「近體詩」。

東晉安帝義熙元年（四〇五）十一月，陶淵明辭去彭澤縣令，歸隱田園，第二年便作此組詩。其一（少無適俗韻）寫出作者決心離開官場，回歸自然的志向。他描繪出恬靜自然的田園景色，和富有人情味的鄉居生活，藉此透露重獲自由的心境，情景交融，意在言外。

其三（種豆南山下）寫回鄉後躬耕自食，苦中有樂的生活，並說明自己歸隱的心願是堅定的。

注釋

① 適俗韻：適，適應。俗，世俗。韻，原指風韻、氣度，這裏指性格。適應世俗的性格。

② 邱山：即山丘，這裏代表大自然，指田園生活。

③ 塵網：塵世的羅網，這裏指官場。

④ 一去三十年：去，離開。三十年，當作「十三年」，詩人自東晉孝武帝太元十八年癸巳（三九三）為江州祭酒，到安帝義熙元年乙巳（四〇五）辭去彭澤縣令，首尾共十三個年頭。

⑤ 羈鳥戀舊林：羈，束縛。羈鳥，困於籠中的鳥。舊林，鳥兒原來棲息的樹林。羈（漢）jī（國）ㄐㄧ（粵）gei^{1} 音機。

⑥ 池魚思故淵：池魚，指養在池裏的魚。故淵，魚兒原來生活的深水。

⑦ 開荒南野際：南野，一作「南畝」。際，間，當中。

⑧ 守拙：作者的自謙之辭，意思是依守愚拙的本性，與世俗的投機取巧相對。

⑨ 方宅：住宅四周。

⑩ 榆柳蔭後簷：蔭，遮蔽。簷，屋簷。簷（漢）yán（國）ㄧㄢˊ（粵）jim^{4} 音嚴。

⑪ 桃李羅堂前：羅，排列。堂，正屋，指庭院。

⑫ 曖曖遠人村：曖曖，昏暗不明，隱約難辨的樣子。遠人村，指遠離鬧市的小村莊。曖（漢）ài（國）ㄞˋ（粵）ɔi^{3} 音愛。

⑬ 依依墟里煙：依依，輕柔的樣子。墟里，村落。

⑭ 吠：狗叫。
⑮ 顛：頂。
⑯ 戶庭無塵雜：戶庭，門庭。塵雜，塵俗雜事。
⑰ 虛室有餘閒：虛室，虛靜的居室。
⑱ 樊籠：關鳥獸的籠子。這裏喻官場。樊 ㊈fán㊍ㄈㄢˊ㊚fan⁴ 音凡。
⑲ 南山：指柴桑山，即今廬山，在江西九江縣的西南。
⑳ 晨興理荒穢：興，起。晨興，早起。理，清除。荒穢，雜草。穢 ㊈huì㊍ㄏㄨㄟˋ㊚wai³ 音畏。
㉑ 帶月荷鋤歸：帶月，帶一作戴，戴月，頭頂月光。荷，扛着。全句說伴隨着月亮，扛着鋤頭回家。荷 ㊈hè㊍ㄏㄜˋ㊚hɔ⁶ 音賀。
㉒ 道狹草木長：狹，狹窄。草木長，草木長得很高。
㉓ 夕露：夕，日落後。夜晚的露水。
㉔ 願：指歸隱的心願。

魏晉南北朝詩二

玉階怨

謝朓

夕殿①下珠簾，流螢②飛復息。長夜縫羅衣③，思君此何極④。

王孫遊

謝朓

綠草蔓⑤如絲，雜樹紅英發⑥。無論君不歸，君歸芳已歇⑦。

寄王琳　庾信

玉關⑧道路遠，金陵信使疏⑨。獨下千行淚，開君萬里書⑩。

重別周尚書　其一　庾信

陽關萬里道⑪，不見一人歸⑫。惟有河邊雁⑬，秋來南向飛⑭。

作者

謝朓，生於南朝宋孝武帝大明八年，卒於南朝齊東昏侯永元元年（四六四——四九九）。字玄暉，陳郡陽夏（今河南太康）人。曾任宣城太守，人稱謝宣城。以文章受齊隨王蕭子隆賞識，初任鎮西功曹。歷任霸府文筆、中書郎，終任尚書吏部郎。東昏侯即位，謝朓因不願參與始安王蕭遙光篡位的陰謀，被誣下獄死。

謝朓的五言詩，講究格律，對初唐律詩的發展影響深遠。其詩善寫山水，風格清雋秀麗，有《四部叢刊》據明影宋本《謝宣城集》十卷傳世。

庾信，生於南朝梁武帝天監十二年，卒於隋高祖開皇元年（五一三——五八一）。字子山，南陽新野（今河南新野）人。聰敏絕倫，博覽群書，父庾肩吾是梁太子中庶子管記。初任抄撰學士，歷任通直散騎常仕，出使東魏。梁武帝即位後，封武康縣候，出使西魏，梁亡後留在北方。歷仕西魏和北周，曾任開府儀同三司等，世稱庾開府，官至司宗中大夫。

庾信早年出入於梁朝宮廷，善作宮體詩，風格華艷，與徐陵齊名，稱「徐庾體」，其後羈留北朝，所作詩賦，成就最高。或寫幽居之懷，或寄家國之思。五七言詩也甚可觀，其詩格調清新，深為唐代李、杜等人所宗仰。有清康熙二十六年（一六八七）錢塘崇岫堂倪璠《庾子山集注》十六卷傳世。

題解

謝朓〈玉階怨〉選自《謝宣城詩注》卷一。原編入《樂府詩集・相和歌辭・楚曲調》。這首詩寫的是失寵宮女獨處的怨情。詩中失寵的宮人，長夜難耐孤寂，以至徹夜縫製羅衣遣懷。

謝朓〈王孫遊〉選自《謝宣城詩注》卷一。原編入《樂府詩集・雜曲歌辭》。這首詩寫女子在春暖花開季節，思念離鄉遠遊的丈夫，感歎青春易逝，紅顏難駐。

庾信〈寄王琳〉選自《庾子山集注》卷四，王琳是梁朝名將，屢立軍功。庾信寫此詩時，正值王琳在荊州討伐篡梁的陳霸先。當時庾信羈留關外，很久沒有金陵方面的消息。及得悉王琳兵詩陳，不禁喜出望外，遂作此詩以寄。

庾信〈重別周尚書〉選自《庾子山集注》卷四，原題共二首，這是第一首。周尚書即周弘正，陳文帝時曾出使北周，南歸時庾信以詩贈別。由於之前已曾以詩為周贈別，故題「重別」。

注釋

① 夕殿：夜間時的宮殿，這裏指宮女住的地方。

② 流螢：飛來飛去的螢火蟲。

③ 羅衣：絲織製成的衣服。

④ 思君此何極：君，國君。此何極，言思君之深切。

⑤ 蔓：蔓生。蔓 漢màn 國ㄇㄢˋ 粵man6 音慢。

⑥ 雜樹紅英發：紅英，即紅花。發，即開放。

⑦ 無論君不歸，君歸芳已歇：無論，不用說。芳，春花。歇，凋謝。意思是不用說你不回來，就是你回來，恐怕春花已經凋謝了。

⑧ 玉關：玉門關，在今甘肅敦煌西，古為通西域之要道，此處代指長安。

⑨ 金陵信使疏：金陵，梁國都，即今江蘇省南京市。信使，送信的使者。疏，稀疏。言南北隔絕，少有信使往來。

⑩ 開君萬里書：君，指王琳。萬里書，從遠方金陵寄來的信。

⑪ 陽關萬里道：陽關，長城西北一個關口，位於玉門關的南面，故名「陽關」，兩關都是出塞必經之地。萬里道，指長安與南朝相去甚遠。

⑫ 不見一人歸：梁元帝承聖三年（五五四），西魏破梁都江陵，殺梁元帝，虜了大批人北上驅至長安。這句或指俘虜不能南歸，亦是庾信自況。

⑬ 河邊雁：黃河邊的大雁，暗喻周弘正。

⑭ 秋來南向飛：秋來，即秋時。南向飛，向南飛。此以秋雁南飛比喻周弘正南歸。

唐詩一

春曉

孟浩然

春眠不覺曉，處處聞啼鳥。夜來風雨聲，花落知多少？

宿建德江

孟浩然

移舟泊煙渚①，日暮客愁新。野曠天低樹②，江清月近人③。

登鸛雀④樓　　王之渙

白日依山盡，黃河入海流。欲窮千里目，更上一層樓。

涼州詞　其一　　王之渙

黃河遠上白雲間⑤，一片孤城萬仞⑥山。羌笛何須怨楊柳⑦？春光不度玉門關⑧。

涼州詞　其一　　王翰

蒲萄美酒夜光杯⑨，欲飲琵琶馬上催⑩。醉臥沙場君莫笑，古來征戰幾人回。

作者

孟浩然，生於唐武后載初元年，卒於唐玄宗開元二十八年（六八九—七四〇）。以字行，名不詳，襄州襄陽（今湖北襄陽）人。少好節義，在鹿門山隱居讀書。壯年漫遊江南，詩名日顯。四十歲，到長安應進士試，失意而歸。與王維、李白、王昌齡等成詩中好友。孟浩然既失意於功名，於是移情於山水和詩文，終身不仕。

孟浩然是初唐著名詩人，今存二百六十七首的孟詩中，以五言律絕最多。孟詩清空雅淡，注重格律聲調，開創盛唐以後山水田園詩的新風格。有明萬曆丙子（一五七六）勾吳顧氏校刊本《孟浩然詩集》三卷附《補遺》一卷《襄陽外編》一卷。

王之渙，生於唐武后垂拱四年，卒於唐玄宗天寶元年（六八八—七四二）。字季淩，併州（今山西太原）人。唐玄宗開元（七一三—七四一）初，曾任冀州衡水縣主簿，後遭誣陷而革職。王之渙去官後，過了十五年的漫遊生活，蹤跡遍黃河南北。其後補文官縣尉，卒於文安（今陝西省）。

王之渙以邊塞詩著名，與高適、王昌齡等人相唱和，每有創作，樂工皆取之入樂，可見詩名之盛。王之渙的作品意境空闊，感情奔放，可惜大多已散佚。《全唐詩》中僅存六首，有複刊宋書棚本唐芮廷章編《國秀集》本《王之渙集》一卷傳世。

王翰，盛唐時代人，生卒年不詳。字子羽，祖籍并州晉陽（今山西太原）。王翰是唐睿宗景雲年間（七一〇——七一一）進士，曾任駕部員外郎，官至仙州別駕，後貶為道州司馬，卒於任所。王翰為人能言善諫，好飲酒，與文士祖詠、杜華等交往。

王翰的詩以七絕見長，多壯麗之詞，唐玄宗天寶年間（七四二——七五五）與王昌齡、王之渙齊名，稱「三王」，有《國秀集》本《王翰集》一卷傳世。

題解

本課四首皆選自《全唐詩》。古代詩歌，本無一套嚴密的格律。到了唐代，開始出現了講求平仄對仗的格律詩，稱「近體詩」。其形式有五絕（五言四句）、七絕（七言四句）、五律（五言八句）、七律（七言八句）四種。唐以後，近體詩成為了詩歌創作的主流。

孟浩然〈春曉〉選自《全唐詩》卷一百六十，寫作者春睡初醒時的情景與感受，含蓄蘊藉，耐人尋味。

孟浩然〈宿建德江〉選自《全唐詩》卷一百六十。建德，唐代縣名，屬江南道睦州新定郡，即今浙江建德。浙江流經建德的一段稱建德江。本詩為南遊吳越時所作。作者選取旅程中日暮與日出的片段，抒發羈旅的孤寂感與思鄉之情。

王之渙〈登鸛雀樓〉選自《全唐詩》卷二百五十三，一作朱斌詞。鸛雀樓在蒲州（在今山西永濟）西南。樓高三層，前對中條山，下瞰黃河，是登覽的勝地，因時常有鸛雀棲止樓上而得名。這首詩寫傍晚登鸛雀樓的所見所感。作者在樓頭遠眺，眼前展現一幅遼闊的圖景：落日西沈，黃河奔騰；詩人不禁興泛豪情，寫出富有哲理的兩句：「欲窮千里目，更上一層樓」。其中含有站得高、看得遠的人生哲理，成為常被引用的名句。

王之渙〈涼州詞〉選自《全唐詩》卷二百五十三。原題共兩首，本課錄第一首。〈涼州詞〉是唐代樂府曲名，《樂府詩集》收入「橫吹曲辭」，題作〈出塞〉。涼州，唐代州名，包括河西、隴右一帶地方，州治在今甘肅武威。本詩是以樂府曲調寫涼州遼闊荒寒的景象，境界開闊，情調悲壯蒼涼。

王翰〈涼州詞〉選自《全唐詩》卷一百五十六。原題共二首，本課選錄第一首。這首詩描寫將士們在作戰前飲酒的情景，及其豪邁的情懷。

注釋

① 移舟泊煙渚：泊，船隻停靠。煙渚，霧氣籠罩的江中洲嶼。

② 野曠天低樹：原野平曠，一眼望去，天幕下垂，直落到遠樹背後，顯得天比樹還要低。

③ 月近人：句中的「月」指江水中月亮的倒影，故云「近人」。

④ 鸛雀：鳥名，鶴類。鸛 (漢)guàn (國)ㄍㄨㄢˋ (粵)gun^{3} 音貫。

⑤ 黃河遠上白雲間：此句言遙望黃河，其源彷如出自白雲間。

⑥ 仞：古長度單位，八尺為一仞。仞(漢)rèn(國)ㄖㄣˋ(粵)jan^{6}音刃。

⑦ 羌笛何須怨楊柳：羌笛，西域樂器，直吹如簫，三孔，漢時傳入中國。楊柳，古笛曲〈折楊柳〉，怨楊柳，指羌笛聲奏出哀怨的〈折楊柳〉一曲。

⑧ 玉門關：漢代所置，在今甘肅敦煌之西，地處唐代涼州的最西境，為古代通西域要道。

⑨ 蒲萄美酒夜光杯：蒲萄即葡萄，西域盛產葡萄，品種良好，用以造酒，味道醇美。夜光杯，舊題東方朔著的《十洲記》載，西方胡人曾獻給周穆王夜光常滿杯，白玉所製，能照明黑夜，故名夜光杯，這裏借指精美的酒杯。

⑩ 欲飲琵琶馬上催：欲飲，正欲痛飲。琵琶，傳自西域之樂器，與笳鼓一類，軍中常用以催促行軍。

唐詩二

鹿柴① 王維

空山不見人，但聞人語響。返景②入深林，復照青苔上。

竹里館 王維

獨坐幽篁③裏，彈琴復長嘯④。深林人不知，明月來相照。

相思　王維

紅豆⑤生南國，春來發幾枝⑥。願君多采擷⑦，此物最相思。

九月九日憶山東兄弟　王維

獨在異鄉為異客⑧，每逢佳節倍思親。遙知兄弟登高處，遍插茱萸⑨少一人。

渭城曲　王維

渭城朝雨浥輕塵⑩，客舍青青柳色新。勸君更盡一杯酒，西出陽關無故人⑪。

送沈子福歸江東　王維

楊柳渡頭⑫行客稀，罟師盪槳向臨圻⑬。唯有相思似春色，江南江北送君歸⑭。

作者

王維，生於唐武后聖曆二年，卒於唐肅宗乾元二年（六九九——七五九）。字摩詰，太原祁州（今山西祁縣）人。王維九歲能文，十五歲以詩聞名。唐玄宗開元九年（七二一）舉進士，初任大樂丞。歷任右拾遺、監察御史及給事中。安史之亂，兩京陷落，玄宗奔蜀，王維被俘，被迫受偽職。亂平後，以陷賊官論罪，貶為太子中允。卒時官至尚書右丞，世稱王右丞。王維晚年長齋奉佛，在輞川購得宋之問的藍田別墅，優遊其中，過着恬靜優閒的生活。

王維精於畫，又擅長音樂，詩以田園山水著稱。其詩意境恬淡空靈，尤以五言律絕成就最高，詩風與陶淵明有異曲同工之妙。有明弘治甲子（一五〇四）呂夔重刻元本《唐王右丞集》六卷傳世。

題解

〈鹿柴〉選自《全唐詩》卷一百二十八。鹿柴，即鹿砦，是詩人隱居之處。作者晚年在輞川別墅（陝西藍田）與友人裴迪唱和，吟詠當地景物，自輯五言絕句二十首，題名為〈輞川集〉，此詩是該集中第五首。詩人以敏鋭的筆觸，描繪了鹿柴附近的空山深林在夕陽移照下的美景，詩中有畫。

〈竹里館〉選自《全唐詩》卷一百二十八，是〈輞川集〉二十首中之第十七首。竹里館即竹裏館，在詩人隱居的輞川別墅內，是輞川別業的勝景之一，因建於竹林深處而得名。此詩寫隱居者的一種閒適情致，情景交融，清幽絕俗。

〈相思〉選自《全唐詩》卷一百二十八，此詩為王維早年之作。作品借物托情，以紅豆寄寓思念的情懷。寫來含蓄委婉，在當時已被譜成歌曲，廣為流傳。

〈九月九日憶山東兄弟〉選自《全唐詩》卷一百二十八。山東，指崤山函谷關以東地區，這裏代指詩人故鄉蒲州（今山西永濟）。原注有「時年十七」四字，則知當時王維已離開家鄉在長安準備應試。此詩寫自己在重陽節對故鄉兄弟的思念。全詩構思新穎，感情真摯，文字平易簡約，其中「每逢佳節倍思親」更成為名句。

〈渭城曲〉選自《全唐詩》卷一百二十八，是一首著名的送別詩，詩題又作〈送元二使安西〉、〈陽關曲〉、〈陽關三疊〉。《樂府詩集》收入近代曲辭。元二，名字及事蹟均不詳，一説為元載。

此詩通過送別場面的細緻描寫，生動地表現出朋友間的深情厚誼。本詩音韻悠揚，易於傳唱，是王維膾炙人口的作品之一。

〈送沈子福歸江東〉選自《全唐詩》卷一百二十八，一作「渓沈子福之」。沈子福，王維的朋友，生平事蹟不詳。江東，指長江下游以東地區。這是一首送別詩，成於玄宗開元二十八、九年間（七四〇——七四一），是作者在長江中、上游送沈子福順流而下歸江東之作。詩歌即景寓情，想象奇異。

注釋

① 鹿柴：柴，同砦，藩落、木柵。柴 (漢)zhài (國)ㄓㄞˋ (粵)dzai⁶ 音寨。

② 返景：景，同影。夕陽返照的光。

③ 幽篁：篁，竹叢。深密幽暗的竹林。篁 (漢)huáng (國)ㄏㄨㄤˊ (粵)wɔŋ⁴ 音皇。

④ 嘯：撮口發聲，是一種抒情舉動。嘯 (漢)xiào (國)ㄒㄧㄠˋ (粵)siu⁴ 音笑。

⑤ 紅豆：紅豆樹、海紅豆及相思子等植物種子的統稱。朱紅色，或一端有黑色，或有黑色斑點。相傳古時有人死在邊地，其妻甚為思念，哭於樹下而卒，化為紅豆，故古人常以紅豆象徵愛情和相思。

⑥ 春來發幾枝：發幾枝，是說紅豆樹又新長出多少枝條。

⑦ 擷：摘取。擷 (漢)xié (國)ㄒㄧㄝˊ (粵)kit⁸ 或 git⁸ 音揭或潔。

⑧ 為異客：成為在他鄉作客的人。

⑨ 茱萸：一種有香味的植物。《風土記》：「俗尚九月九日，謂為上九。茱萸至此日，氣烈顏色赤，可折其房以插頭，云避惡氣禦冬。」茱 ㊟zhū㊐ㄓㄨ㊕dzy^{1} 音朱。萸 ㊟yú㊐ㄩˊ㊕jy^{4} 音如。

⑩ 渭城朝雨浥輕塵：渭城，秦代的都城咸陽，在今陝西西安市西北渭水北岸。浥，沾濕。

⑪ 西出陽關無故人：陽關，漢代所置，在今甘肅敦煌縣西，與玉門關同為通往西域的要道，因在玉門關南面，故稱「陽關」。故人，老朋友。

⑫ 渡頭：渡客過河的碼頭。

⑬ 罟師蕩槳向臨圻：罟師，指漁人。罟，即網。臨沂，古地名，晉代所置的縣，在今南京市附近。罟 ㊟gǔ㊐ㄍㄨˇ㊕gu^{2} 音古。圻 ㊟qí㊐ㄑㄧˊ㊕kei^{4} 音岐。

⑭ 唯有相思似春色，江南江北送君歸：言只有悠長的相思之情，像春光遍綠的江南江北一樣，一直送你回歸江東。

唐詩三

出塞　其一

王昌齡

秦時明月漢時關，萬里長征人未還①。但使龍城飛將在②，不教胡馬度陰山③。

采蓮曲　其二

王昌齡

荷葉羅裙一色裁④，芙蓉向臉兩邊開⑤，亂入⑥池中看不見，聞歌始覺有人來。

芙蓉樓送辛漸 其一　王昌齡

寒雨連天夜入湖⑦，平明送客楚山孤⑧。洛陽親友如相問，一片冰心⑨在玉壺。

作者

王昌齡，約生於唐武后聖曆元年，卒於唐肅宗至德元年（六九八？——七五六？）。字少伯，太原（今山西太原）人。唐玄宗開元十五年（七二七）舉進士，初任秘書省校書郎，歷任汜水尉、江寧縣令，後貶為龍標尉，世稱王江寧、王龍標。後來棄官，在江夏隱居，安史亂起，被刺史閭丘曉以棄職潛逃罪名所殺。

王昌齡是盛唐邊塞詩派的著名詩人，與高適、王之渙齊名。他的詩風雄偉奔放，聲調鏗鏘，擅長七絕，明代王世貞稱其作為「神品」。有明正德己卯（一五一九）勾吳袁翼刊本《王昌齡詩集》三卷傳世。

題解

〈出塞〉選自《全唐詩》卷一百四十三。原題共二首，本課選錄第一首。〈出塞〉為樂府曲題，是一首弔古抒懷詩。首句「秦時明月漢時關」，即將眼前的邊關與悠久的戍防歷史聯繫起來，氣勢雄偉，足以統攝全詩。

〈采蓮曲〉選自《全唐詩》卷一百四十三。原題共二首，本課選錄第二首。〈采蓮曲〉為樂府舊題，屬《清商曲辭》的〈江南弄〉七曲之一。采，同採。這首詩描寫少女在池中採蓮，荷葉與羅裙一色，荷花與嬌容一色，簡直分辨不出哪是荷株哪是採蓮女，到了荷塘裏傳出歌聲，才覺察到有採蓮女在荷塘之中。構思巧妙，意境優美。

〈芙蓉樓送辛漸〉選自《全唐詩》卷一百四十三。原題共二首，本課選錄第一首。芙蓉樓，唐潤州丹陽郡治丹徒縣（今江蘇鎮江）西北角城樓。辛漸，生平不詳，當為王昌齡友人。唐玄宗開元二十八年（七四〇），王昌齡被貶，出為江寧丞。他在任上曾遊丹陽。這首詩是在遊丹陽送友人辛漸去洛陽時作，詩歌借助晚上聽雨和清晨送客的描寫，表現了詩人與朋友間的友誼。後兩句則表明自己守志不移的節操。

注釋

① 秦時明月漢時關，萬里長征人未還：首句之「秦時明月」與「漢時關」，互文見義，秦與明月，漢與關，都不是專屬，而是舉錯成文，統指秦漢之月與關。意謂自秦漢以來，明月映照下的關塞，無非都是征戰與戍守的所在。服兵役的人，很少能安然返家。

② 但使龍城飛將在：但，只要。龍城飛將，漢代名將李廣為右北平太守時，威震邊關，匈奴稱他為「漢之飛將軍」。這裏是用李廣的典故代指名將。

③ 不教胡馬度陰山：不教，不許、不讓之意。胡，古代對北方邊塞民族的稱呼。胡馬，胡人的騎兵。陰山，山脈名，發端於河套西北，穿越內蒙地區，與東北內興安嶺相接。教 ㊀漢jiāo ㊀國ㄐㄧㄠ ㊀粵gau^1 音交。

④ 荷葉羅裙一色裁：一色裁，指荷葉是綠色的，採蓮女的羅裙也是綠色的，好像在一塊布上剪裁出來似的。

⑤ 芙蓉向臉兩邊開：芙蓉，蓮花花朵，這句意含採蓮女嬌艷的容顏與蓮花完全一樣。

⑥ 亂入：羼入。指採蓮女隨意划入池中。

⑦ 寒雨連天夜入湖：一作「寒雨連江夜入吳」。則江指長江，芙蓉樓上可俯瞰長江。吳則指江浙一帶，古為吳國之地，故稱為吳。

⑧ 平明送客楚山孤：平明，天剛亮。楚山，楚國山川，客途所經之處。詩人送辛漸去洛陽，所行路線從長江折入淮水而赴洛陽，而淮水流域為古楚國之地。

⑨ 一片冰心：南朝劉宋時期詩人鮑照〈代白頭吟〉：「直如朱絲繩，清如玉壺冰。」這裏化用其句，表示自己冰清玉潔的心志。

唐詩四

靜夜思
李白

牀前明月光①，疑是地上霜。舉頭望山月②，低頭思故鄉。

秋浦歌
李白

白髮三千丈，緣愁似个長③。不知明鏡裏，何處得秋霜④。

送友人入蜀
李白

見說蠶叢路⑤，崎嶇不易行。山從人面起⑥，雲傍馬頭生⑦。芳樹籠秦棧⑧，春流遶蜀城⑨。升沈⑩應已定，不必問君平⑪。

獨坐敬亭山

李白

眾鳥高飛盡，孤雲獨去閒。相看兩不厭，只有敬亭山⑫。

作者

李白，生於唐武后聖曆二年，卒於唐肅宗寶應元年（六九九——七六二）。字太白，號青蓮居士。祖籍隴西（今甘肅天水），幼年隨父遷居四川青蓮鄉，泛閱百家雜著，遍踏名山大川。唐玄宗天寶（七四二——七五五）初，李白入京，賀知章驚為「天上謫仙人」，薦於玄宗，詔為翰林供奉。李白雖有治國抱負，但為人放浪不羈，為宦官高力士所讒，失意離京。天寶十四年（七五五），安史亂起，玄宗子入永王璘起兵，李白被聘為府僚。後肅宗即位靈武，永王兵敗被殺，李白繫獄尋陽，得郭子儀棄官以贖，被流放夜郎，中途遇赦。晚年依族叔當塗令李陽冰，六十二歲病逝於當塗。

李白是唐代著名的詩人。他的詩風俊逸豪宕，尤長於樂府歌行。李白作詩信口而成，直抒胸臆，沒有彫琢痕跡，世稱「詩仙」，與「詩聖」杜甫齊名。有清康熙五十六年（一七一七）吳繆芑重刊《李太白集》三十卷行世。

題解

〈靜夜思〉選自《全唐詩》卷一百六十五。詩題一作〈夜思〉，寫客途中靜夜見月而牽動了思鄉之情。全詩語言簡潔自然，構思卻極細緻深曲。

〈秋浦歌〉選自《全唐詩》卷一百六十七。秋浦，唐代縣名（在今安徽貴池西）西南有秋浦河，故亦為水名。〈秋浦歌〉為組詩，共十七首，是李白漫遊秋浦時所作，其內容各不相同。此是其中第十五首。詩人以極度誇張之筆，寫其極度愁苦之情，筆調豪放中帶沈鬱，不脫李白本色。

〈送友人入蜀〉選自《全唐詩》卷一百七十七，約寫於天寶二年（七四三）。這是一首五言律詩，是詩人送友人入蜀時所作。前四句描寫蜀道的艱難險阻，五六兩句寫棧道及蜀城之景色。末二句寫世事升沈早定，不必問於卜者，更無須患得患失，藉以安慰友人失意之心。

〈獨坐敬亭山〉選自《全唐詩》卷一百八十二，是玄宗天寶十二年（七五三）秋李白遊宣州時所作。敬亭山，《江南通志》載：「敬亭山在寧國府城北十里，古名昭亭山，東臨宛溪，南俯城闌，煙市風帆，極目如畫。」詩人以擬人手法，將自己的主觀情感與自然景物融為一體。詩中雖云獨坐，但已物我兩忘，進入怡然自在的境界。

注釋

① 明月光：一作「看月光」。

② 望山月：一作「望明月」。

③ 緣愁似个長：緣，因為。个，這般，為唐人俗語，一作「箇」。

④ 秋霜：比喻頭髮像秋霜一樣白。

⑤ 見說蠶叢路：見說，聽說。蠶叢，傳說為古蜀國開國之君，後人稱入蜀之路為蠶叢路。

⑥ 山從人面起：謂陡峭的山崖從行人面前突兀升起。

⑦ 雲傍馬頭生：飄動的雲彷彿依傍着馬頭冒起。傍 (漢) bàng (國) ㄅㄤˋ (粵) bɔŋ^6 音磅。

⑧ 秦棧：棧，棧道，即在山崖上鑿石架木以築成的通道。指由秦入蜀的棧道。

⑨ 春流遶蜀城：春流，指春水；一說指流經成都的郫江、流江。蜀城，指成都；一說泛指蜀中城市。

⑩ 升沈：謂仕途上的升降浮沈。

⑪ 君平：嚴遵，字君平，西漢人，隱居不仕，曾在成都市上賣卜。

⑫ 相看兩不厭，只有敬亭山：這裏把山人格化，說山與人彼此相看不厭。看 (漢) kān (國) ㄎㄢ (粵) hɔn^1 音刊。

唐詩五

贈汪倫

李白

李白乘舟將欲行，忽聞岸上踏歌①聲。桃花潭②水深千尺，不及汪倫送我情。

黃鶴樓送孟浩然之廣陵

李白

故人西辭黃鶴樓③，煙花三月下揚州④。孤帆遠影碧山盡⑤，唯見長江天際流⑥。

望廬山瀑布 其二　李白

日照香爐生紫煙⑦，遙看瀑布挂前川⑧。飛流直下三千尺，疑是銀河落九天⑨。

早發白帝城　李白

朝辭白帝彩雲間⑩，千里江陵一日還⑪。兩岸猿聲啼不盡⑫，輕舟已過萬重山。

作者

李白見初冊第三十五課〈唐詩四〉

題解

〈贈汪倫〉選自《全唐詩》卷一百七十一。唐玄宗天寶十四年（七五五）李白由秋浦前往涇縣遊桃花潭，當地村民汪倫以家釀美酒款待，殷殷送別。李白感謝他的盛情，寫此詩以贈。

〈黃鶴樓送孟浩然之廣陵〉選自《全唐詩》卷一百七十四，約寫於開元十六年（七二八）。黃鶴樓，舊址在武昌蛇山黃鶴磯上，今在湖北武漢長江岸邊。之，去的意思。廣陵，即揚州（今江蘇揚州）。古人慣以詩詞送別，這是李白於武昌黃鶴樓送別好友孟浩然之作。以「孤帆」暗示惜別之意，以「唯見」一句寫不忍之情，李白對朋友的一片深情，都體現在這富有詩意的凝視之中。

〈望廬山瀑布〉選自《全唐詩》卷一百八十，一作「望廬山香爐峰瀑布」或「望廬山瀑布水」。李白此題寫有兩首詩，一首為五言古體，此為其二。廬山，古名南障山，又名匡山，總稱匡廬，在今江西九江市南，瀑布為廬山奇景之一。本詩當作於入京之前，大約在開元十四年（七二六）。詩中描繪奇偉壯觀之瀑布，色彩鮮明，比喻奇特，藝術手法極高。

〈早發白帝城〉選自《全唐詩》卷一百八十一，一作「白帝下江陵」、「下江陵」。白帝城，地名，在今四川奉節東的白帝山上。唐肅宗乾元二年（七五九）三月，李白因永王璘案的牽連，被流放夜郎。至白帝城遇赦，旋即乘舟東下江陵。此詩是江行途中所作，描寫舟行經三峽順流而下的情景及沿江景色。詩的節奏明快，給人一種空靈飛動之感，洋溢着詩人的歡愉與喜悅。

注釋

①踏歌：古時人們手拉手唱歌時以腳踏地為節拍，稱踏歌。
②桃花潭：水潭名，在安徽涇縣西南。
③故人西辭黃鶴樓：故人，即認識多年的朋友，指孟浩然。黃鶴樓在廣陵西，故云「西辭」。
④煙花三月下揚州：煙花，揚州春日多霧，又值百花盛開，故云煙花。下，自上流而下。
⑤孤帆遠影碧山盡：帆，指帆船。盡，消失。碧山盡，一作「碧空盡」。
⑥唯見長江天際流：句謂水天相接，長江好像在天邊流動。
⑦日照香爐生紫煙：香爐，即香爐峯，是廬山西北部的一座高峯，因山上經常籠罩着雲煙，好像香爐，因而得名。紫煙，日光照射下的水氣呈現為紫色的煙霧。
⑧遙看瀑布挂前川：前川，一作「長川」。瀑布從高山上奔瀉下來，遠遠望去就好像是掛着的川流。
⑨九天：古代傳說天有九重，九天指天的最高層。
⑩朝辭白帝彩雲間：朝辭，早上辭別。彩雲間，形容白帝城矗立在彩色繽紛的朝霞裏。
⑪千里江陵一日還：江陵，即今湖北江陵在長江的左岸，距白帝城約千里，中間經過形勢險峻的三峽。還，到的意思。
⑫兩岸猿聲啼不盡：猿，猴子。四川到湖北的長江西岸，高山重疊，連綿不斷，多猿猴。不盡，不絕、不止，謂猿聲此起彼落。

唐詩六

兵車行

杜甫

車轔轔①，馬蕭蕭②，行人③弓箭各在腰。耶孃妻子走相送④，塵埃不見咸陽橋⑤。牽衣頓足闌道⑥哭，哭聲直上干⑦雲霄。道傍過者問行人，行人但云點行頻⑧。或從十五北防河，便至四十西營田⑨。去時里正與裹頭⑩，歸來頭白還戍邊。邊亭流血成海水，武皇開邊意未已⑪。君不聞漢家山東二百州⑫，千村萬落生荊杞⑬。縱有健婦把鋤犁，禾生隴畝無東西⑭。況復秦兵耐苦戰⑮，被驅不異犬與雞。長者雖有問，役夫敢申恨！且如今年冬，未休關西卒⑯。縣官急索租，租稅從何出？信知生男惡⑰，反是生女好。生女猶是嫁比鄰⑱，生男埋沒隨百草！君不見青海頭⑲，古來白骨無人收。新鬼煩冤⑳舊鬼哭，天陰雨溼聲啾啾㉑。

茅屋為秋風所破歌

杜甫

八月秋高風怒號，卷我屋上三重茅。茅飛度江灑江郊，高者掛罥長林梢㉒，下者飄轉沈塘坳㉓。南村羣童欺我老無力，忍㉔能對面為盜賊。公然抱茅入竹去，脣焦口燥呼不得。歸來倚杖自歎息，俄頃風定雲墨色㉕，秋天漠漠㉖向昏黑。布衾多年冷似鐵㉗，驕兒惡臥踏裏裂㉘。牀牀㉙屋漏無乾處，雨腳如麻未斷絕㉚。自經喪亂少睡眠，長夜霑溼何由徹㉛。安得廣廈千萬間㉜？大庇天下寒士俱歡顏㉝，風雨不動安如山。嗚呼！何時眼前突兀㉞見此屋？吾廬㉟獨破受凍死亦足。

作者

杜甫，生於唐睿宗太極元年，卒於唐代宗大曆五年（七一二——七七〇）。字子美，祖籍襄陽（今湖北襄陽），後遷河南鞏縣。祖父杜審言是武后時著名詩人。杜甫自小刻苦力學，但屢應進士試不第。於是漫遊於齊、趙、梁、宋（今山東、河北、河南）之間。唐玄宗天寶十年（七五一）四十四歲，向玄宗獻〈三大禮賦〉，受賞識，任右衞率府胄曹參軍。安史亂起，杜甫從長安逃到鳳翔，肅宗任為左拾遺，一年後，因為領兵戰敗的宰相房琯求情，被貶為華州司功參軍。不久，棄官入蜀，築草堂定居。嚴武薦為西川節度參謀檢校工部員外郎，世稱杜工部。晚年生活貧困，病逝於江、湘途中。

杜甫是唐代成就最高的詩人，他身處於唐朝由盛轉衰的大時代，其詩反映了社會的動盪和民間的疾苦，後世稱為「詩史」、「詩聖」。他的詩歌，融會眾長，兼備諸體，對後世影響深遠。所作詩現存一千四百餘首，有清康熙四十二年（一七〇三）刻本仇兆鰲《杜詩詳注》二十五卷，附編二卷傳世。

題解

〈兵車行〉選自《全唐詩》卷二百一十六，是七言樂府詩。詩題〈兵車行〉，為杜甫所創的樂府新題，這首詩創作於唐玄宗天寶十年（七五一）或十一年（七五二）。「安史之亂」前，朝廷曾多次對外發動戰爭，給社會帶來混亂、給百姓帶來災難，因此杜甫在詩裏表達了對窮兵黷武的批評。

〈茅屋為秋風所破歌〉選自《全唐詩》卷二百一十九，大約寫於唐肅宗上元二年（七六一），當時作者住在成都西郊浣花溪畔的草堂。這年八月，暴風雨損壞了他的草屋，面對着破敗殘漏的居室，他想起「安史之亂」離家逃亡的艱困，不禁感慨萬千。作者由個人的遭遇而聯想到其他人的苦難；由一個家庭的破敗，聯想到眾多家庭的散亡，這種憂國憂民的博大胸襟令人感動。

注釋

① 轔轔：車輛走動聲。轔 ㊅lín ㊄ㄌㄧㄣˊ ㊆lœn⁴ 音鄰。

② 蕭蕭：馬鳴聲。

③ 行人：指被徵用出發的士卒。

④ 耶孃妻子走相送：耶，同爺，父親。孃，母親。妻子，妻及子女。走，奔走。

⑤ 塵埃不見咸陽橋：咸陽橋，即中渭橋，故址在咸陽東南二十里，貫渭水上。全句是說沿路灰塵彌漫，咸陽橋也

看不見了。

⑥ 闌道：即攔道。

⑦ 干：沖上。

⑧ 行人但云點行頻：但云，只説。點行，按戶籍點徵壯丁。點行頻，徵調頻繁。自此至篇末均是「行人」的答話。

⑨ 或從十五北防河，便至四十西營田：營田，屯田。北防河、西營田，均泛指西北邊防。開元十五年（七二四）十二月，為防吐蕃入侵，曾召兵在黃河以西，今甘肅一帶屯駐。全句是説有些人十五歲起便遠戍西北，直到四十歲還沒回家。

⑩ 去時里正與裹頭：里正，里長。唐制百戶為一里，設里正。與裹頭，替壯丁裹紮頭巾。全句説明當時壯丁很年青。

⑪ 武皇開邊意未已：武皇，漢武帝。此借指唐玄宗。開邊，擴張疆土。

⑫ 君不聞漢家山東二百州：漢家，借指唐朝。山東，指華山以東。二百州，唐代潼關以東有七道，共二百一十七州，此為約數，詩中實指關東廣大地區。

⑬ 荊杞：荊棘和杞柳。此泛指野生灌木。杞 ㊉qǐ㊄ㄑㄧˇ㊅gei² 音己。

⑭ 禾生隴畝無東西：全句是説田裏的莊稼種得不成行列。

⑮ 況復秦兵耐苦戰：秦兵，關中兵，關中為古秦地。此指眼前被徵調的壯丁。耐苦戰，耐於吃苦作戰。

⑯ 未休關西卒：未休，指徵調不止。關西卒，即秦兵，函谷關以西稱關西。

⑰ 信知生男惡：信知，確知。惡，不好。惡 ㊉è㊄ㄜˋ㊅ɔk⁸ 音善惡之惡。

⑱ 生女猶是嫁比鄰：是，一作得。比鄰，鄰里。比 ㊉bí㊄ㄅㄧˊ㊅bei³ 音音鼻。

⑲ 青海頭：青海湖邊，在今青海東部，唐軍與吐蕃常在此作戰。

⑳ 煩冤：含冤愁苦。

㉑ 啾啾：擬聲辭，指悽戾的聲音，這裏引申為鬼哭聲。啾 ㊉jiū㊄ㄐㄧㄡ㊅dzau¹ 音周。

㉒ 高者掛罥長林梢：罥，纏繞。長林，高大的樹林。罥 漢juàn 國ㄐㄩㄢˋ 粵gyn³ 音眷。

㉓ 塘坳：坳，低窪之地，下雨時，雨水積於其中。坳 漢āo 國ㄠ 粵au¹ 音拗高平聲。

㉔ 忍：忍心。

㉕ 俄頃風定雲墨色：俄頃，一瞬間、轉眼間。風定，風停了。雲墨色，烏雲濃得像墨一樣。

㉖ 漠漠：形容天空陰沈沈的樣子。

㉗ 布衾多年冷似鐵：布衾，布做的被子。這句是說被子多年沒有更換，已經硬化，失去了保暖的性能。

㉘ 驕兒惡臥踏裏裂：惡臥，睡姿不好。踏裏裂，蹬壞被裏。

㉙ 牀牀：一作牀頭。

㉚ 雨腳如麻未斷絕：雨腳，密集落地的雨點。如麻，形容雨下得很密。

㉛ 長夜霑溼何由徹：溼，同濕。何由、由何，怎麼。徹，徹夜、通宵。這句是說：在難眠的長夜裏，又加上被褥被雨水沾濕，怎能熬到天明呢？

㉜ 安得廣廈千萬間：安得，哪裏能得。廣廈，大房子。

㉝ 大庇天下寒士俱歡顏：庇，庇護。寒士，貧寒交迫的人，也可以理解為貧寒的士人。庇 漢bì 國ㄅㄧˋ 粵bei³ 音秘。

㉞ 突兀：突出兀立、聳起的樣子。

㉟ 廬：房子。

唐詩七

羌村　其一

杜甫

崢嶸赤雲西①，日腳②下平地。柴門鳥雀噪，歸客③千里至。妻孥怪我在④，驚定還拭⑤淚。世亂遭飄蕩，生還偶然遂⑥。鄰人滿牆頭，感歎亦歔欷⑦。夜闌更秉燭⑧，相對如夢寐。

石壕吏

杜甫

暮投石壕村⑨，有吏夜捉人，老翁踰牆走⑩，老婦出門看⑪；吏呼一何⑫怒，婦啼一何苦，聽婦前致詞：「三男鄴城戍⑬，一男附書⑭至，二男新戰死。存者且偷生，死者長已矣⑮。室中更無人，惟有乳下孫⑯；有孫母未去，出入無完裙⑰。老嫗⑱力雖衰，請從⑲吏夜歸。急應河陽⑳役，猶得備晨炊㉑。」夜久㉒語聲絕，如聞泣幽咽㉓。天明登前途，獨與老翁別㉔。

江畔獨步尋花七絕句　其六　杜甫

黃四娘家花滿蹊㉕，千朵萬朵壓枝低。留連㉖戲蝶時時舞，自在嬌鶯恰恰㉗啼。

江南逢李龜年　杜甫

岐王㉘宅裏尋常見，崔九㉙堂前幾度聞。正是江南好風景，落花時節㉚又逢君。

作者

杜甫見初冊第三十七課〈唐詩六〉

題解

〈羌村〉選自《全唐詩》卷二百一十七，作於唐肅宗至德二年（七五七）秋天。當時作者任左拾遺的小官，因為上疏營救房琯，觸怒肅宗，從鳳翔放回鄜州。羌村在鄜州城外（今陝西富縣南）。這組詩共三首，這是其中第一首，是描寫作者在戰亂中重見家人與鄰里時悲喜交集的情景。詩人細膩地以動作和表情來反映人物的內心感情，而景物、環境、氣氛的描寫，也生動地烘托出各人的心理狀態。

〈石壕吏〉選自《全唐詩》卷二百一十七，作於唐肅宗乾元二年（七五九）春天。當時安祿山已被其子安慶緒所殺，唐軍相繼收復長安和洛陽，並乘勝渡過黃河，包圍盤據在相州（今河南安陽）的安慶緒。可是唐軍戰略有誤，被史思明的援軍打敗，幾乎全軍覆沒，洛陽、潼關又面臨危機。朝廷為了補充前線兵力，便強行徵兵。當時杜甫出任華州司功參軍，正好從洛陽回華州，一路所見，感慨萬千，遂寫成此詩。這詩與〈新安吏〉、〈潼關吏〉合稱「三吏」。作者以晚上投宿石壕村的眼見耳聞，反映了「安史之亂」給百姓帶來的苦難，並對他們表示深切的同情。

〈江畔獨步尋花七絕句〉選自《全唐詩》卷二百二十七，為詩人於唐肅宗上元二年（七六一）春在成都所作。全組詩共七首，這是第六首。詩人以明麗的筆法，描寫了成都城郊濃鬱的春色。詩的畫面由靜至動，由視覺形象到聽覺感受，使人陶醉。

〈江南逢李龜年〉選自《全唐詩》卷二百三十二，於唐代宗大曆五年（七七〇）所作。李龜年是位著名樂師，與杜甫有舊交。安史之亂後，杜甫流落江南，在潭州（今湖南長沙市）與李龜年重逢。戰亂之中在異鄉偶遇故人，分外高興，遂賦詩述懷。詩的前二句，回憶當年太平盛世時的交往；後二句，既表現了異地重逢的喜悅，又有感慨人事衰敗之意。

注釋

① 崢嶸赤雲西：崢嶸，高峻的樣子。赤雲，近黃昏時分的紅雲。崢 漢zhēng 國ㄓㄥ 粵dzɐŋ1 音增。嶸 漢róng 國ㄖㄨㄥˊ 粵wiŋ4 音榮。

② 日腳：落日餘暉。

③ 歸客：作者自稱。

④ 妻孥怪我在：妻孥，妻及子女。怪，覺得意外。孥 漢hú 國ㄋㄨㄥˊ 粵lɐn4 音奴。

⑤ 拭：擦去。拭 漢shì 國ㄕˋ 粵sik7 音式。

⑥ 遂：如願。

⑦ 歔欷：抽泣聲。歔 漢xū 國ㄒㄩ 粵hœy1 音虛。欷 漢xī 國ㄒㄧ 粵hei3 音希。

⑧ 夜闌更秉燭：夜闌，夜深。更，重新。秉，持。闌(漢)lán(國)ㄌㄢˊ(粵)lan^{4}音蘭。更(漢)gēng(國)ㄍㄥ(粵)gaŋ^{1}音庚。

⑨ 暮投石壕村：投，投宿。石壕，村鎮名，在今河南陜縣東。

⑩ 老翁踰牆走：踰，越。走，逃走。

⑪ 出門看：或作「出看門」、「出門守」，意謂出來應門。

⑫ 一何：表示到了極點而無以復加的意思。

⑬ 三男鄴城戍：鄴城，即相州，今河南安陽縣。戍，守衞。鄴(漢)yè(國)ㄧㄝˋ(粵)jip^{9}音業。

⑭ 附書：託人帶回家信。

⑮ 死者長已矣：已，完結，指生命終結。矣，感歎詞。全句意思指死去的永遠完了。

⑯ 乳下孫：還在吃奶的孫兒。

⑰ 有孫母未去，出入無完裙：母，指孫兒的母親。去，離開，言媳婦因有吃奶的孩子而沒有離去。無完裙，沒有一條完整的裙子，這裏指衣不蔽體。

⑱ 嫗：即年老的婦人，老婦自稱。嫗(漢)yù(國)ㄩˋ(粵)jy^{2} 音於陰去聲。

⑲ 從：隨。

⑳ 河陽：孟津，在黃河北岸，即今河南孟縣。

㉑ 猶得備晨炊：備，準備、置辦。晨炊，早飯。

㉒ 夜久：夜深。

㉓ 咽：因悲傷而失聲抽泣。咽(漢)yè(國)ㄧㄝˋ(粵)jit^{8}音噎。

㉔ 天明登前途，獨與老翁別：登前途，登程上路。這兩句是說第二天作者上路時，老婦已被捉去，獨與老翁告別。

㉕ 黃四娘家花滿蹊：黃四娘，事跡不詳。蹊，即小路。蹊(漢)xī(國)ㄒㄧ(粵)hei^{4} 音兮。

㉖ 留連：雙聲詞，盤桓不忍離去的樣子。

㉗ 恰恰：唐時方言，形容鶯聲。

㉘ 岐王：李範，唐玄宗弟。

㉙ 崔九：名滌。本篇原注「崔九即殿中監崔滌，中書令湜之弟。」

㉚ 落花時節：暮春花落時。

唐詩八

賣炭翁

白居易

賣炭翁，伐薪燒炭南山中①。滿面塵灰煙火色，兩鬢蒼蒼十指黑。賣炭得錢何所營②？身上衣裳口中食。可憐身上衣正單，心憂炭賤願天寒！夜來城上一尺雪，曉駕炭車輾冰轍③。牛困人飢日已高，市南門外泥中歇。翩翩兩騎來是誰④，黃衣使者白衫兒⑤。手把文書口稱敕⑥，迴車叱牛牽向北⑦。一車炭，千餘斤⑧，宮使驅將惜不得⑨。半匹紅紗一丈綾，繫向牛頭充炭直⑩。

賦得古原草送別

白居易

離離⑪原上草，一歲一枯榮⑫。野火燒不盡，春風吹又生。遠芳侵古道，晴翠接荒城⑬。又送王孫去，萋萋滿別情⑭。

問劉十九

白居易

綠螘新醅酒⑮，紅泥小火壚。晚來天欲雪，能飲一杯無⑯？

暮江吟

白居易

一道殘陽鋪水中⑰，半江瑟瑟⑱半江紅。可憐⑲九月初三夜，露似真珠⑳月似弓。

作者

白居易，生於唐代宗大曆七年，卒於唐武宗會昌六年（七七二——八四六）。字樂天，晚號香山居士，祖籍太原（今山西太原），後遷居下邽（今陝西渭南）。自幼聰慧，刻苦讀書。唐德宗貞元十六年（七九九）進士，初任校書郎，歷任翰林學士、左拾遺，因敢言直諫，上疏亟論宰相武元衡被盜殺事，為當政者所忌，貶為江州（今江西九江）司馬。其後歷任忠州、杭州、蘇州刺史，官至刑部尚書，晚年退居洛下，崇奉佛法。

白居易是中唐大詩人，與元稹齊名，並稱「元白」。他提倡「文章合為時而著，歌詩合為事而作」，反對「嘲風雪，弄花草」的文學，強調《詩經》的美刺傳統和杜甫的創作精神。白詩的特色是語言淺俗，使老嫗、兒童都能解讀，諷諭詩〈秦中吟〉及〈新樂府〉是其中的代表。晚年寫了不少閒適詩和感傷詩。有明萬曆三十四年（一六〇六）馬元調刊本《白氏長慶集》傳世

題解

〈賣炭翁〉選自《全唐詩》卷四百二十七，是〈新樂府〉之一。作者自注：「苦宮市也。」宮市是皇帝派宦官到市集購物，後發展為變相掠奪的一種方式。唐德宗貞元末年，凡宮中所需之

物，均由宦官採辦。宦官以「宮市」的名義，看中甚麼東西便拿走，或象徵性給點錢，或分文不給，商販不容追問。此詩記敘賣炭翁的遭遇，揭露了「宮市」的巧取豪奪，對百姓悲慘的處境寄予深切同情。本詩從賣炭翁的形貌描寫和心理刻畫，到賣炭翁趕車進城橫遭掠奪的敘述，寫來曲折生動，環環緊扣。且在情節發展至高潮時戛然而止，含蓄有力，感動人心。

〈賦得古原草送別〉選自《全唐詩》卷四百三十六，一作〈古原草〉，為白居易少年時代之作。所謂「賦得」，凡指定、限定的詩題，按例須在題目上加「賦得」二字。據說此詩是作者準備應考時的習作，故也加「賦得」二字。本詩描寫古原上離離春草的景象，寄託了送別友人的深摯情意。作者從《楚辭・招隱士》的兩句詩裏找到了芳草與送別的聯繫，詩的前半寫草，暗寓送別；後半寫別，不離春草。情景交融，虛實並舉，意境渾成。

〈問劉十九〉選自《全唐詩》卷四百四十。劉十九，嵩陽處士，劉姓，排行十九。《白氏長慶集・劉十九同宿》有「惟共嵩陽劉處士，圍棋賭酒到天明」句。本詩大約寫於唐憲宗元和十二年（八一七），是一首極富生活情趣的五言絕句。家中新釀了酒，又有溫酒禦寒的小火爐，使詩人心境平靜。末句以問話作結，實為邀請之意，不僅扣住詩題，也表現了詩人對友人的真摯情誼。

〈暮江吟〉選自《全唐詩》卷四百四十二。這是一首寫景詩，約作於唐穆宗長慶二年（八二二），白居易赴杭州刺史任途中。詩人將江上的彩霞、初升的新月和露水迷朦的夜色組合在一起，表現了詩人對江濱美景的陶醉。全詩構思精妙，極富美感。

注釋

① 伐薪燒炭南山中：薪，木柴。南山，即終南山，又名太乙、太一、太壹，在陝西長安縣南五十里，秦嶺主峯之一。

② 何所營：作何用途？營，謀求。

③ 曉駕炭車輾冰轍：輾，軋。冰轍，結了冰的車轍。

④ 翩翩兩騎來是誰：翩翩，輕快的樣子。騎，名詞，一人一馬為一騎。騎 ㊅jì㊄ㄐㄧˋ㊆kei3 音冀。

⑤ 黃衣使者白衫兒：黃衣使者，指宮中派出採辦貨物的宦官。唐代宦官品級較高者着黃衣，無品級者着白衣。白衫兒，指幫助宦官採購東西的隨從。

⑥ 敕：皇帝的命令。敕 ㊅chì㊄ㄔˋ㊆tsik7 音斥。

⑦ 迴車叱牛牽向北：迴車，唐代長安東市和西市均在城南，皇宮在城北，故須轉車向北去。叱，吆喝。叱 ㊅chì㊄ㄔˋ㊆tsik7 音斥。

⑧ 一車炭，千餘斤：一作「一車炭重千餘斤」。

⑨ 宮使驅將惜不得：宮使，指宦官。驅將，是說把牛車拉走。

⑩ 直：同值，指價值。

⑪ 離離：草生長茂盛的樣子。

⑫ 枯榮：枯萎和茂盛。

⑬ 遠芳侵古道，晴翠接荒城：是說遠處的春草蔓延到古老的驛道上，陽光下青翠的野草連接着邊遠的城鎮。

⑭ 又送王孫去，萋萋滿別情：化用《楚辭‧招隱士》：「王孫遊兮不歸，春草生兮萋萋。」王孫，貴族子弟，這裏指友人。萋萋，草長得茂盛的樣子。萋 ㊅qī㊄ㄑㄧ㊆tsai1 音妻。

⑮ 綠螘新醅酒：螘，蟻的本字。綠螘，指浮在新釀米酒上面的泡沫，因細小如螘，呈現綠色，故稱「綠螘」。醅，

未過濾的酒。醅㊅pēi㊊ㄆㄟ㊆pui¹音胚。

⑯ 無：在此作疑問語氣詞。

⑰ 一道殘陽鋪水中：殘陽，夕陽。句謂夕陽散發的晚霞鋪展在江面上。

⑱ 瑟瑟：一種碧玉，借喻為碧綠色。這裏用以形容殘陽照不到的半邊江水的顏色。

⑲ 可憐：可愛。

⑳ 真珠：即珍珠。

唐詩九

回鄉偶書　其一　　賀知章

少小離鄉老大回①，鄉音難改鬢毛衰②。兒童相見不相識，笑問客③從何處來。

早春呈水部張十八員外　其一　　韓愈

天街小雨潤如酥④，草色遙看近卻無⑤。最是一年春好處⑥，絕勝煙柳滿皇都⑦。

江雪　柳宗元

千山鳥飛絕⑧，萬逕人蹤滅⑨。孤舟蓑笠翁⑩，獨釣寒江雪⑪。

漁翁　柳宗元

漁翁夜傍西巖宿⑫，曉汲清湘燃楚竹⑬。煙銷日出不見人，欸乃一聲⑭山水綠。迴看天際下中流⑮，巖上無心雲相逐⑯。

作者

賀知章，生於唐高宗顯慶四年，卒於唐玄宗天寶三年（六五九——七四四）。字季真，晚號四明狂客，越州永興（今浙江①蕭山）人。少時即有文名，武后證聖元年（六九五）進士，初任國子四門博士，歷任禮部侍郎兼集賢院學士、工部侍郎兼秘書監，官至太子賓客兼祕書監正授。

天寶三年（七四四）辭官還鄉，晚節放誕，以詩書自娛，不久逝世。

賀知章性格曠達，喜歡談笑，和李白是詩中好友，賀之章沒有經歷「安史之亂」和中唐的動盪，故其作品充滿了「盛唐氣象」。賀知章的作品流傳不多，有民國二十五年（一九三六）張壽鏞輯《四明叢書》本《賀秘監集》一卷《外紀》三卷傳世。

韓愈見初冊第十二課〈雜說・世有伯樂〉

柳宗元見初冊第十三課〈三戒・黔之驢〉

題解

賀知章〈回鄉偶書〉選自《全唐詩》卷一百一十二，原題共兩首，本課選錄第一首。本詩是詩人晚年之作，寫久別還鄉的感受。賀知章年少時就離開了故鄉，直到老年才得返故里，「鄉音難改」蘊藏着對故鄉的深情。全詩樸素平實，對比鮮明。

韓愈〈早春呈水部張十八員外〉選自《全唐詩》卷三百四十四，約成於唐穆宗長慶三年（八二三），原題共二首，這是第一首。全詩緊扣「早春」二字而寫：其中「草色遙看近卻無」一句，正是以清淡的筆觸讚嘆自然之美。

柳宗元〈江雪〉選自《全唐詩》卷三百五十二，是作者貶居永州時的作品。唐憲宗元和元年

（八〇六），以王叔文為首的「永貞改革」失敗後，柳宗元因受牽連，被貶為永州（今湖南零陵）司馬。這首詩是他在失意時有感於世態炎涼之作。詩中極力描寫環境的凄冷和幽寂，這正是作者當時心境的寫照，使人讀後有餘味無窮的感覺。

柳宗元〈漁翁〉選自《全唐詩》卷三百五十三，同是作者在永州時的作品。柳宗元被貶永州後，為排解心中的孤寂和鬱悶，寫了不少寄情於山水的詩篇。本詩以樸實的筆觸描寫了漁翁曉出作業的生活和江上四周的景物，構成一幅清新秀麗的畫面。

注釋

① 少小離鄉老大回：賀知章於武后證聖元年（六九五）三十七歲時中進士，至玄宗天寶初年（七四二——七四四）辭官還鄉，已經八十多歲，離開家鄉將近五十年。離鄉，一作離家。老大，年老。

② 鄉音難改鬢毛催：難改，一作無改。鬢毛衰，一作「鬢毛催」，鬢髮衰減。

③ 客：指作者本人。

④ 天街小雨潤如酥：天街，皇城的街道。潤如酥，滋潤得像酥油一樣。酥油，乳製品。

⑤ 草色遙看近卻無：草色，指的是草的綠色。遙看，遠看。近卻無，近看卻沒有。

⑥ 最是一年春好處：這是一年春天最好之處。

⑦ 絕勝煙柳滿皇都：絕勝，遠遠超過。煙柳，如煙的楊柳。皇都，皇帝居住的京城。勝（漢）shēng（國）ㄕㄥ（粵）siŋ^{1}音升。

⑧ 千山鳥飛絕：絕，盡，意指在衆山之中連一隻鳥兒也看不見。

⑨ 萬逕人蹤滅：逕，同徑，即小路。蹤，蹤迹。滅，湮滅。

⑩ 蓑笠翁：蓑笠，穿着蓑衣、戴着斗笠的老人，這裏指漁翁。蓑衣，用草或棕製成，披在身上的防雨衣。斗笠，用竹或草編成的帽子，用來遮雨或遮陽光。蓑 (漢)suō(國)ㄙㄨㄛ (粵)sɔ^{1} 音梭。笠 (漢)lì(國)ㄌㄧˋ(粵)lɐp^{7} 音粒。

⑪ 獨釣寒江雪：獨自在雪中的寒江上垂釣。

⑫ 漁翁夜傍西巖宿：傍，依倚。西巖，即永州西山臨水的巖壁。宿，過夜。

⑬ 曉汲清湘燃楚竹：汲，取水。清湘，清澈的湘水。楚竹，楚地產的竹子。楚，古國名，主要在今湖北和湖南北部一帶。汲 (漢)jí(國)ㄐㄧˊ(粵)kɐp^{7} 音級。

⑭ 欸乃一聲：欸乃，搖櫓的聲音，亦作划船時歌唱的聲音，即棹歌。欸乃一聲，即一聲棹歌。欸 (漢)ǎi(國)ㄞˇ (粵)ai^{2} 音挨陰上聲。乃 (漢)nǎi(國)ㄋㄞˇ(粵)nɔi^{2} 音靄。

⑮ 下中流：漁翁划着小舟向中流行去。

⑯ 巖上無心雲相逐：連上句謂回頭向天邊望去，發現山上的白雲無意而悠然地追隨着漁舟飄去。

唐詩十

楓橋夜泊　張繼

月落烏啼霜滿天，江楓漁父對愁眠①。姑蘇城外寒山寺②，夜半鐘聲到客船③。

秋夜寄丘二十二員外　韋應物

懷君屬④秋夜，散步詠涼天⑤。山空松子落，幽人⑥應未眠。

滁州西澗　　韋應物

獨憐幽草澗邊生⑦，上有黃鸝深樹鳴⑧。春潮⑨帶雨晚來急，野渡無人舟自横⑩。

古風　其二　　李紳

鋤禾⑪日當午，汗滴禾下土。誰知盤中餐，粒粒皆辛苦。

作者

張繼，盛唐時代人（生卒年不詳），字懿孫，襄州（今湖北①襄陽）人。早有文名，博覽有識。唐玄宗天寶十二年（七五三）進士。曾任洪州鹽鐵判官兼檢校祠部員外郎。

張繼流傳下來的詩不多，除描寫景物外，也有反映民生之作。張詩不假彫飾，卻情致清遠。

有清光緒十九年（一八九三）武進費氏影宋刊本《中興間氣集》本《張繼集》一卷行世。

韋應物，約生於唐玄宗開元二十五年，約卒於唐德宗貞元六年（七三七——七九〇？），京兆長安（今陝西西安）人。少時尚俠好武，唐玄宗天寶末年，任三衞郎，並入太學。其後折節讀書。歷任洛陽丞、滁州刺史、江州刺史、左司郎中等職，官至蘇州刺史，世稱韋蘇州。

韋應物是唐代著名山水田園詩人，品性高潔，所在必焚香掃地而坐。詩歌風格澹遠清雅，意境清幽。他又長於五言，與劉長卿並稱「五言雙璧」。後世比之陶潛，稱「陶韋」。有明正德（一五〇六——一五二一）間複宋刊本《韋蘇州集》十卷行世。

李紳，生年不詳，卒於唐武宗會昌六年（？——八四六），字公垂，潤州無錫（今江蘇）人。憲宗元和元年（八〇六）進士，初任國子助教，歷任右拾遺、中書舍人、端州司馬、滁州刺史、河南尹等職，宦海浮沉二十年。會昌二年（八四二），時任淮南節度使的李紳拜中書侍郎、同平章事，後封趙國公。

李紳是晚唐新樂府詩人，詩多警句，以淺白的語言和深刻的情感著稱。李紳身量矮小，時號「短李」，與白居易友好，並與李德裕、元稹號稱「三俊」。有清康熙四十六年（一七〇七）揚州詩局刊本清聖祖敕編《全唐詩》本《李紳集》三卷傳世。

題解

張繼〈楓橋夜泊〉選自《全唐詩》卷二百四十二，一作「夜泊楓江」。楓橋，亦名封橋，在今江蘇蘇州市楓橋鎮。這首詩寫羈旅中的客愁。詩人善於以景物烘托情緒，無論遠觀、近觀、一景、一聲，都充分表露出客旅的愁懷。此詩一出，千古傳誦。

韋應物〈秋夜寄丘二十二員外〉選自《全唐詩》卷一百八十八，是詩人出任蘇州刺史時所作。丘員外即丘二十二，名丹，曾為倉曹員外郎、祠部員外郎，是亦官亦道人物，與韋應物為好友，二人時相唱和。韋應物作此詩時，丘丹正在臨平山學道。詩人懷友，漫步於秋夜涼天之中，並想象友人這時亦在空山中思念自己，意境深邃。

韋應物〈滁州西澗〉選自《全唐詩》卷一百九十三，是詩人於唐德宗建中二年（七八一）任滁州刺史時所作。滁州，唐時屬淮南東道，州治在今安徽省。滁州西澗在滁州城西門外，景色幽美，詩人常到那裏流連，這是他寫景抒情之代表作，表露出恬淡的情懷。

李紳〈古風〉選自《全唐詩》卷四百八十三，一作「憫農」。此題共二首，本篇是第二首。這首詩抒寫詩人對農民辛勤勞苦的敬意與同情，詩人善於選擇富有感染力的細節，形象地表現農民的艱辛勞作。詩中「誰知盤中餐，粒粒皆辛苦」，已成為千古名句。

注釋

① 江楓漁父對愁眠：江楓，江邊的楓樹。漁父，一作「漁火」。

② 姑蘇城外寒山寺：姑蘇，蘇州的別稱，因蘇州西南有姑蘇山而得名。寒山寺，在楓橋鎮，始建於南朝梁時，原名妙利普明塔院。相傳唐初詩僧寒山、拾得在此居住，因而得名。

③ 夜半鐘聲到客船：夜半鐘聲，其時寺院有夜半敲鐘的習慣。客船，指作者所乘之船。

④ 屬：適逢。屬 漢zhǔ 國ㄓㄨˇ 粵$dzuk^7$ 音竹。

⑤ 散步詠涼天：在秋涼的晚上漫步吟詩。

⑥ 幽人：幽居的人，即隱士。這裏指丘丹。

⑦ 獨憐幽草澗邊生：憐，喜愛。幽草，清幽的青草。

⑧ 上有黃鸝深樹鳴：黃鸝，黃鶯。深樹，樹陰深處。鸝 漢lí 國ㄌㄧˊ 粵lei^4 音離。

⑨ 春潮：指二、三月間春天的潮水。

⑩ 野渡無人舟自橫：野渡，野外水邊的渡船。因為船上沒有人，所以船在水邊橫泊着。

⑪ 鋤禾：為禾苗除草鬆土。

唐詩十一

遊子①吟　孟郊

慈母手中線，遊子身上衣。臨行密密縫，意恐遲遲歸②。誰言寸草心③，報得三春暉④。

尋隱者不遇　賈島

松下問童子⑤，言師採藥去⑥。只在此山中，雲深不知處⑦。

貧女

秦韜玉

蓬門未識綺羅香⑧，擬託良媒益自傷。誰愛風流高格調⑨，共憐時世儉梳妝⑩。敢將十指誇偏巧⑪，不把雙眉鬬畫長⑫。苦恨年年壓金線⑬，為他人作嫁衣裳。

作者

孟郊，生於唐玄宗天寶十年，卒於唐憲宗元和九年（七五一——八一四）。字東野，湖州武康（今屬浙江省）人。為人耿介孤直，早年應試不第，至五十歲德宗貞元十二年（796）時才舉進士。四年後任溧陽尉，官至興元節度使參謀、試大理評事。雖有韓愈、李翺力薦，可是一生窮愁偃蹇，被劉叉稱為「寒酸孟夫子」，後貧困至死。

孟郊以苦吟著名，為韓愈所推崇。孟詩立奇驚俗，務去陳言，於用字造句上，費盡苦心；風格奇險冷僻，與韓愈相近，世有「孟詩韓筆」之稱。孟郊詩在文學史上影響深遠，晚唐的李商隱、溫庭筠及宋初的黃庭堅，無不受其影響。有明弘治己未（一四九九）商州刊本《孟東野詩集》

十卷行世。

賈島，生於唐代宗①大曆十四年，卒於唐武宗①會昌三年（七七九——八四三）。字閬仙，范陽（約今北京）人。少時為僧，法號無本，後經韓愈勸諭而還俗。屢次應試不第，歷任長江縣主簿和普州司倉，世稱賈長江。

賈島是以苦吟而聞名的詩人。賈島一生窮困，詩中充滿抑鬱枯槁的情調，風格與孟郊相似，故後世以「郊寒島瘦」並稱。孟詩善於錘字煉句，尤以七言古詩最佳。有明陸汴刊《廣十二家唐詩》本《賈閬仙長江集》十卷傳世。

秦韜玉，晚唐時代人，生卒年不詳。字中明，京兆（今陝西西安）人。年少時已有詩名。因曾為宰相路巖作文書，赴試時被京兆尹楊損斥落。其後為宦官田令孜擢用，官至丞郎判鹽鐵。唐僖宗中和二年（八八二）特賜進士及第，任工部侍郎，官至神策軍判官。

韜玉工長短歌，其詩廣為時人傳誦。有明萬曆戊午年（一六一九）吳興沈泰澤刊唐韋縠《才調集》本《秦韜玉集》一卷行世。

題解

孟郊〈遊子吟〉選自《全唐詩》卷三百七十二。〈遊子吟〉為樂府題目，「吟」是詩體的名稱。

這首詩題下作者自注：「迎母溧上作。」孟郊於唐德宗貞元十二年（七九六）中進士，之後曾為溧陽縣尉，這首詩就是接他母親到溧陽奉養而作。詩人有感於母親的養育之恩，寫下了這首歌頌偉大母愛的詩篇。作者描述遠遊前母親為自己趕縫衣服的一個細小而尋常的動作，採用詰問語氣和貼切的比喻，生動地表現了自己欲報養育之恩的誠摯感情。

賈島〈尋隱者不遇〉選自《全唐詩》卷五百七十四，一作「孫革訪羊尊師詩」，寫入山訪尋一位隱士不遇的情景。全詩只截取了訪而不遇時與看門童子對答的一個片段，簡單數語，隱者的飄逸高潔與訪者的悵惘之情躍然紙上。語言真率樸素。

秦韜玉〈貧女〉選自《全唐詩》卷六百七十。全詩寫貧家女子雖具有真本事，但因不肯追隨流俗，所以永遠改變不了卑微的地位和悽慘的命運。作者並以此抒發寒士不遇的感慨。

注釋

① 遊子吟：遊子，出門在外的人。

② 臨行密密縫，意恐遲遲歸：密密，緊緊的意思。這兩句是說，遊子將出門的時候，母親一針針地、細細密密地縫製衣服。因為恐怕兒子很久不會回來，以求衣服耐用一點。

③ 寸草心：寸草，指初生的小草，這裏用以喻遊子。一寸長的草，用喻微細，比喻兒女孝敬父母的心力像小草那樣微弱。

④ 三春暉：三春，從陰曆正月至三月的春季三個月，舊時分別稱為孟春、仲春、季春，合稱三春。有時也稱春季的最後一個月為三春，這裏即用後一義。這時天氣和暖，陽光充沛，萬物旺盛。暉，日光，這裏用以喻母親的養育之愛。

⑤ 童子：隱士的童僕。

⑥ 言師採藥去：師，童子稱其師父。以下三句都是童子對訪尋者的回答。

⑦ 只在此山中，雲深不知處：雲深，雲氣深遠籠蓋的意思。處，在詩裏指行蹤。此句乃童子答作者之問，意謂其家師已入山中，然山中雲霧深密，實在不知他身在何處。

⑧ 蓬門未識綺羅香：蓬門，用蓬草編的門，表示貧窮人家。綺羅，華麗的絲織品。

⑨ 誰愛風流高格調：風流，灑脱放逸，品格清高。格調，原指詩文的格律聲調，這裏喻人的品格。

⑩ 共憐時世儉梳妝：憐，愛。儉，節制。儉梳妝為當時的時興打扮。

⑪ 誇偏巧：偏巧，一作纖巧，指誇耀針線刺繡工巧。

⑫ 鬬畫長：指比賽眉毛畫得長。當時以長眉為時髦。

⑬ 壓金線：用金絲線刺繡，壓線指刺繡縫紉時按壓針線。

唐詩十二

西塞山懷古

劉禹錫

西晉樓船下益州①，金陵王氣黯然收②；千尋鐵鎖沈江底③，一片降旛出石頭④。人世幾回傷往事⑤，山形依舊枕寒流⑥。今逢四海為家⑦日，故壘蕭蕭蘆荻秋⑧。

竹枝詞　其一

劉禹錫

楊柳青青江水平⑨，聞郎江上唱歌⑩聲。東邊日出西邊雨，道是無晴卻有晴⑪。

烏衣巷

劉禹錫

朱雀橋⑫邊野草花，烏衣巷口夕陽斜。舊時王謝堂前燕，飛入尋常百姓家⑬。

商山早行

溫庭筠

晨起動征鐸⑭，客行悲故鄉。雞聲茅店⑮月，人迹板橋霜，槲⑯葉落山路，枳花明驛牆⑰。因思杜陵⑱夢，鳧⑲雁滿迴塘⑳。

作者

劉禹錫見初冊第十四課〈陋室銘〉

溫庭筠，約生於唐德宗貞元十七年，約卒於唐懿宗咸通七年（八〇一？——八六六？）。本名岐，字飛卿，太原祁（今山西祁縣）人。才情敏捷，精通音律。然為人薄行放浪，屢應進士試不第。曾從文宗長子莊恪太子遊。歷任隨縣尉、襄陽節度使巡官，咸通七年（八六六）任國子助教，主試時，因榜示邵謁諷刺時政的詩篇，遭貶為方城尉，抑鬱而卒。

溫庭筠與李商隱齊名，並稱「溫李」，詩歌風格穠艷綺麗。溫庭筠也工詞，被尊為花間派的鼻祖，今有《漢南真稿》十卷、《握蘭集》三卷、《金筌集》十卷、《詩集》五卷及《學海》三十卷傳世。

題解

劉禹錫〈西塞山懷古〉選自《全唐詩》卷三百五十九，作於唐穆宗長慶四年（八二四）赴和州刺史任途中。西賽山，位於今湖北省黃石市東，峻峭臨江，形勢險要，為三國時吳國的西部要塞。懷古，指借憑弔古蹟或追懷往事而抒發情思。此詩乃劉氏與諸友同賦當地史蹟而成，既能據事設景，又能就景論事，對今昔所知所見，致以無窮感慨。白居易推崇這首詩為「探龍得珠」。

劉禹錫〈竹枝詞〉選自《全唐詩》卷三百六十五。原題共二首，本課選錄第一首。〈竹枝詞〉是古代四川東部的民歌，人們喜以連手踏地為歌演出。唐穆宗長慶二年（八二二），劉禹錫調任夔州（治所在今四川奉節）刺史，深愛當地民歌，遂按其調而另作新詩，亦稱〈竹枝詞〉，所寫多與當地景物人情有關，這些詩歌極富民歌色彩。

劉禹錫〈烏衣巷〉選自《全唐詩》卷三百六十五。烏衣巷，在今南京東南部秦淮河南岸。三國時，吳國的軍隊曾在這裏駐防，士兵穿烏衣，故而得名。東晉時，王導、謝安等豪門世族曾在這裏居住。這是一首詠史詩，為作者〈金陵五題〉的第二首，就烏衣巷王謝門第衰敗的遺蹟，詠歎由六朝至唐代門閥世族沒落的重大歷史變化，抒寫了浮沈的滄桑之慨。全詩着墨不多，而寄意深遠。所謂「撫景論事，慨乎言之」，正是此詩佳處。

溫庭筠〈商山早行〉選自《全唐詩》卷五百八十一，以早行所見所感為全詩旨趣。商山，山名，在今峽西商縣東南。早行，清晨上路。由於描寫逼真細緻，使我們彷彿看到作者披星戴月趕路的情景。結語忽然聯想到故鄉，此際當是鳧雁群集迴塘，一種旅愁鄉思油然而生。

注釋

① 西晉樓船下益州：西晉，一作王濬，生於漢獻帝建安十一年，卒於晉武帝太康六年（二〇六——二八五），字士

治，西晉武帝時為益州（治所在今四川成都）刺史。樓船，建有木城的大型戰船。益州，州治在今四川省成都市。晉武帝咸寧五年（二七九），王濬等請伐吳，晉武帝任命王為龍驤將軍，建造大型戰船，沿長江直下。

② 金陵王氣黯然收：金陵，今江蘇省南京市，三國時名建業，是吳國的都城。王氣，傳說帝王所在的地方會有一種祥瑞之氣。黯然，黯淡無光，一作「漠然」。黯 漢 àn 國 ㄢˋ 粵 ɐm^{2} 音庵陰上聲。

③ 千尋鐵鎖沈江底：尋，古代的長度單位，一尋等於八尺。鐵鎖，指吳國預防敵方沿江東下，在長江險要處置鐵鎖加以阻攔，但為王濬以火炬燒燬，而沈於江底。

④ 一片降旛出石頭：旛，長幅下垂的旗。石頭，石頭城，故址在今南京市清涼山一帶，戰國時為楚金陵城，秦改為秣陵。東漢建安十七年（二一二）秋，孫權修築石頭城，並將秣陵改為建業。旛 漢 fān 國 ㄈㄢ 粵 fan^{1} 音番。

⑤ 人世幾回傷往事：傷，悲傷。往事，在此詩裏指東吳、東晉、宋、齊、梁、陳敗亡的歷史。這六個朝代均在金陵建都。

⑥ 山形依舊枕寒流：山形，指西塞山。枕，靠。江流，指長江，一作「寒流」。

⑦ 四海為家：指國家統一。

⑧ 故壘蕭蕭蘆荻秋：故壘，舊時營壘，指吳在西塞山上所築的作戰營壘。蕭蕭，風吹草木發出的聲音。蘆，蘆葦。荻，蘆葦一類的植物，生於水邊，秋天開紫花或黃花。

⑨ 平：平滿，形容江水平滿。

⑩ 唱歌：即唱〈竹枝〉。此二字一作「踏歌」，踏歌是以足踏地為節奏而歌唱的一種民歌。

⑪ 道是無晴卻有晴：這句中的兩個「晴」字都是用同音相諧的方法諧「情」字，這是民歌中常用的一種手法，使表意顯得含蓄。

⑫ 朱雀橋：建於東晉咸康二年（三三六），位於金陵朱雀門外，橫跨秦淮河，此橋離烏衣巷很近。

⑬ 舊時王謝堂前燕，飛入尋常百姓家：王謝，指東晉王導、謝安兩大家族。句意：王謝舊宅已成為平常的民居。

⑭ 動征鐸：征鐸，響起旅程所乘車馬的鈴鐸聲，表示上路。鐸 漢 duó 國 ㄉㄨㄛˊ 粵 dɔk^{8} 音踱。

⑮ 茅店：茅草屋頂的小客店。

⑯ 槲：落葉喬木名，槲葉經冬不凋，次年春天嫩芽抽生時才脫落。槲 (漢)hú(國)ㄏㄨˊ(粵)huk^{9} 音酷。

⑰ 枳花明驛牆：枳，樹名，開白花，果實似桔而略小。驛，驛站，古代每三十里左右置一驛站，以快馬傳遞信息或文書。枳 (漢)zhǐ(國)ㄓˇ(粵)dzi^{2} 音指。

⑱ 杜陵：在當時的長安（今陝西西安）東南。即秦時的杜縣，後來漢宣帝在這裏建築陵墓，因稱杜陵。溫庭筠在長安的時候，即居住在這裏，可以說是第二故鄉。

⑲ 鳧：鳥名，即野鴨。鳧 (漢)fú(國)ㄈㄨˊ(粵)fu^{4} 音符。

⑳ 迴塘：迴曲的池塘。

唐詩十三

泊秦淮

杜牧

煙籠寒水月籠沙①，夜泊秦淮近酒家。商女不知亡國恨，隔江猶唱後庭花②。

山行

杜牧

遠上寒山石徑斜，白雲生處③有人家。停車坐愛楓林晚，霜葉紅於二月花。

秋夕　杜牧

紅燭秋光冷畫屏④，輕羅小扇撲流螢⑤。天階⑥夜色涼如水，坐看牽牛織女星⑦。

清明　杜牧

清明時節雨紛紛，路上行人欲斷魂⑧。借問酒家何處有？牧童遙指杏花村⑨。

樂遊原　李商隱

向晚意不適⑩，驅車登古原⑪。夕陽無限好，只是近黃昏。

作者

杜牧，生於唐德宗貞元十九年（八〇三——八五二），字牧之，京兆萬年（今陝西西安）人。宰相杜佑之孫，文宗太和二年（八二八）進士，舉賢良方正科。初任江西團練判官，歷任監察御史、黃洲、池洲及睦洲刺史，官至中書舍人，杜牧性格疏野放蕩，常寄情聲色，然處事秉性剛直不阿，敢論列時事，指陳利病，有濟世救國抱負。

杜牧工詩、賦、古文，人稱「小杜」，以別於杜甫。杜牧擅長抒情寫景的絕句和借古諷今的詠史詩，風格豪爽清麗。他也好談兵法，曾注《孫子》。有清嘉慶六年（一八〇一）德裕堂刊本清馮集梧注《樊川詩集》二十四卷、《外集》、《別集》各一卷、《詩補遺》一卷及《本傳》一卷傳世。

李商隱，生於唐憲宗元和八年，卒於唐宣宗大中十二年（八一三——八五八），字義山，號玉谿生、樊南生，懷州河內（今河南沁陽）人。從天平節度使令狐楚習今體章奏。文宗開成二年（八三七）舉進士，初任祕書省校書郎，調為宏農尉。歷任涇陽節度使王茂元和桂林總官觀察使鄭亞的總書記。因受政壇上牛李黨爭的牽連而受到排擠，困頓失意。官至鹽鐵推官，後死於滎陽。

李商隱是晚唐詩壇巨擘，其詩構思縝密，想像豐富，詞藻優美，音韻和諧，尤擅長七律和七絕。李商隱也工於駢文，號「三十六體」。有清乾隆四十五年（一七〇八）桐鄉馮氏德聚堂重校本清馮浩注《玉谿生詳注》三卷《年譜》一卷《樊南文集詳注》八卷行世。

題解

杜牧〈泊秦淮〉選自《全唐詩》卷五百二十三。泊，船隻停泊。秦淮，河名，穿金陵城（今江蘇南京）而入長江。這是一首即景抒懷詩，作者在詩中除了描寫秦淮河的夜色外，又藉着商女的歌聲慨歎沈淪的國運。

杜牧〈山行〉選自《全唐詩》卷五百二十四。這是一首寫山行小景的詩，山居環境的幽僻，鮮紅楓葉的美麗，以清淡的筆墨寫來，鮮明如畫。

杜牧〈秋夕〉選自《全唐詩》卷五百二十四。秋夕，這裏特指七夕，即陰曆的七月七日夜晚。這是一首宮怨詩，作者選取了宮女秋夜納涼的情景，來反映她們宮中生活的無聊與苦悶。

杜牧〈清明〉選自《後村千家詩校注》卷三，是即景敘事之作。清明，農曆二十四氣節之一，大約在公曆四月五日，民間有踏青及掃墓等習俗。作者客居異地，在清明的紛紛細雨中，不禁暗生懷鄉思親之情。於是欲借酒消愁，而得牧童指路。全詩清新自然，耐人尋味。

李商隱〈樂遊原〉選自《全唐詩》卷五百三十九。樂遊原，在長安（今陝西西安）之南，高平之地叫做原，此處高平敞豁，是當時有名的遊覽勝地。這首詩抒寫對美好事物即將消逝的惋惜和悵惘。其中「夕陽無限好，只是近黃昏」更是富於哲理的名句。

注釋

① 煙籠寒水月籠沙：指煙霧和月色籠罩着江面和沙洲。

② 商女不知亡國恨，隔江猶唱後庭花：商女，指以演唱歌曲為生的歌伎。江，即指秦淮河。後庭花，指〈玉樹後庭花〉。南朝陳後主，生活荒淫，編製〈玉樹後庭花〉舞曲，整天與妃嬪飲酒作樂，不問政事，終於亡國。《舊唐書‧音樂志》稱〈玉樹後庭花〉為「亡國之音」。秦淮河兩岸是繁華的遊樂處所，酒家甚多，歌女在這裏賣唱。這兩句說，歌女不知亡國的歷史，還在歌唱〈玉樹後庭花〉。因歌聲是從岸上傳來，所以說「隔江」。

③ 白雲生處：山上雲霧繚繞的地方。生處，一作「深處」。

④ 紅燭秋光冷畫屏：紅燭，一作「銀燭」。畫屏，有圖案裝飾的屏風。

⑤ 輕羅小扇撲流螢：輕羅小扇，織製的輕巧小扇。流螢，飛躍的螢火蟲。

⑥ 天階：通天的庭院。

⑦ 坐看牽牛織女星：牽牛、織女，星名。傳說牽牛織女七月七日相會，牽牛在南，織女在北，兩星遙遙相望。

⑧ 斷魂：一種抑鬱思念的情感。

⑨ 杏花村：確址不詳，或以為今山西省汾陽的杏花村，或以為今安徽省貴池的杏花村。

⑩ 向晚意不適：向晚，傍晚。意不適，心情不舒適。

⑪ 古原：指樂遊原。因其地是歷史名跡，故稱「古」。

宋詩一

江上漁者　范仲淹

江上往來人，但愛鱸魚美①。君看一葉舟②，出沒風波裏③。

陶者　梅堯臣

陶盡門前土④，屋上無片瓦。十指⑤不霑泥，鱗鱗居大廈⑥。

作者

范仲淹，生於宋太宗端拱二年，卒於宋仁宗皇祐四年（九八九——一〇五二），字希文，蘇州吳縣（今江蘇蘇州）人。幼孤貧，苦學成才，北宋真宗大中祥符八年（一〇一五）進士。初任廣德軍司理參軍，歷任右司諫、樞密副使、參知政事、資政殿學士、官至青州安撫使。仲淹任參知政事時，推行新政，史稱慶曆變法，曾帶兵防禦西夏入侵，在政事和軍事上都有功績。

范仲淹是北宋名臣，也善長詩文，其詩多寫民生疾苦。詞作以邊塞風光和將士生活為內容，風格豪邁，開宋詞豪放派先河。有宋乾道三年（一一六七）翻陽郡齋刊元天曆（一三二八——一三二九）間范氏歲寒堂修補本《范文正公集》二十卷附《別集》四卷行世。

梅堯臣，生於北宋真宗咸平五年，卒於北宋仁宗嘉祐五年（一〇〇二——一〇六〇），字聖俞，宣州宣城（今安徽宣城）人。宣城古名宛陵，故世稱宛陵先生。初從父蔭任太廟齋郎，其後受賜為進士出身。歷任河南主簿、德興縣令、國子監直講，官至尚書都官員外郎。

梅堯臣是北宋享負盛名的詩人，其詩於清麗間見平淡，意境深遠，與蘇舜欽齊名，時號「蘇梅」。有明萬曆丙子（一五七六）宣城縣姜奇方刻《宛陵先生集》六十卷行世。

題解

范仲淹〈江上漁者〉選自《范文正公文集》卷三《詩人玉屑》卷九引《翰府名談》作「贈釣者」。漁者，即打魚人。這首詩描寫當時漁民生活的艱辛，並對漁民寄以同情。詩雖短小，然而語言樸素生動，含蓄蘊藉。

梅堯臣〈陶者〉選自《宛陵先生集》卷四。陶者，即燒製瓦器的人。全詩以短小的篇幅，運用對比的手法，揭露出當時社會貧富懸殊的狀況，表現出詩人對這種不合理現象的不滿和對人民疾苦的同情。

注釋

① 但愛鱸魚美：但愛，只是喜愛。鱸魚，一種身體扁狹、口大鱗細、味道鮮美的魚。
② 一葉舟：形容打魚小艇在大海裏有如落葉漂浮水上。
③ 出沒風波裏：形容打魚小艇在風浪中顛簸不定，時隱時現的樣子。
④ 陶盡門前土：陶，這裏指為製瓦而挖土，作動詞用。全句指製瓦的人挖盡了自家門前的土。
⑤ 十指：一作寸指。
⑥ 鱗鱗居大廈：鱗鱗，形容瓦一片接一片，好像魚鱗一般整齊地排列。指貴族們住在瓦層鱗鱗的高大的房屋。

宋詩二

山園小梅　其一

林逋

眾芳搖落獨暄妍①，占盡風情②向小園。疏影橫斜水清淺③，暗香浮動月黃昏④。霜禽欲下先偷眼⑤，粉蝶如知合斷魂⑥。幸有微吟可相狎，不須檀板共金尊⑦。

元日

王安石

爆竹聲中一歲除⑧，春風送暖入屠蘇⑨。千門萬戶曈曈⑩日，總把新桃換舊符⑪。

書湖陰先生壁　其一　王安石

茅簷⑫長掃靜無苔，花木成畦⑬手自栽。一水護田將綠⑭遶，兩山排闥⑮送青來。

泊船瓜洲　王安石

京口瓜洲一水間⑯，鍾山⑰祇隔數重山。春風又綠江南岸⑱，明月何時照我還⑲。

作者

林逋，生於宋太祖乾德五年，卒於宋仁宗天聖六年（九六七——一〇二八）。字君復，錢塘（今浙江杭州）人。少孤，苦學，性情恬淡，不慕榮利。曾漫遊江、淮一帶，其後在杭州西湖孤山結廬隱名，聲名漸遠。宋真宗每年都派官員慰問。工書善畫，尤善於作詩，終生不娶不仕。他喜歡種梅養鶴，自稱有「梅妻鶴子」。卒後獲仁宗賜謚和靖先生。

林逋詩多寫隱居生活，風格清綺淡遠，也帶有晚唐色彩。擅長五七言律詩。有明萬曆二十一年（一五九五）錢塘何養純等校刊本《宋林和靖先生詩集》四卷行世。

王安石見初冊第十七課〈傷仲永〉。

題解

林逋〈山園小梅〉選自《林和靖先生詩集》。原題共二首，本課選錄第一首。《宋詩紀事》題作〈梅花〉，是林逋的代表作，也是歷代詠梅佳篇。詩中標舉出梅花的特質和韻致，以寄寓詩人高潔的志尚。「疎影橫斜水清淺，暗香浮動月黃昏」兩句，司馬溫公更譽之為「曲盡梅之體態」（見司馬光《溫公詩話》）。

王安石〈元日〉選自《王荊文公詩箋註》卷四十一，元日，即農曆正月初一，是傳統的新春佳節。這是一首即景寫興的七言絕句，寫城中百姓齊慶新年的歡樂情景。

王安石〈書湖陰先生壁〉選自《王荊文公詩箋註》卷四十三，原題共二首，本課選錄第一首。當時作者被罷免宰相職務，隱居於金陵紫金山下，與鄰人湖陰先生楊德逢經常來往。這首詩就是王安石題寫在楊家牆壁上的一首名作。全詩雅淡而別緻，顯示了房主人湖陰先生高潔情操。

王安石〈泊船瓜洲〉選自《王荊文公詩箋註》卷四十三，作於宋神宗熙寧八年（一〇七五）二月。瓜江，在江蘇省邗江縣南，運河於此注入長江。當時王安石第二次拜相，奉詔進京，乘船路過瓜洲，即興而作。其中「春風又綠江南岸」一句，尤為後人稱道，成為文人煉字的典範。

注釋

① 眾芳搖落獨暄妍：眾芳搖落，百花凋謝。暄妍，形容梅花秀麗幽美。暄 (漢)xuān(國)ㄒㄩㄢ(粵)hyn^1音圈。妍 (漢)yán(國)ㄧㄢˊ(粵)jin^4音言。

② 占盡風情：占，同佔。風情，風采、風姿，此用擬人寫法，以美人綽約之風姿比喻梅花的雅致。

③ 疏影橫斜水清淺：疏影，疏落的影子。梅的疏長枝條橫斜地倒映在清淺的水中。

④ 暗香浮動月黃昏：暗香，幽香。月黃昏，指月色朦朧。幽幽的香氣飄散在朦朧的月色裏。

⑤ 霜禽欲下先偷眼：霜禽，寒冷季節裏的雀鳥，一說為羽毛白色的禽鳥。偷眼，窺看。

⑥ 粉蝶如知合斷魂：粉蝶，為季候昆蟲，不生於梅花盛放的寒冬季節。合，應該。此句言如愛花之粉蝶，知有秀麗如許的梅花開於寒冬，而自己偏偏無緣親近，應該會銷魂神往。

⑦ 幸有微吟可相狎，不須檀板共金尊：微吟，低吟，指作詩時的情態。相狎，親近的意思。檀板，唱歌時打拍子用的檀木板。金尊，珍貴的盛酒器，這裏指飲酒。狎 (漢)xiá(國)ㄒㄧㄚˊ(粵)hap^1音峽。

⑧ 爆竹聲中一歲除：爆竹，古時沒有鞭炮，除夕之夜燃燒竹枝，使發出劈劈剝剝的響聲來表示去舊迎新。除，指逝去。

⑨ 屠蘇：酒名，舊時習俗在元日飲屠蘇酒。

⑩ 曈曈：光輝燦爛，太陽剛出來的景象。曈 ㊥tóng ㊂ㄊㄨㄥˊ ㊄tuŋ[4] 音童。

⑪ 新桃換舊符：用新的桃符取代舊的桃符。桃符是用桃木做的，上面刻有門神的名字，掛在門上用以袚除不祥，這是中國傳統的民間習俗。

⑫ 茅簷：借指簡陋的房舍。簷 ㊥yán ㊂ㄧㄢˊ ㊄jim[4] 音嚴。

⑬ 畦：田園中分劃的小區。畦 ㊥qí ㊂ㄑㄧˊ ㊄kwɐi[4] 音攜。

⑭ 綠：指田中綠色的農作物。

⑮ 排闥：闥，宮中小門。排闥，將門推開。闥音撻。

⑯ 京口瓜洲一水間：京口，今江蘇省鎮江市，位於長江南岸。瓜洲，在江蘇省邗江縣南，運河於此注入長江。

⑰ 鍾山：即紫金山，位於金陵（今江蘇南京市東）。作者罷相後，寓居鍾山附近。

⑱ 春風又綠江南岸：綠，作動詞用，即使之綠。春風又吹綠了大江的南岸。又，一作自。

⑲ 還：指還家。

宋詩三

六月二十七日望湖樓醉書五絕　其一　蘇軾

黑雲翻墨未遮山①，白雨跳珠亂入船②。卷地風③來忽吹散，望湖樓下水如天④。

飲湖上初晴後雨　其二　蘇軾

水光瀲灩⑤晴方好，山色空濛雨亦奇⑥。若把西湖比西子⑦，淡粧濃抹總相宜⑧。

題西林壁

蘇軾

橫看成嶺側成峰，遠近高低總不同⑨，不識廬山真面目，只緣⑩身在此山中。

作者

蘇軾見初冊第十九課〈日喻〉。

題解

〈六月二十七日望湖樓醉書〉選自《蘇軾詩集》卷七，本題共五首，此其一，作於宋神宗熙寧五年（一〇七二）。望湖樓，一名先德樓，在杭州西湖昭慶寺前。根據詩意可知作者在望湖樓飲酒時曾目睹一場風雨，詩人據實描寫，倍見情景真切，給人以身臨其境的感覺。

〈飲湖上初晴後雨〉選自《蘇軾詩集》卷九，作於宋神宗熙寧六年（一〇七三），原題共二首，本課選錄第二首，湖指杭州西湖。作者用概括的語言讚美西湖的景色，首先就湖上的陰晴變化描寫了西湖的風貌，接着用絕妙的比喻來表達西湖的神韻，留下想象的空間讓讀者尋味。

〈題西林壁〉選自《蘇軾詩集》卷二十三，是蘇軾在宋神宗元豐七年（一〇八四）初遊廬山時作。西林，廬山寺名，又名乾明寺。本詩不僅描繪了廬山山勢奇特、姿態萬千的風貌，也說出了觀察事物的重要哲理。

注釋

① 黑雲翻墨未遮山：黑雲翻墨，形容烏雲湧來像倒翻了的墨汁。未遮山，沒有把遠山遮住。
② 白雨跳珠亂入船：跳珠，像跳動的珍珠。亂入船，紛紛然落在船上。
③ 卷地風：卷，同捲。直捲到地面的大風。
④ 水如天：言暴雨過後，湖面回復平靜，且與天空同一顏色。
⑤ 瀲灩：形容湖水波光閃動的樣子。瀲㊉liàn㊖ㄌㄧㄢˋ㊕lim⁶音斂或臉陽去聲。灩㊉yàn㊖ㄧㄢˋ㊕jim⁶音驗。
⑥ 山色空濛雨亦奇：空濛，形容雨中霧氣迷茫的景象。奇，奇妙。
⑦ 若把西湖比西子：若，一作欲。西子，即春秋時越國美女西施。

⑧ 淡粧濃抹總相宜：粧，妝的異體字。抹，指塗脂抹粉。無論素雅的妝飾還是艷麗的打扮，對西施都很合適。這是比喻西湖無論是晴是雨，湖光山色總是美不勝收。

⑨ 遠近高低總不同：總一作各。從遠處、近處、高處、低處觀看各不相同。

⑩ 緣：因為。

宋詩四

和子由澠池懷舊③　蘇軾

人生到處知何似，應似飛鴻踏雪泥②。泥上偶然留指爪，鴻飛那復計東西。老僧已死成新塔③，壞壁無由見舊題④。往日崎嶇還記否，路長人困蹇驢嘶⑤。

東欄梨花　蘇軾

梨花淡白柳深青，柳絮飛時花滿城⑥。惆悵東欄一株雪⑦，人生看得幾清明⑧！

惠崇春江晚景　蘇軾

竹外桃花三兩枝，春江水暖鴨先知。蔞蒿滿地蘆芽短⑨，正是河豚欲上時⑩。

作者

蘇軾見初冊第十九課〈日喻〉

題解

〈和子由澠池懷舊〉選自《蘇軾詩集》卷三。子由，蘇軾弟蘇轍別字。澠池，地名，在今河南澠池。懷舊，即懷念往事。宋仁宗嘉祐元年（一〇五六），詩人與弟蘇轍應舉上京，過澠池時，曾寄宿於奉閑和尚僧舍，並於寺壁題詩留念。嘉祐六年（一〇六一），蘇軾出任鳳翔府（今屬陝西）簽判，蘇轍送其至鄭州，想到蘇軾繼續西行，會經過澠池舊地，於是寫下〈懷澠池寄子瞻兄〉一詩。詩中對兄弟分別、各自西東有無限感慨，而本篇即蘇軾依照蘇轍詩原韻所和之作。

〈東欄梨花〉選自《蘇軾詩集》卷十五，是作者〈和孔密州五絕〉中的第三首。蘇軾於神宗熙寧九年（一〇七六）冬罷密州任，由孔宗翰繼任知州，故稱「孔密州」。熙寧十年（一〇七七）四月，蘇軾到徐州任後，作此詩寄孔宗翰。詩中抒寫自己因見梨花盛開而感歎春光易逝、人生如寄的感情。本詩着墨不多，卻意深味遠。

〈惠崇春江晚景〉選自《蘇軾詩集》卷二十六，或作「書袞儀所藏惠崇畫」，是作者在宋神宗元豐八年（一〇八五）寫的題畫詩。惠崇，淮南人，宋初「九僧」之一，能詩善畫，春江晚景，即惠崇所畫的〈春江晚景圖〉。畫上一共題了二首，本課選錄第一首。本詩不僅把作品的主要內容描述出來，而且還從中帶出詩人的想象，點活了畫面，給人以情趣盎然之感。

注釋

① 和子由澠池懷舊：和，唱和。子由，蘇軾之弟蘇轍。蘇轍作有〈懷澠池寄子瞻兄〉，蘇軾讀後以此答和。澠㊥miǎn㊄ㄇㄧㄣˇ㊕men³音敏。

② 飛鴻踏雪泥：鴻雁踏在雪地上。

③ 老僧已死成新塔：老僧，指奉閑和尚。新塔，僧人死後不用墓葬，火化後，取其骨灰藏在建造的小塔裏。

④ 壞壁無由見舊題：壞壁，指奉閑僧舍的牆壁已破壞。舊題，從前蘇軾題的詩。

⑤ 往日崎嶇還記否，路長人困蹇驢嘶：崎嶇，道路不平的樣子。蹇驢，蹩腳驢，這裏指瘦弱、走不快的小驢。詩的最後兩句回憶從前作者和其弟路過崤山時，馬死去，只得改騎小驢在崎嶇山路上顛簸的情景。蹇 漢jiǎn 國ㄐㄧㄢˇ 粵gin^{2} 音堅陰上聲。嘶 漢sī 國ㄙ 粵sai^{1} 音西。

⑥ 柳絮飛時花滿城：柳絮紛飛的時候，正是梨花盛開季節。

⑦ 惆悵東欄二株雪：惆悵，哀傷，這裏指因梨花盛開轉而將謝引起的傷感。二株雪，一作「一株雪」。

⑧ 人生看得幾清明：幾清明，多少個春秋。幾，幾個，多少。清明，指春天，亦指美好的時光。

⑨ 蔞蒿滿地蘆芽短：蔞蒿，春天的一種野菜，花淡黃色。蘆芽，蘆筍。蔞蒿 漢lóu hāo 國ㄌㄡˊ ㄏㄠ 粵lau^{4}hou^{1} 音樓好陰平聲。

⑩ 正是河豚欲上時：河豚，魚名，味美而有毒，棲近海，四、五月入江河產卵。上，溯江而上，稱為「搶上水」。

宋詩五

登快閣

黃庭堅

癡兒了却公家事①，快閣東西倚晚晴②。落木千山天遠大③，澄江④一道月分明。朱絃已為佳人絕⑤，青眼聊因美酒橫⑥。萬里歸船弄長笛，此心吾與白鷗盟⑦。

桑茶坑道中

楊萬里

晴明風日雨乾時，草滿花堤水滿溪。童子柳陰眠正着⑧，一牛喫⑨過柳陰西。

作者

黃庭堅，生於宋仁宗慶曆五年，卒於宋徽宗崇寧四年（一〇四五——一一〇五）。字魯直，號山谷，又號涪翁，洪州分寧（今江西修水）人。幼聰穎，博聞強記。宋英宗治平四年（一〇六七）進士。初任葉縣尉，歷任四京學官、國史編修官，因直言遭貶謫為涪州別駕，徽宗即位，任太平州知州，趙挺之執政時，被纔受拘禁於宜州（今廣西壯族自治區宜山縣），後死於此。黃庭堅是江西詩派的創始人，作詩取法杜甫，強調用字要有來歷，注重音調句法的變化。提倡「奪胎轉骨」、「點鐵成金」的詩法，黃庭堅與張耒、晁補之、秦觀稱蘇門四學士，又與蘇軾並稱「蘇、黃」。有宋乾道（一一六五——一一七三）間刊本《豫章宋先生文集》三十卷傳世。

楊萬里，生於宋徽宗宣和六年，卒於宋寧宗開禧二年（一一二七——一二〇六）。字廷秀，號誠齋，吉州吉水（今江西吉水）人。南宋高宗紹興二十四年（一一五四）進士，初任贛州司戶，歷任太常博士、尚左郎官、太子侍讀、秘書監、江東轉運副使，因批評江南地區的鐵錢政策而遭貶謫。從此居家十五年，其後朝廷雖屢次徵召任職，仍堅辭不就，因不滿韓侂胄專政，憂憤而死。

楊萬里詩名卓著，與陸游、范成大、尤袤並稱南宋四大家。楊詩初學江西派，其後改學中唐元和諸家，其詩脫俗自然，崇尚淺率。有清嘉慶（一七九六——一八二〇）慶重雪草廬重刊本《誠齋詩集》十四卷傳世。

題解

黃庭堅〈登快閣〉選自《山谷外集》，作於宋神宗元豐五年（一〇八二），當時作者在吉州（今江西）太和（今泰和）縣作縣令。快閣是當地名勝，在太和縣治所東面的澄江（今贛江）之上，江山廣遠，景物清華。本詩描繪了清秋江山的美景，並表達了作者無心仕進，嚮往自然的心情，用字簡鍊，氣象宏大，意境空闊，尤以首聯開闔有勢，允稱傑作。

楊萬里〈桑茶坑道中〉選自《誠齋詩集．江東集》卷三十五，是一組八首七言絕句，本課選錄第七首。桑茶坑，地名，在今安徽涇縣。道中，在途上。本篇寫雨後天晴的農村景物。此詩似脫口而出、即興而發，語言通俗而富於情趣，風格清新自然，正是誠齋作品的本色。

注釋

① 癡兒了却公家事：癡兒，庸夫俗子，這裏是作者自稱。了却，辦理完。

② 快閣東西倚晚晴：倚在閣邊，迎着傍晚的陽光。

③ 落木千山天遠大：重山疊嶺的樹木，葉子多已脱落，天就顯得更遠更大。

④ 澄江：清澈的江，這裏指贛江。

⑤ 朱絃已為佳人絕：朱絃，琴的代稱。佳人，這裏指知心朋友。琴早就因為沒有知音而不彈了，指世上已無知己，不願再展才能。

⑥ 青眼聊因美酒橫：聊因，帶有無奈之意。橫，這裏指目光左右流動。只有見到美酒，眼睛裏才放出喜悅的光輝。

⑦ 與白鷗盟：和白鷗結盟，意指歸心堅決，也有惟沒有機心的白鷗可以為友之意。

⑧ 眠正着：睡覺正睡得香甜。

⑨ 喫：同吃。

宋詩六

四時田園雜興・夏日田園雜興　其七　范成大

晝出耘田夜績麻①，村莊兒女各當家②。童孫未解供耕織③，也傍桑陰學種瓜④。

秋夜將曉出籬門迎涼有感　其二　陸游

三萬里河東入海⑤，五千仞嶽上摩天⑥。遺民淚盡胡塵裏⑦，南望王師又一年！

示兒　　陸游

死去元知⑧萬事空，但悲不見九州同⑨。王師北定中原日⑩，家祭無忘告乃翁⑪。

作者

范成大，生於宋欽宗靖康元年，卒於宋光宗紹熙四年（一一二六——一一九三）。字致能，號石湖居士，吳郡（今江蘇蘇州）人。宋高宗紹興二十四年（一一五四）進士，初任戶曹，歷任中書舍人、四川制置使、參知政事，官至資政殿大學士。為官賢能，有利民政績，曾奉命出使金國。晚年隱居蘇州石湖，以詩酒自娛。

范成大是南宋四大家之一，其詩清新藻麗，風格多樣，取晉、唐名家之長，自辟新徑，有清康熙二十七年（一六八八）吳郡顧氏依園校刊本《石湖居士詩集》三十四卷傳世。

陸游，生於宋徽宗宣和七年，卒於宋寧宗嘉定三年（一一二五——一二一〇）。字務觀，號放翁，越州山陰（今浙江紹興）人。蔭補登仕郎，因考進士時名列秦檜孫秦塤之前，被貶黜。秦檜死後，始任福州寧德簿。孝宗即位，賜進士出身，歷任樞密院編修官兼編類聖政所檢討官、夔州通判、四川宣撫使王炎的幹辦公事、禮部郎中兼實錄院檢討官，官至寶章閣待制。其後因堅持抗金，為當權者不容。罷官後，鄉居二十餘年終老。

陸游是南宋四大家之一，作詩近萬首，不少是抒寫愛國抗敵之作，風格雄渾豪放，其詞與散文也不乏佳作，有清初虞山毛氏汲古閣刊本《陸放翁全集》一百五十七卷行世。

題解

范成大〈四時田園雜興〉選自《石湖居士詩集》卷二十七。宋孝宗淳熙十三年（一一八六），作者在蘇州石湖養病期間，以農村生活為題材，寫了六十首絕句。小引云：「淳熙丙午，沉痾少紓，復至石湖舊隱，野外即事，輒書一絕，終歲得六十篇，號〈四時田園雜興〉。」〈四時田園雜興〉分春、夏、秋、冬各十二首。今選錄〈夏日田園雜興〉中第七首，聊見其清新、明快的詩風。

陸游〈秋夜將曉出籬門迎涼有感〉選自《劍南詩稿校注》卷廿五。原題共二首，本課選錄第二首，乃作者在光宗紹熙三年（一一九二）秋作客山陰之作。先寫北方淪陷區的壯麗景色，再寫遺民等待王師收復失地的痛苦心情，對南宋王朝的苟安一隅深表悲憤。

陸游〈示兒〉選自《劍南詩稿校注》卷八十五。陸游以〈示兒〉為題的詩有多首，本課所選的是陸游死前之作，時年八十五歲，正值南宋寧宗嘉定三年（一二一〇）春。詩中對南宋統治者的屈辱求和、偏安江左，深表悲憤，但仍盼宋室終能收復故土，可見作者矢志不渝的愛國情懷。

注釋

① 晝出耘田夜績麻：耘，除草。耘田，下田裏除草。績麻，把麻搓成線或繩。
② 當家：指男耕女織之事。
③ 童孫未解供耕織：解，懂得。供，從事。
④ 也傍桑陰學種瓜：傍，靠近。桑陰，桑樹樹陰。傍 ㊅bàng ㊄ㄅㄤˋ ㊇bɔŋ⁶ 音磅。
⑤ 三萬里河東入海：河，指黃河。三萬里，極言其長，並非實指。
⑥ 五千仞嶽上摩天：仞，八尺（一作七尺）為一仞。五千仞嶽，指西嶽華山，東嶽泰山等北方大山。摩天，擦着天空。五千仞、摩天，均極言山之高。
⑦ 遺民淚盡胡塵裏：遺民，指金兵佔領地區的宋朝百姓。胡塵，指金人統治地區。
⑧ 元知：即原知。
⑨ 九州同：指國家統一。九州，古代中國分為冀、兗、青、徐、揚、荊、豫、梁、雍九州，後來常以九州指全中國。
⑩ 王師北定中原日：王師，指宋朝軍隊。北定中原，收復在南宋之北的中原失地。
⑪ 家祭無忘告乃翁：家祭，祭祀先祖。乃翁，陸游對兒子自稱之詞。

宋詩七

觀書有感 其一

朱熹

半畝方塘一鑑開①，天光雲影共徘徊②。問渠那得清如許③，為有源頭活水來④。

遊園不值

葉紹翁

應嫌屐齒印蒼苔⑤，十扣柴扉九不開⑥。春色滿園關不住，一枝紅杏出牆來。

過零丁洋

文天祥

辛苦遭逢起一經⑦，干戈落落四周星⑧。山河破碎風拋絮⑨，身世飄搖雨打萍⑩。皇恐灘頭說皇恐⑪，零丁洋裏歎零丁⑫。人生自古誰無死？留取丹心照汗青⑬！

作者

朱熹，生於宋高宗建炎四年，卒於宋寧宗慶元六年（一一三〇——一二〇〇）。字元晦，一字仲晦，號晦庵，徽州婺源（今屬江西）人。宋高宗紹興十八年（一一四八）進士，初任泉州同安簿，歷任漳州轉運副使、秘閣撰修，官至煥章閣待制。宋理宗寶慶三年（一二二七），贈太師，追封徽國公。謚曰「文」，世稱朱文公。

朱熹是南宋著名理學家，為官耿介清廉，尤嚴於禮教之事。晚年專注於講學，著述豐富，善詩文，詩風淳厚開朗。著有《四書章句集注》、《周易本義》、《詩集傳》及《楚辭集注》等，有宋咸淳元年（一二六五）建安書院刊本《晦庵先生朱文公文集》一百卷傳世。

葉紹翁，約生於宋光宗紹熙至宋寧宗嘉定（一一九〇——一二〇八）年間。字嗣宗，號靖逸，建安浦城（今福建建甌）人，一說龍泉（今浙江龍泉）人，曾當朝官，與真德秀相善，著有《四朝聞見錄》記述高、孝、光、寧四朝事。長期隱居錢塘西湖之濱。

葉紹翁是江湖派詩人，擅長七言絕句，詞淡意雋。有《靖逸小集》。

文天祥，生於宋理宗端平三年，卒於元世祖至元十九年（一二三六——一二八二）。字履善，又字宋瑞，號文山，廬陵（今江西吉安）人。宋理宗寶祐四年（一二五六）以狀元舉進士，初任校書著作，歷任刑部郎官、軍器監兼權直學士院、湖南提刑，宋德祐元年（一二七五），元軍渡江，時任江西提刑安撫使的文天祥起兵勤王，其後元軍圍攻臨安，文天祥被任為右丞相，兼樞密使，赴元議和，後走脫，擁立端宗，圖謀恢復。端宗崩，帝昺繼立，封文天祥為信國公。不久兵敗被俘，囚於大都（今北京）四年，獄中堅強不屈，最後從容就義。

文天祥是著名的民族英雄，晚年詩文，慷慨悲壯，充滿忠貞愛國的情操。有明嘉靖壬子（一五五二）鄢懋卿河間刊本《文山先生全集》二十六卷傳世。

題解

朱熹〈觀書有感〉選自《朱子大全》文二。詩人以〈觀書有感〉為題寫了兩首絕句，這裏選錄第一首。作者將觀書所得心境，比喻作面對半畝方塘，山光雲影映入眼中；而方塘之初見又如鏡匣之乍開，兩相譬喻，優美而貼切。最後兩句用塘中活水比喻學問之不斷增進。詩不直接點題，而題旨自出。

葉紹翁〈遊園不值〉選自《江湖小集》卷十，不值即不遇。詩中寫作者春遊訪友不遇，本有惆悵之感，然乍見出牆杏花，頓覺春意盎然。此詩清雅醒豁，末二句傳誦千古，久而彌新，可謂上品。

文天祥〈過零丁洋〉選自《文山先生全集》卷十四。零丁洋，地名，位於廣東珠江口崖門外，今稱伶仃洋。本詩約作於南宋祥興二年（一二七九），時作者抗元事敗被執，被解北上，路過零丁洋。注曰：「上巳日，張元帥令李元帥過船，請作書招諭張少保投拜，遂與之言：我自救父母不得，乃教人背父母可乎？書此詩遺之，李不能強，持詩以達張，但稱好人好詩，竟不能逼。」當時元將張弘範脅使文天祥，要他招降在海上堅持抗元的南宋將領張世傑，文天祥出示此詩以明心志。詩中一面述說抗戰的遭遇，一面重申以死報國的決心。正氣凜然，千載之後，如見其人。

注釋

① 鑑開：鑑，即鏡。猶言鏡盒打開，喻池塘之水光照人。

② 徘徊：寫雲影與山光來回移動的情景。

③ 問渠那得清如許：渠，它，指池塘。清如許，如此清澈明亮。

④ 為有源頭活水來：為，因為。源頭，水發源處。活水，流動的水。

⑤ 應嫌屐齒印蒼苔：應，應該，這裏有推測之意。嫌，厭惡。一作憐，愛惜，引申作擔心。屐，底部有齒的木鞋。蒼苔，青苔。屐 (漢)jī (國)ㄐㄧ (粵)kɛk^{9} 音劇。

⑥ 十扣柴扉九不開：一作「小扣柴扉久不開」。扉，門。柴扉，簡陋的門。

⑦ 辛苦遭逢起一經：經，經書，文天祥以科第官至宰相，後領兵抗元，轉戰各地，多次被執仍能逃脫，故詩中有所謂「辛苦遭逢」。「起一經」指自己由科舉出身，暗示身受國恩，雖經歷戰敗苦難，亦不顧惜。

⑧ 干戈落落四周星：干戈，原是兩種兵器，這裏指戰爭。落落，言眾多，一作「寥落」，言稀少。星，指歲星。四周星，四周年。在干戈紛擾的戰鬥中渡過了四年。

⑨ 山河破碎風拋絮：風拋絮，一作「風飄絮」。山河破碎有如狂風吹散了的飛絮一樣。

⑩ 身世飄搖雨打萍：飄搖，一作「浮沉」。自己的一生動蕩不定，就像風雨打着無根的浮萍。

⑪ 皇恐灘頭說皇恐：皇恐灘，原名黃公灘，在今江西省萬安縣境內贛江之中，水流湍急，為贛江十八灘之一。人們乘船至此灘十分驚恐，因此又稱惶恐灘。文天祥的軍隊於宋端宗景炎二年（一二七七）被元軍打敗後，曾經由惶恐灘一帶撤退到汀州（今福建省長汀縣）。說皇恐，指戰敗經險灘時同士卒言談的情景，寓含有共渡危難之情。

⑫ 歎零丁：零丁，孤獨的樣子。感歎自己孤掌難鳴。

⑬ 留取丹心照汗青：丹心，赤紅的心，指愛國之心。汗青，指史冊。古代用竹簡寫書，製簡先用火烤，把青竹的汗（水分）烤出，便於書寫，並可免蟲蛀，所以用汗青代指史冊。全句說只要留得這顆赤誠的報國之心照耀於史冊就行了。

唐詞

漁歌子 其一

張志和

西塞山邊白鷺飛①，桃花流水鱖魚②肥。青箬笠③、綠蓑衣④，斜風細雨不須歸。

憶江南⑥ 其一

白居易

江南⑥好，風景舊曾諳⑦。日出江花紅勝火⑧，春來江水綠如藍⑨。能不憶江南？

長相思⑩　其一　白居易

汴水⑪流，泗水⑫流，流到瓜洲⑬古渡頭，吳山⑭點點愁。思悠悠，恨悠悠，恨到歸時方始休⑮，月明人倚樓。

宮中調笑詞⑯　其一　王建

團扇⑰，團扇，美人病來⑱遮面。玉顏憔悴三年⑲，誰復思量管絃⑳。絃管，絃管，春草昭陽路斷㉑。

調笑令

韋應物

胡馬㉒，胡馬，遠放燕支山㉓下。跑沙跑雪獨嘶㉔，東望西望路迷。迷路，迷路，邊草無窮日暮。

作者

張志和，生卒年俱無定論，其生活年代約為唐玄宗開元十八年至唐憲宗元和五年（七三〇?——八一〇?）。初名龜齡，獲唐肅宗賜名志和，字子同，號玄真子，婺州金華（今浙江金華）人。約唐肅宗乾元元年至二年間（七五八——七五九）進士，初任翰林待詔，其後任左金吾衞錄事參軍，因事罷官，貶南浦尉，後歸隱江湖，自稱煙波釣徒。

張志和擅長畫山水畫，愛於酒醉後吹笛揮筆。善填詞，所作〈漁歌〉，曾受憲宗讚賞。著有《玄真子》十二卷，今傳〈漁歌子〉詞五首。

白居易見初冊第三十九課〈唐詩八〉

王建，約生於唐代宗大曆元年（七六六），約卒於唐憲宗元和十年以後，字仲初，潁川（今河南許昌）人。得推薦，歷任太府寺丞、秘書丞，入魏博節度使田弘正幕，其後得裴度力薦，任昭應縣丞。官至陝州司馬。

王建有才華，閱歷也深，善寫塞外和宮闈秘事的題材，工於樂府和歌行，曲調幽怨，意境深遠。有詩集十卷傳世。

韋應物見初冊第四十一課〈唐詩十〉

題解

本課五闋詞均選自《唐五代詞》。詞，又稱「詩餘」、「長短句」。作者按譜填寫，使之能合樂歌唱，是淵源於南朝、始於唐、盛於宋的一種文學體裁，依字數多少而分為小令、中調、長調三類。

張志和〈漁歌子〉（西塞山前白鷺飛）選自《尊前集》，原題共五首，今選其中一首。這是作者退隱江湖後得意之作。歌詞流暢自然，不假彫飾。「斜風細雨」一句，既寫景，亦言情。暗示遠離塵俗，不復再問世事之願。

白居易〈憶江南〉（江南好）選自《白居易集》卷三十四，一名「謝秋娘」，原題共三首，今選其中一首。江南，此指蘇州、杭州一帶。作者晚年居於洛陽，偶憶江南宦遊生活，特製此曲，並名為〈憶江南〉。本詞詞意淡雅，以「日出」二句概括江南風景，具見匠心。

白居易〈長相思〉（汴水流）選自《白居易集．外集》卷上，原題共二首，今選其中一首。「長相思」本為唐代教坊曲名，後改用為詞牌。詞中女子在明月朗照的晚上倚樓遠眺，期待客居江南的親人早歸。作者取川流暗喻思潮的激越連綿，以遠山暗喻愁緒的凝重，造成虛與實、急與緩、動與靜的對比，使詞境委婉動人。

王建〈宮中調笑詞〉選自《王建詩集》卷三，原題共四首，今選其一（團扇）。作者以秋天團扇見棄來比喻班婕妤失寵的故事，深沈哀怨。

韋應物〈調笑令〉（胡馬）選自《韋應物集校注》卷十，原題共兩首，今選其中一首。這首作品是初唐詞中最早描寫邊塞生活的作品之一，是開拓詞作題材的重要代表。詞中寫胡馬的放牧，燕支山下邊草無窮，沙雪縱橫的塞上風光，在荒涼空曠之中透着豪邁奔放的氣概。

注釋

① 西塞山前白鷺飛：西塞山，在今浙江省吳興縣西。白鷺，一種長腿、長喙，在水邊覓食的禽鳥。

② 鱖魚：俗稱桂花魚，一種肉質鮮嫩的淡水魚類。鱖(漢)guì(國)ㄍㄨㄟˋ(粵)gwai^{3}音桂。

③ 箬笠：用箬竹的莖葉編成的斗笠。笠(漢)lì(國)ㄌㄧˋ(粵)lap^{7}音粒。

④ 蓑衣：草編的雨衣。蓑(漢)suō(國)ㄙㄨㄛ(粵)sɔ^{1}音梭。

⑤ 憶江南：詞牌名，原作〈望江南〉或〈夢江南〉，白居易改作此名，又稱〈謝秋娘〉。

⑥ 江南：此指蘇州、杭州一帶。

⑦ 舊曾諳：從前曾經很熟悉。諳(漢)ān(國)ㄢ(粵)ɐm^{1}音庵。

⑧ 日出江花：江花，水邊盛放的花朵。日出，在朝陽的映照下。

⑨ 藍：蓼藍，植物名。可製藍色染料的一種草。

⑩ 長相思：本為唐代教坊曲名，後用作詞牌。詩人共作兩首，這首被清人王奕清等纂修的《詞譜》定為該此的正體。

⑪ 汴水：源出河南，唐代統稱自出河南至入淮水通濟渠東段全流為汴水。

⑫ 泗水：源出山東蒙山南麓，為淮河下游第一大支流。

⑬ 瓜洲：鎮名，在今江蘇揚州市南，與鎮江隔江相望，是古運河通長江出口的重要市鎮。由於淮河東經洪澤湖轉入長江，瓜洲可稱汴、泗二水流向的轉折處。

⑭ 吳山：古時長江下游為吳國所據，故常以吳山泛稱這一帶的山。

⑮ 思悠悠，恨悠悠：悠、長，指思情離恨綿長不絕。思，思念之情。思(漢)shì(國)ㄕˋ(粵)si^{3}音試。

⑯ 調笑令：詞牌名，又名〈調笑〉、〈宮中調笑〉。

⑰ 團扇：團扇為圓形有柄扇子，多用於宮廷。宋郭茂倩《樂府詩集・相和歌辭・楚調曲》錄有班婕妤的〈怨歌行〉，該詞以「團扇」開端，內容以秋天團扇見棄比喻失寵的命運。班婕妤為漢成帝的妃子，後來失寵，居長信宮。

⑱ 並來：並，並排。此二字一作「病來」。

⑲ 三年：三，代指多數，不一定實指三年。

⑳ 商量管絃：商量，這裏是欣賞或彈奏之意。管絃，管為管樂器，絃為絃樂器。這裡以管絃代指音樂。

㉑ 春草昭陽路斷：昭陽，漢代宮殿名。漢成帝時，趙飛燕姊妹得寵，住在昭陽殿，這 用以指得寵者之居處。這句指往昭陽殿南的路已長滿青草，帝王已經不再到昭陽殿了。

㉒ 胡馬：中國西北地區的馬。

㉓ 燕支山：在甘肅山丹縣東南，也稱焉支山或胭脂山。

㉔ 跑沙跑雪獨嘶：跑，指馬蹄刨地，馳騁之前的動作。嘶，嘶鳴聲。跑 (漢)páo (國)ㄆㄠˊ (粵)pau^{4} 音刨。嘶 (漢)sī (國)ㄙ (粵)sai^{1} 音西。

五代詞

相見歡

李煜

無言獨上西樓，月如鈎，寂寞梧桐深院鎖清秋①。剪不斷，理還亂，是離愁。別是一般滋味在心頭。

相見歡

李煜

林花謝了春紅②，太匆匆，無奈朝來寒雨晚來風。胭脂淚③，相留醉④，幾時重？自是人生長恨水長東。

虞美人　李煜

春花秋月何時了⑤？往事知多少？小樓昨夜又東風⑥，故國不堪回首月明中⑦！雕闌玉砌⑧應猶在，只是朱顏⑨改。問君能有幾多愁？恰似一江春水向東流！

浪淘沙　李煜

簾外雨潺潺⑩，春意闌珊⑪。羅衾不耐五更寒⑫，夢裏不知身是客⑬，一晌貪歡⑭。獨自莫凭闌⑮，無限江山，別時容易見時難。流水落花春去也⑯，天上人間⑰！

作者

李煜，生於後晉高祖天福二年，卒於宋太宗太平興國三年（九三七——九七八）。初名從嘉，字重光，徐州（今江蘇）人。南唐中主李璟第六子，初封吳王，後立為世子，宋太祖建隆二年（九六一）時即位，世稱李後主。在位十五年，初年頗能修政，其後耽於逸樂。宋滅南唐後，被虜至汴京，封違命侯，軟禁為囚，後被宋太宗賜酒毒死。

李煜是中國詞學史上的一代詞宗。他工書畫，妙解音律，工於詞。早期多風花雪月之作，後期作品多寫亡國後的沉痛，抒發眷戀故國之情。有明萬曆庚申（一六二〇）虞山呂遠墨華齋刊《南唐二主詞》傳世。

題解

本課四闋詞均選自《評註南唐二主詞》。〈相見歡〉、〈虞美人〉、〈浪淘沙〉皆詞牌名，四闋詞全是李後主亡國後之作。

〈相見歡〉（無言獨上西樓）描寫作者在一個冷清的秋夜，獨自登樓，舉頭見新月如鉤，低頭見桐陰深鎖，嘗盡離愁別緒之苦。悱惻悽婉，動人心弦。

〈相見歡〉（林花謝了春紅）通過描繪春殘花謝的自然景象，抒發了人生失意的無限惆悵。語言清麗，情調悽婉，意境深邃。

〈虞美人〉（春花秋月何時了）抒發作者因家國今昔巨變而帶來的無限感慨，通篇運用種種比喻和暗示，將過去和現在的生活作回憶對比。文字清逸俊秀，情感清悽沈痛。

〈浪淘沙〉（簾外雨潺潺），一名「賣花聲」，這詞透過夢境與現實，歡樂與愁恨之對比，透露出作者對故國、家園的無限眷念。詞的意境高遠，蘊含無限愁苦，傳為千古哀音。

注釋

① 寂寞梧桐深院鎖清秋：梧桐，落葉喬木，古代以為鳳凰棲息於此。深院，沉靜的庭院。

② 林花謝了春紅：謝，辭謝。了，了卻。春紅，春天花朵的紅艷之色。

③ 胭脂淚：淚水和着胭脂。

④ 相留醉：意指昔日在宮中與后妃相留共醉的情景。

⑤ 了：了結，完結。

⑥ 小樓昨夜又東風：小樓，指李煜降宋後在汴京的住處。東風，春風，說春天又到了。

⑦ 故國不堪回首月明中：故國，指五代十國時的南唐，西元九七五年，南唐被宋所滅，享國三十九年。不堪回首，不忍回憶。

⑧ 彫闌玉砌：彫闌，雕鏤刻劃的闌干，玉砌，用玉石堆砌的臺階。借指華麗的宮殿建築。

⑨ 朱顏：紅潤美好的容顏，喻美人。
⑩ 潺潺：雨聲。潺 漢chán 國ㄔㄢˊ 粵san⁴ 音山低平聲。
⑪ 春意闌珊：闌珊，衰殘，將盡。春意闌珊，指春天將過去。
⑫ 羅衾不耐五更寒：羅，輕軟有疏孔的絲織品。衾，被。不耐，抵受不住。五更，天將亮時分。
⑬ 身是客：身，即本身，自己。作者遠離故園，處境為客。
⑭ 一晌貪歡：晌，片刻。很短時間。言貪戀一時歡樂。晌 漢shǎng 國ㄕㄤˇ 粵hœŋ² 音享。
⑮ 憑闌：倚闌。憑 漢píng 國ㄆㄧㄥˊ 粵pɐŋ⁴ 音朋。
⑯ 流水落花春去也：春天隨着流水落花而逝去。
⑰ 天上人間：謂分隔如天上人間，難以再會。

宋詞一

水調歌頭

蘇軾

丙辰①中秋，歡飲達旦②，大醉。作此篇，兼懷子由③。

明月幾時有？把酒④問青天。不知天上宮闕⑤，今夕是何年。我欲乘風歸去，又恐瓊樓玉宇⑥，高處不勝⑦寒。起舞弄清影⑧，何似在人間。轉朱閣，低綺戶，照無眠⑨。不應有恨，何事長向別時圓⑩。人有悲歡離合，月有陰晴圓缺，此事古難全。但願人長久，千里共嬋娟⑪。

卜算子

蘇軾

缺月挂疏桐⑫，漏斷⑬人初靜。時見幽人⑭獨往來，縹緲孤鴻影⑮。驚起卻回頭，有恨無人省⑯。揀盡寒枝不肯棲，楓落吳江冷⑰。

清平樂

辛棄疾

茅簷⑱低小，溪上青青草。醉裏蠻音⑲相媚好，白髮誰家翁媼⑳。大兒鋤豆溪東，中兒正織雞籠，最喜小兒亡賴㉑，溪頭臥剝蓮蓬。

作者

蘇軾見初冊第十九課〈日喻〉

辛棄疾，生於宋高宗紹興十年，卒於宋寧宗開禧三年（一一四〇——一二〇七），字幼安，號稼軒居士，山東歷城（今山東濟南）人。生於金人佔領的北方，二十二歲率兩千餘眾，起兵抗金，任天平節度使耿京掌書記，其後南下歸宋。歷任滁州（今安徽滁縣）知州、轉運副使、紹興知府兼浙東安撫使、隆興知府兼江西安撫、龍圖閣待制。辛棄疾慷慨有大略，力主恢復中原，因此遭主和派排斥，晚年不得志，憤鬱而終。

辛棄疾是南宋豪放派著名詞人，以悲壯激烈的情感和不尋常的經歷開拓了詞的領域，與蘇軾齊名，人稱「蘇、辛」。有元大德元年（一二九七）廣信書院刊十二卷本《稼軒長短句》傳世。

題解

蘇軾〈水調歌頭〉（明月幾時有）選自《全宋詞》，〈水調歌頭〉為詞牌名。蘇軾因與王安石政見不合，被貶官密州（今山東諸城），寫此詞時已在密州五年。其胞弟蘇轍則在濟州（今山東濟南）任掌書記。由於政治上的原因，他們兄弟分離了近七年仍未重聚。政治失意，親人遠別，於是寫這首詞來排遣內心的積蘊。

蘇軾〈卜算子〉（缺月挂疏桐）選自《全宋詞》，〈卜算子〉為詞牌名。宋神宗元豐三年（一〇八〇）蘇軾因評議時政，被貶黃州（今湖北黃岡）為團練副使。他深感宦途窮困，有如離群孤雁，心情寥寂，寫此自況。

辛棄疾〈清平樂〉（茅簷低小）選自《全宋詞》，〈清平樂〉為詞牌名，《花庵詞選》題作「村居」。寫作年代不詳，應是作者居上饒時作。詞中描畫出一幅江南農村的風俗畫，上片主要在勾勒環境，烘托氣氛；下片寫出樸實、寧靜的農家生活。全首詞質樸清新，輕鬆活潑，充滿了生活情趣。

注釋

① 丙辰：宋神宗熙寧九年（一〇七六）。是時作者在密州任上。
② 達旦：直到天明。
③ 子由：蘇軾弟弟蘇轍（一〇三九——一一一二）的字。
④ 把酒：端起酒杯。
⑤ 宮闕：闕，皇宮門前兩邊的望樓，宮闕泛指宮殿。闕（漢）què（國）ㄑㄩㄝˋ（粵）kyt^{8} 音決。
⑥ 瓊樓玉宇：指月中宮殿的亭臺樓閣。瓊（漢）qióng（國）ㄑㄩㄥˊ（粵）kiŋ^{4} 音擎。
⑦ 不勝：抵受不住。勝（漢）shēng（國）ㄕㄥ（粵）siŋ^{1} 音升。
⑧ 起舞弄清影：月下起舞，清影隨人。
⑨ 轉朱閣，低綺戶，照無眠：月光從朱紅色的樓閣漸漸移轉，射進彫花的窗戶，照着不能成眠的人。
⑩ 不應有恨，何事長向別時圓：意指月亮不該有甚麼恨事吧，卻為甚麼總在人們離別時才圓呢？
⑪ 嬋娟：美好貌，這裏指明月。嬋（漢）chán（國）ㄔㄢˊ（粵）sin^{4} 音禪。
⑫ 疏桐：葉子稀疏的梧桐。

⑬ 漏斷：漏壺，古代用水計時的工具。漏壺的水已經滴盡，表示夜深。

⑭ 幽人：深居之人。

⑮ 縹緲孤鴻影：縹緲，隱隱約約，若有若無的樣子。以上兩句說，詩人深居簡出，獨往獨來，好像遠天若隱若現的孤鴻。縹 漢piǎo 國ㄆㄧㄠˇ 粵piu5 音飄低上聲。緲 漢miǎo 國ㄇㄧㄠˇ 粵miu5 音秒。

⑯ 省：省悟，這裏作理解。省 漢xǐng 國ㄒㄧㄥˇ 粵sing2 音醒。

⑰ 揀盡寒枝不肯棲，楓落吳江冷：一作「寂寞沙洲冷」。形容孤鴻彷徨徘徊，想要找一個安靜的地方，卻被無邊的陰冷所侵逼。

⑱ 茅簷：以茅草搭成之屋簷，借指茅屋。簷 漢yán 國ㄧㄢˊ 粵jim4 音嚴。

⑲ 蠻音：一作吳音。吳指春秋時代吳國的地域，當時作者居江西上饒，屬吳地。或指南方的鄉音。

⑳ 翁媼：翁，指老翁。媼，指老婦。媼 漢ǎo 國ㄠˇ 粵ou2 音襖。

㉑ 亡賴：亡，無。亡賴，無聊，調皮偷懶。

宋詞二

如夢令

李清照

昨夜雨疏風驟①，濃睡不消殘酒②。試問捲簾人③，卻道海棠依舊。知否？知否？應是綠肥紅瘦④。

一翦梅

李清照

紅藕香殘玉簟秋⑤。輕解羅裳，獨上蘭舟⑥。雲中誰寄錦書來？雁字⑦回時，月滿西樓。花自飄零⑧水自流。一種相思，兩處閒愁⑨。此情無計可消除，才下眉頭，卻上心頭⑩。

醉花陰　李清照

薄霧濃雲愁永晝⑪，瑞腦消金獸⑫。佳節又重陽⑬，玉枕紗廚⑭，半夜涼初透。東籬把酒⑮黃昏後，有暗香⑯盈袖。莫道不消魂⑰，簾捲西風，人似黃花瘦⑱。

作者

李清照，生於宋神宗元豐七年，約卒於宋高宗紹興二十五年（一〇八四——一一五五?）。號易安居士，山東濟南人。生於書香世家，父親李格非是名學者，母親是狀元王拱辰的孫女，知書能文。李清照十八歲時與金石家趙明誠結婚，婚後以詩詞相唱和，共同校勘古書，研究金石，並收藏了大量古籍和文物。宋欽宗靖康二年（一一二七）金兵南侵，夫婦二人先後渡江南奔。趙明誠被起用為建康府知府，宋高宗建炎三年（一一二九）轉任湖州知府，在赴任途中病死。此時李清照四十六歲，先後遷居杭州、越州（紹興）、台州和金華等地，飄泊不定，過着悽涼困頓的生活。

李清照是南宋著名女詞人，其詞清新幽淡，悽婉動人，被視為婉約派正宗，尤以晚年刻劃南渡後悽苦生活的作品成就最高。有清光緒四年（一八七八）四印齋重刻本《漱玉詞》一卷傳奇。

題解

〈如夢令〉（昨夜雨疏風驟）選自《全宋詞》，是李清照早期作品。〈如夢令〉是詞牌名。這首詞抒寫她對大自然的喜愛和少女的惜春心緒，採用對話方式，筆致活潑。

〈一翦梅〉（紅藕香殘玉簟秋）選自《全宋詞》，〈一翦梅〉是詞牌名。這是一首抒寫離情別緒的詞，當寫於作者婚後不久，趙明誠即負笈遠遊之時。

〈醉花陰〉（薄霧濃雲愁永晝）選自《全宋詞》，〈醉花陰〉是詞牌名，或題作「九日」、「重陽」，點出時值重陽。飲酒看菊，向來是古人在重陽佳節的賞心樂事。在這首詞裏，作者卻描寫了這天的愁悶。下闋將人與黃花相比，表達對丈夫的深切思念。

注釋

①雨疏風驟：疏，稀疏。驟，急。
②濃睡不消殘酒：濃睡，酣睡，睡得酣暢。殘酒，殘餘的醉意。
③捲簾人：指正在捲簾的侍者。
④綠肥紅瘦：綠，指綠葉。紅，指紅花。肥、瘦，本用來形容人的體態，這裏用來形容綠葉繁茂，紅花稀少。
⑤紅藕香殘玉簟秋：紅藕，指藕花，其色紅。玉簟，涼蓆的美稱。簟 ㊂diàn ㊉ㄉㄧㄢˋ ㊀tim5 音甜低上聲。
⑥蘭舟：船的美稱。
⑦雁字：雁羣飛行時組成的行列，形狀如「一」字或「人」字，或借指音訊。
⑧飄零：言花葉辭樹隨風飄落。
⑨一種相思，兩處閒愁：言離別雙方都為互相思念而愁苦。
⑩才下眉頭，卻上心頭：言相思之苦，雖能抑制不顯露於眉頭，但卻湧上心頭。
⑪永晝：漫長的白天。
⑫瑞腦消金獸：瑞腦，又名龍瑞腦，一種名貴香料。金獸，獸狀的銅製香爐。
⑬重陽：陰曆九月初九日重陽節。
⑭玉枕紗廚：玉枕，用玉石片連綴而成的枕面。紗廚，紗帳。
⑮東籬把酒：東籬，語出陶淵明〈飲酒〉詩：「採菊東籬下，悠然見南山」句，後來便將「東籬」代指種有菊花的園地。把酒，持杯飲酒。
⑯暗香：指菊花的幽香。
⑰消魂：傷神。
⑱人似黃花瘦：或作「人比黃花瘦」。黃花，菊花。

元散曲

四塊玉　閑適　其四　關漢卿

南畝耕，東山臥①，世態人情經歷多。閑將②往事思量過，賢的是他，愚的是我。爭甚麼？

沉醉東風　漁夫　白樸

黃蘆岸白蘋渡口③，綠楊堤紅蓼④灘頭。雖無刎頸交⑤，却有忘機友⑥。點秋江白鷺沙鷗⑦，傲殺人間萬戶侯。不識字烟波釣叟⑧。

作者

關漢卿，生於蒙古乃馬真后元年至海迷失后三年（一二四一——一二五〇）之間，卒於元仁宗延祐七年至泰定帝泰定元年（一三二〇——一三二四）之間。號已齋叟，以其字聞於世，原名不詳，元大都（今北京市）人，一說曾在金末任太醫院尹。關漢卿為人淡泊名利，活動於平民社會，編寫戲曲之餘，有時更粉墨登場。

關漢卿與白樸、馬致遠、鄭光祖並稱「元曲四大家」，寫有雜劇劇本六十多種，著名的有〈竇娥冤〉、〈救風塵〉、〈拜月亭〉、〈單刀會〉、〈謝天香〉等，大多揭露了元代社會的黑暗和百姓的苦難，以及刻劃青年男女反抗虛偽矯飾禮教的精神。今傳散曲套曲共十餘種，小令五十餘首。關漢卿散曲的成就雖不及雜劇，但擅於寫景抒情，不乏佳作。

白樸，生於金哀宗正大三年，卒於元世祖至元二十二年（一二二六——?）。字仁甫，一字太素，號蘭谷。原籍隩州（今山西河曲），後居真定（今河北正定）。父親白華曾任金朝的樞密院判，母親早亡。白樸幼年時曾鞠養於元好問。長大後，博學能文。其後與父親居於滹陽。金亡後，放浪形骸，堅決不仕。元朝一統江南後，移居金陵（今南京市），與諸遺老寄情山水，以詩酒自娛。

白樸是元曲四大家之一，因幼經喪亂，常有滿目滄桑之歎。詩詞、散曲作品甚多，其中尤以散曲為工。所著雜劇十六種，現存〈梧桐雨〉、〈東牆記〉及〈牆頭馬上〉三種。

題解

散曲，盛行於元明兩代，和詞一樣，是一種配合音樂可歌的長短句。有小令（一支曲子單獨成篇）和套數（多支曲子合成一套）兩種。

關漢卿〈四塊玉〉選自《樂府群珠》卷二，以「閑適」為標題的共四首，皆從不同角度反映作者不滿現實的內心世界，整組曲的風格活潑生動，饒有情趣。本課選錄第四首，曲中「閑將往事思量過」一句，充分流露飽經世事後，清虛自守的超然心態。末三句是反語，寓有諷刺和蔑視當道者的意味。

白樸〈沈醉東風〉選自《中原音韻》。漁夫，傳統上常作為隱士的代名詞。如《楚辭》中屈原的〈漁父〉便是一個例子。此曲以漁夫生活，以喻作者有同樣的志趣。

注釋

① 南畝耕，東山臥：南畝耕，語出陶淵明〈歸園田居〉：「開荒南野際，守拙歸園田」。東山臥，出自東晉謝安故事，謝安（三二〇——三八五），字安石，東晉名臣，早年隱居東山，四十歲始出仕。官至侍中，形同宰相，任內取得淝水大捷，又令謝玄出師北伐，聲望極隆。兩句指歸隱後的田園生活。

② 閑將：優閑地。

③ 黃蘆岸白蘋渡口：黃蘆，黃色的蘆葦。白蘋，水生蕨類植物，有四片小葉，像「田」字，也叫「田字草」。

④ 蓼：一種在水邊生長的草本植物，花小，色白或淺紅。蓼 (漢) liǎo (國) ㄌㄧㄠˇ (粵) liu^5 音了。

⑤ 刎頸交：刎，割脖子。頸，脖子。刎頸之交指同生共死的朋友。刎 (漢) wěn (國) ㄨㄣˇ (粵) men^5 音敏。

⑥ 忘機友：沒有機心的朋友。

⑦ 點秋江白鷺沙鷗：點，形容白鷺沙鷗在水面自由飛翔之態。

⑧ 釣叟：叟，老人。釣魚的老翁。叟 (漢) sǒu (國) ㄙㄡˇ (粵) seu^2 音手。

警世通言．杜十娘怒沉百寶箱

馮夢龍

掃蕩殘胡立帝畿①，龍翔鳳舞勢崔嵬②；左環滄海天一帶，右擁太行山③萬圍。戈戟九邊雄絕塞④，衣冠萬國仰垂衣⑤；太平人樂華胥世⑥，永永金甌⑦共日輝。

這首詩，單誇我朝⑧燕京建都之盛。說起燕都的形勢，北倚雄關，南壓區夏⑨，真乃金城天府⑩，萬年不拔之基。當先洪武爺掃蕩胡塵⑪，定鼎⑫金陵，是為南京。到永樂爺從北平起兵靖難⑬，遷於燕都，是為北京。只因這一遷，把個苦寒地面，變作花錦世界。自永樂爺九傳至於萬曆⑭爺，此乃我朝第十一代的天子。這位天子，聰明神武，德福兼全，十歲登基，在位四十八年，削平了三處寇亂。那三處？

日本關白平秀吉⑮、西夏哱承恩⑯、播州楊應龍⑰。

平秀吉侵犯朝鮮，哱承恩、楊應龍是土官謀叛，先後削平。遠夷莫不畏服，爭來朝貢。真個是：

一人有慶民安樂，四海無虞⑱國太平。

話中⑲單表萬曆二十年間，日本國關白作亂，侵犯朝鮮。朝鮮國王上表告急，天朝發兵泛海往救。有戶部⑳官奏准：目今兵興之際，糧餉未充，暫開納粟入監㉑之例。原來納粟入監的，有幾般便宜：好讀書，好科舉，好中㉒，結末來又有個小小前程結果。以此宦家公子，富室子弟，到不願做秀才，都去援例㉓做太學生。自開了這例，兩京㉔太學生，各添至千人之外。內中有一人，姓李名甲，字干先，浙江紹興府人氏。父親李布政㉕所生三兒，惟甲居長。自幼讀書在庠㉖，未得登科㉗，援例入於北雍㉘。因在京坐監㉙，與同鄉柳遇春監生同遊教坊司院內㉚，與一個名姬相遇。那名姬姓杜名嬍，排行第十，院中都稱為杜十娘，生得：

渾身雅豔，遍體嬌香，兩彎眉畫遠山青，一對眼明秋水潤。臉如蓮，分明卓氏文君㉛，唇似櫻桃，何減白家樊素㉜。可憐一片無瑕玉，誤落風塵花柳中㉝。

那杜十娘自十三歲破瓜㉞，今一十九歲，七年之內，不知歷過了多少公子王孫，一個個情迷意蕩，破家蕩產而不惜。院中傳出四句口號㉟來，道是：

坐中若有杜十娘，斗筲㊱之量飲千觴；院中若識杜老嬍，千家粉面都如鬼。

却說李公子，風流年少，未逢美色，自遇了杜十娘，喜出望外，把花柳情懷，一擔兒挑在他身上。那公子俊俏龐兒，溫存性兒，又是撒漫㊲的手兒，幫襯㊳的勤兒，與十娘一雙兩好，情投意合。十娘因見鴇兒㊴貪財無義，久有從良㊵之志；又見李公子忠厚志誠，甚有心向他。奈李公子懼怕老爺，不敢應承。雖則如此，兩下情好愈密，朝歡暮樂，終日相守，如夫婦一般，海誓山盟，各無他志。真個：

恩深似海恩無底，義重如山義更高。

再說杜媽媽女兒，被李公子占住，別的富家巨室，聞名上門，求一見而不可得。初時李公子撒漫用錢，大差大使，媽媽脅肩諂笑㊶，奉承不暇。日往月來，不覺一年有餘，李公子囊篋㊷漸漸空虛，手不應心，媽媽也就怠慢了。老布政在家聞知兒子闞㊸院，幾遍寫字來喚他回去。他迷戀十娘顏色，終日延捱。後來聞知老爺在家發怒，越不敢回。古人云：「以利相交者，利盡而疎。」那杜十娘與李公子真情相好，見他手頭㊹愈短，心頭愈熱。媽媽也幾遍教女兒打發李甲出院，見女兒不統口㊺，又幾遍將言語觸突㊻李公子，要激怒他起身。公子性本溫克㊼，詞氣愈和，媽媽沒奈何，日逐只將十娘叱罵道：「我們行戶㊽人家，喫客穿客，前門送舊，後門迎新，門庭鬧如火，錢帛堆成垛。自從那李甲在此，混帳一年有餘，莫說新客，連舊主顧都斷了，分明接了個鍾馗老㊾，連小鬼也沒得上門。弄得老娘一家人家，有氣無煙，成什麼模樣！」杜十娘被罵，耐性不住，便回答道：「那李公子不是空手上門的，也曾費過大錢來。」媽媽道：「彼一時，此一時，你只教他今日費些小錢兒，把與老娘辦些柴米，養你兩口也好。別人家養的女兒便是搖錢樹㊿，千生萬活，偏我家晦氣，養了個退財白虎㊿，開了大門，七件事㊿般般都在老身心上。到替你這小賤人白白養着窮漢，教我衣食從何處來？你對那窮漢說：有本事出幾兩銀子與我，到得你跟了他去，我別討個丫頭過活却不好？」十娘道：「媽媽，這話是真是假？」媽媽曉得李甲囊無一錢，衣衫都典盡了，料他沒處設法。便應道：「老娘從不說謊，當真哩。」十娘道：「娘，你要他許多銀子？」媽媽道：「若是別人，千把銀子也討了，可憐那窮漢出不起，只要他三百兩，我自去討一個粉頭㊿代替。只一件，須是三日內交付與我。左手交銀，右手交人。若三日沒有銀時，老身也不管三七二十一，公子不公子，一頓孤拐㊿，打那光棍出去。那時莫怪老身！」十娘道：「公子雖在客邊乏鈔㊿，諒三百金還措辦得來。只是三日忒近，限他十日便好。」媽媽想道：「這窮漢一雙赤手，便限他一百日，他那裏來銀子。沒有銀子，便鐵皮包臉，料也無顏上門。那時重整家風，孅兒也沒得話講。」答應道：「看你面，便寬到十日。第十日沒有銀子，不干老娘之事。」十娘道：「若十日內無銀，料他也無顏再見了。只怕有了三百兩銀子，媽媽又翻悔起來。」媽媽道：「老身年五十一歲了，又奉十齋㊿，怎敢說謊？不信時與你拍掌為定。若翻悔時，做豬做狗。」

從來海水斗難量，可笑虔婆[57]意不良；料定窮儒囊底竭，故將財禮難嬌娘[58]。

是夜，十娘與公子在枕邊，議及終身之事。公子道：「我非無此心。但教坊落籍[59]，其費甚多，非千金不可。我囊空如洗，如之奈何！」十娘道：「妾已與媽媽議定只要三百金，但須十日內措辦。郎君遊資雖罄[60]，然都中豈無親友，可以借貸。倘得如數，妾身遂為君之所有，省受虔婆之氣。」公子道：「親友中為我留戀行院[61]，都不相顧。明日只做束裝起身，各家告辭，就開口假貸路費，湊聚將來，或可滿得此數。」起身梳洗，別了十娘出門。十娘道：「用心作速，專聽佳音。」公子道：「不須分付。」公子出了院門，來到三親四友處，假說起身告別，眾人到也歡喜。後來敘到路費欠缺，意欲借貸。常言道：「說着錢，便無緣。」親友們就不招架。他們也見得是，道李公子是風流浪子，迷戀煙花，年許不歸，父親都為他氣壞在家。他今日抖然要回，未知真假。倘或說騙盤纏到手，又去還脂粉錢，父親知道，將好意翻成惡意，始終只是一怪，不如辭了乾淨。便回道：「目今正值空乏，不能相濟，慚愧！慚愧！」人人如此，個個皆然，並沒有個慷慨丈夫，肯統口許他一十二十兩。李公子一連奔走了三日，分毫無獲，又不敢回決十娘，權且含糊答應。到第四日又沒想頭，就羞回院中。平日間有了杜家，連下處也沒有了，今日就無處投宿。只得往同鄉柳監生寓所借歇。柳遇春見公子愁容可掬，問其來歷。公子將杜十娘願嫁之情，備細說了。遇春搖首道：「未必，未必。

那杜媺曲中(62)第一名姬，要從良時，怕沒有十斛明珠，千金聘禮。那鴇兒如何只要三百兩？想鴇兒怪你無錢使用，白白占住他的女兒，設計打發你出門。那婦人與你相處已久，又礙却面皮，不好明言。明知你手內空虛，故意將三百兩賣個人情，限你十日。若十日沒有，你也不好上門。便上門時，他會說你笑你，落得一場褻瀆(63)，自然安身不牢，此乃煙花逐客之計。足下三思，休被其惑。據弟愚意，不如早早開交(64)為上。」公子聽說，半晌無言，心中疑惑不定。遇春又道：「足下莫要錯了主意。你若真個還鄉，不多幾兩盤費，還有人搭救。若是要三百兩時，莫說十日，就是十個月也難。如今的世情，那肯顧緩急(65)二字的。那煙花也筭定你沒處告債，故意設法難你。」公子道：「仁兄所見良是。」口裏雖如此說，心中割捨不下。依舊又往外邊東央西告，只是夜裏不進院門了。公子在柳監生寓中，一連住了三日，共是六日了。杜十娘連日不見公子進院，十分着緊，就教小廝四兒街上去尋。四兒尋到大街，恰好遇見公子。四兒叫道：「李姐夫，娘在家裏望你。」公子自覺無顏，回復道：「今日不得功夫，明日來罷。」四兒奉了十娘之命，一把扯住，死也不放。道：「娘叫咱(66)尋你。是必同去走一遭。」李公子心上也牽掛着婊子(67)，沒奈何，只得隨四兒進院。見了十娘，嘿(68)嘿無言。十娘問道：「所謀之事如何？」公子眼中流下淚來。十娘道：「莫非人情淡薄，不能足三百之數麼？」公子含淚而言，道出二句：

『不信上山擒虎易，果然開口告人難。』

一連奔走六日，並無銖兩，一雙空手，羞見芳卿⑲，故此這幾日不敢進院。今日承命呼喚，忍恥而來，非某不用心，實是世情如此。」十娘道：「此言休使虔婆知道。郎君今夜且住，妾別有商議。」十娘自備酒肴，與公子懽飲。睡至半夜，十娘對公子道：「郎君果不能辦一錢耶？妾終身之事，當如何也？」公子只是流涕，不能答一語。漸漸五更天曉。十娘道：「妾所臥絮褥內藏有碎銀一百五十兩，此妾私蓄，郎君可持去。三百金，妾任其半，郎君亦謀其半，庶易為力。限只四日，萬勿遲誤。」十娘起身將褥付公子，公子驚喜過望。喚童兒持褥而去。逕到柳遇春寓中，又把夜來之情與遇春說了。將褥拆開看時，絮中都裹着零碎銀子，取出兌時果是一百五十兩。遇春大驚道：「此婦真有心人也。既係真情，不可相負。吾當代為足下謀之。」公子道：「倘得玉成，決不有負。」當下柳遇春留李公子在寓，自出頭各處去借貸。兩日之內，湊足一百五十兩交付公子道：「吾代為足下告債，非為足下，實憐杜十娘之情也。」李甲拿了三百兩銀子，喜從天降，笑逐顏開，欣欣然來見十娘，剛是第九日，還不足十日。十娘問道：「前日分毫難借，今日如何就有一百五十兩？」公子將柳監生事情，又述了一遍。十娘以手加額⑳道：「使吾二人得遂其願者，柳君之力也。」兩個歡天喜地，又在院中過了一晚。次日十娘早起，對李甲道：「此銀一交，便當隨郎君去矣。舟車之類，合當預備。妾昨日於姊妹中借得白銀二十兩，郎君可收下為行資也。」公子正愁路費無出，但不敢開口，得銀甚喜。說猶未了，鴇兒恰來敲門叫道：「媺兒，今日是第十日了。」公子聞叫，啟戶相延道：「承媽媽厚意，正欲相請。」便將銀三百兩放在桌上。鴇兒不料公子有銀，嘿然變色，似有悔意。十娘道：「兒在媽媽家中八年，所致金帛，不下數千金矣。今日從良美事，又媽媽親口所訂，三百金不欠分毫，又不曾過期。倘若媽媽失信不許，郎君持銀去，兒即刻自盡。恐那時人財兩失，悔之無及也。」鴇兒無詞以對。腹內籌畫了半晌，只得取天平兑准了銀子，說道：「事已如此，料留你不住了。只是你要去時，即今就去。平時穿戴衣飾之類，毫釐休想。」說罷，將公子和十娘推出房門，討鎖來就落了鎖。此時九月天氣。十娘纔下床，尚未梳洗，隨身舊衣，就拜了媽媽兩拜。李公子也作了一揖。一夫一婦，離了虔婆大門。

鯉魚脫却金鈎去，擺尾搖頭再不來。

公子教十娘且住片時：「我去喚個小轎擡你，權往柳榮卿寓所去，再作道理。」十娘道：「院中諸姊妹平昔相厚，理宜話別。況前日又承他借貸路費，不可不一謝也。」乃同公子到各姊妹處謝別。姊妹中惟謝月朗徐素素與杜家相近，尤與十娘親厚。十娘先到謝月朗家。月朗見十娘禿髻(71)舊衫，驚問其故。十娘備述來因。又引李甲相見。十娘指月朗道：「前日路資，是此位姐姐所貸，郎君可致謝。」李甲連連作揖。月朗便教十娘梳洗，一面去請徐素素來家相會。十娘梳洗已畢，謝徐二美人各出所有，翠鈿金釧(72)，瑤簪寶珥(73)，錦袖花裙，鸞帶繡履，把杜十娘裝扮得煥然一新，備酒作慶賀筵席。月朗讓臥房與李甲杜嫩二人過宿。次日，又大排筵席，遍請院中姊妹。凡十娘相厚者，無不畢集。都與他夫婦把盞稱喜。吹彈歌舞，各逞其長，務要盡歡，直飲至夜分。十娘向眾姊妹，一一稱謝，眾姊妹道：「十姊為風流領袖，今從郎君去，我等相見無日。何日長行⑭，姊妹們尚當奉送。」月朗道：「候有定期，小妹當來相報。但阿姊千里間關⑮，同郎君遠去，囊篋蕭條，曾無約束⑯，此乃吾等之事。當相與共謀之，勿令姊有窮途之慮也。」眾姊妹各唯唯而散。是晚，公子和十娘仍宿謝家。至五鼓，十娘對公子道：「吾等此去，何處安身？郎君亦曾計議有定着⑰否？」公子道：「老父盛怒之下，若知娶妓而歸，必然加以不堪，反致相累。展轉尋思，尚未有萬全之策。」十娘道：「父子天性，豈能終絕。既然倉卒難犯⑱，不若與郎君於蘇杭勝地，權作浮居⑲。郎君先回，求親友於尊大人面前勸解和順，然後攜妾于歸⑳，彼此安妥。」公子道：「此言甚當。」次日，二人起身辭了謝月朗，暫往柳監生寓中，整頓行裝。杜十娘見了柳遇春，倒身下拜，謝其周全之德：「異日我夫婦必當重報。」遇春慌忙答禮道：「十娘鍾情所歡，不以貧窶㉑易心，此乃女中豪傑。僕因風吹火㉒，諒區區何足掛齒！」三人又飲了一日酒。次早，擇了出行吉日，僱倩㉓轎馬停當。十娘又遣童兒寄信，別謝月朗。臨行之際，只見肩輿㉔紛紛而至，乃謝月朗與徐素素拉眾姊妹來送行。月朗道：「十姊從郎君千里間關，囊中消索㉕，吾等甚不能忘情。今合具薄贐㉖，十姊可檢收，或長途空乏，亦可少助。」說罷，命從人挈一描金文具㉗至前，封鎖甚固，正不知什麼東西在裏面。十娘也不開看，也不推辭，但殷勤作謝而已。須臾，輿馬齊集，僕夫催促起身。柳監生三盃別酒，和眾美人送出崇文門外，各各垂淚而別。正是：

他日重逢難預必，此時分手最堪憐。

再說李公子同杜十娘行至潞河，舍陸從舟，却好有瓜洲差使船⑧轉回之便，講定船錢，包了艙口。比及下船時，李公子囊中並無分文餘剩。你道杜十娘把二十兩銀子與公子，如何就沒了？公子在院中得衣衫藍縷⑧，銀子到手，未免在解庫⑨中取贖幾件穿着，又製辦了鋪蓋，剩來只勾⑨轎馬之費。公子正當愁悶，十娘道：「郎君勿憂，眾姊妹合贈，必有所濟。」乃取鑰開箱。公子在傍自覺慚愧，也不敢窺覷箱中虛實。只見十娘在箱裏取出一個紅絹袋來，擲於桌上道：「郎君可開看之。」公子提在手中，覺得沉重。啟而觀之，皆是白銀，計數整五十兩。十娘仍將箱子下鎖，亦不言箱中更有何物。但對公子道：「承眾姊妹高情，不惟途路不乏，即他日浮寓吳越間⑨，亦可稍佐吾夫妻山水之費⑨矣。」公子且驚且喜道：「若不遇恩卿，我李甲流落他鄉，死無葬身之地矣。此情此德，白頭不敢忘也。」自此每談及往事，公子必感激流涕。十娘亦曲意撫慰，一路無話。不一日，行至瓜洲，大船停泊岸口，公子別僱了民船，安放行李。約明日侵晨，剪江⑨而渡。其時仲冬中旬，月明如水，公子和十娘坐於舟首。公子道：「自出都門，困守一艙之中，四顧有人，未得暢語。今日獨據一舟，更無避忌。且已離塞北，初近江南，宜開懷暢飲，以舒向來抑鬱之氣，恩卿以為何如？」十娘道：「妾久疏談笑，亦有此心，郎君言及，足見同志耳。」公子乃攜酒具於船首，與十娘鋪氈並坐，傳盃交盞。飲至半酣，公子執巵⑮對十娘道：「恩卿妙音，六院⑯推首。某相遇之初，每聞絕調，輒不禁神魂之飛動。心事多違，彼此鬱鬱，鸞鳴鳳奏，久矣不聞。今清江明月，深夜無人，肯為我一歌否？」十娘興亦勃發，遂開喉頓嗓，取扇按拍，嗚嗚咽咽，歌出元人施君美《拜月亭》⑰雜劇上〈狀元執盞與嬋娟〉一曲，名小桃紅。真個：

聲飛霄漢雲皆駐，響入深泉魚出遊。

却說他舟有一少年，姓孫名富字善賚，徽州新安人氏。家資巨萬，積祖揚州種鹽⑱。年方二十，也是南雍⑲中朋友。生性風流，慣向青樓⑩買笑，紅粉追歡，若嘲風弄月⑩，到是個輕薄的頭兒。事有偶然，其夜亦泊舟瓜洲渡口，獨酌無聊。忽聽得歌聲嘹喨，鳳吟鸞吹，不足喻其美。起立船頭，佇聽半晌，方知聲出鄰舟。正欲相訪，音響倏⑩已寂然。乃遣僕者潛窺蹤跡，訪於舟人。但曉得是李相公僱的船，並不知歌者來歷。孫富想道：「此歌者必非良家，怎生得他一見？」展轉尋思，通宵不寐。捱至五更，忽聞江風大作。及曉，彤雲密布，狂雪飛舞。怎見得，有詩為證：

千山雲樹滅，萬徑人蹤絕；扁舟蓑笠翁⑩，獨釣寒江雪。

因這風雪阻渡，舟不得開。孫富命艄公移船，泊於李家舟之傍，孫富貂帽狐裘，推窗假作看雪。值十娘梳洗方畢，纖纖玉手，揭起舟傍短簾，自潑盂中殘水，粉容微露，却被孫富窺見了，果是國色天香。魂搖心蕩，迎眸注目，等候再見一面，杳不可得。沉思久之，乃倚窗高吟高學士⑩④梅花詩二句，道：

雪滿山中高士臥，月明林下美人來。

李甲聽得鄰舟吟詩，舒頭出艙，看是何人。只因這一看，正中了孫富之計。孫富吟詩，正要引李公子出頭，他好乘機攀話。當下慌忙舉手，就問：「老兄尊姓何諱？」李公子敘了姓名鄉貫，少不得也問那孫富。孫富也敘過了。又敘了些太學中的閒話，漸漸親熟。孫富便道：「風雪阻舟，乃天遣與尊兄相會，實小弟之幸也。舟次無聊。欲同尊兄上岸，就酒肆中一酌，少領清誨⑩⑤，萬望不拒。」公子道：「萍水相逢，何當厚擾？」孫富道：「說那裏話！『四海之內，皆兄弟也』。」喝教艄公打跳⑩⑥，童兒張傘，迎接公子過船，就於船頭作揖。然後讓公子先行，自己隨後，各各登跳上涯。行不數步，就有個酒樓，二人上樓，揀一副潔淨座頭，靠窗而坐。酒保列上酒肴。孫富舉杯相勸，二人賞雪飲酒。先說些斯文中套話。漸漸引入花柳之事。二人都是過來之人，志同道合，說得入港⑩⑦，一發成相知了。孫富屏去左右，低低問道：「昨夜尊舟清歌者，何人也？」李甲正要賣弄在行，遂實說道：「此乃北京名姬杜十娘也。」孫富道：「既係曲中姊妹，何以歸兄？」公子遂將初遇杜十娘，如何相好，後來如何要嫁，如何借銀討他，始末根由，備細述了一遍。孫富道：「兄攜麗人而歸，固是快事，但不知尊府中能相容否？」公子道：「賤室不足慮。所慮者，老父性嚴，尚費躊躇⑱耳！」孫富將機就機，便問道：「既是尊大人未必相容，兄所攜麗人，何處安頓？亦曾通知麗人，共作計較否？」公子攢眉⑲而答道：「此事曾與小妾議之。」孫富欣然問道：「尊寵⑳必有妙策。」公子道：「他意欲僑居蘇杭，流連山水。使小弟先回，求親友宛轉於家君之前。俟家君回嗔作喜⑪，然後圖歸，高明以為何如？」孫富沈吟半晌，故作愀然⑫之色，道：「小弟乍會之間，交淺言深，誠恐見怪。」公子道：「正賴高明指教，何必謙遜？」孫富道：「尊大人位居方面⑬，必嚴帷薄之嫌⑭，平時既怪兄遊非禮之地，今日豈容兄娶不節之人。況且賢親貴友，誰不迎合尊大人之意者？兄枉去求他，必然相拒。就有個不識時務的進言於尊大人之前，見尊大人意思不允，他就轉口了。兄進不能和睦家庭，退無詞以回復尊寵。即使留連山水，亦非長久之計。萬一資斧⑮困竭，豈不進退兩難！」公子自知手中只有五十金，此時費去大半，說到資斧困竭，進退兩難，不覺點頭道是。孫富又道：「小弟還有句心腹之談，兄肯俯聽否？」公子道：「承兄過愛，更求盡言。」孫富道：「疏不間親，還是莫說罷。」公子道：「但說何妨。」孫富道：「自古道：『婦人水性⑯無常。』況煙花之輩，少真多假。他既係六院名姝，相識定滿天下；或者南邊原有舊約，借兄之力，挈帶而來，以為他適之地。」公子道：

「這個恐未必然。」孫富道：「即不然，江南子弟，最工輕薄，兄留麗人獨居，難保無踰牆鑽穴之事⑰。若挈之同歸，愈增尊大人之怒。為兄之計，未有善策。況父子天倫，必不可絕。若為妾而觸父，因妓而棄家，海內必以兄為浮浪不經之人。異日妻不以為夫，弟不以為兄，同袍不以為友，兄何以立於天地之間？兄今日不可不熟思也！」公子聞言，茫然自失，移席問計：「據高明之見，何以教我？」孫富道：「僕有一計，於兄甚便。只恐兄溺枕席之愛，未必能行，使僕空費詞說耳！」公子道：「兄誠有良策，使弟再覩家園之樂，乃弟之恩人也。又何憚而不言耶？」孫富道：「兄飄零歲餘，嚴親懷怒，閨閣⑱離心，設身以處兄之地，誠寢食不安之時也。然尊大人所以怒兄者，不過為迷花戀柳，揮金如土，異日必為棄家蕩產之人，不堪承繼家業耳！兄今日空手而歸，正觸其怒。兄倘能割衽席⑲之愛，見機而作，僕願以千金相贈。兄得千金，以報尊大人，只說在京授館⑳，並不曾浪費分毫，尊大人必然相信。從此家庭和睦，當無間言。須臾之間，轉禍為福。兄請三思，僕非貪麗人之色，實為兄效忠於萬一也！」李甲原是沒主意的人，本心懼怕老子，被孫富一席話，說透胸中之疑，起身作揖道：「聞兄大教，頓開茅塞。但小妾千里相從，義難頓絕，容歸與商之。得其心肯，當奉復耳。」孫富道：「說話之間，宜放婉曲。彼既忠心為兄，必不忍使兄父子分離，定然玉成兄還鄉之事矣。」二人飲了一回酒，風停雪止，天色已晚。孫富教家僮算還了酒錢，與公子攜手下船。正是：

逢人且說三分話，未可全拋一片心。

却說杜十娘在舟中，擺設酒果，欲與公子小酌，竟日未回，挑燈以待。公子下船，十娘起迎。見公子顏色匆匆，似有不樂之意，乃滿斟熱酒勸之。公子搖首不飲。一言不發，竟自床上睡了。十娘心中不悅。乃收拾杯盤，為公子解衣就枕，問道：「今日有何見聞，而懷抱鬱鬱如此？」公子嘆息而已，終不啟口。問了三四次，公子已睡去了。十娘委決不下[121]，坐於床頭而不能寐。到夜半，公子醒來，又嘆一口氣。十娘道：「郎君有何難言之事，頻頻嘆息？」公子擁被而起，欲言不語者幾次，撲簌簌掉下淚來。十娘抱持公子於懷間，軟言撫慰道：「妾與郎君情好，已及二載，千辛萬苦，歷盡艱難，得有今日。然相從數千里，未曾哀戚。今將渡江，方圖百年歡笑，如何反起悲傷，必有其故。夫婦之間，死生相共，有事儘可商量，萬勿諱也。」公子再四被逼不過，只得含淚而言道：「僕天涯窮困，蒙恩卿不棄，委曲相從，誠乃莫大之德也。但反覆思之，老父位居方面，拘於禮法，況素性方嚴，恐添嗔怒，必加黜逐[122]。你我流蕩，將何底止[123]？夫婦之歡難保，父子之倫又絕。日間蒙新安孫友邀飲，為我籌及此事，寸心如割。」十娘大驚道：「郎君意將如何？」公子道：「僕事內之人，當局而迷。孫友為我畫一計頗善，但恐恩卿不從耳！」十娘道：「孫友者何人？計如果善，何不可從？」公子道：「孫友名富，新安鹽商，少年風流之士也。夜間聞子清歌，因而問及。僕告以來歷，並談及難歸之故，渠意欲以千金聘汝。我得千金，可藉口以見吾父母；而恩卿亦得所天⑫④。但情不能捨，是以悲泣。」說罷，淚如雨下。十娘放開兩手，冷笑一聲道：「為郎君畫此計者，此人乃大英雄也。郎君千金之資，既得恢復，而妾歸他姓，又不致為行李之累，發乎情，止乎禮，誠兩便之策也。那千金在那裏？」公子收淚道：「未得恩卿之諾，金尚留彼處，未曾過手。」十娘道：「明早快快應承了他，不可挫過機會。但千金重事，須得兑足交付郎君之手，妾始過舟，勿為賈豎子⑫⑤所欺。」時已四鼓，十娘即起身挑燈梳洗道：「今日之，乃迎新送舊，非比尋常。」於是脂粉香澤，用意修飾，花鈿繡襖，極其華豔，香風拂拂，光采照人。裝束方完，天色已曉。孫富差家童到船頭候信。十娘微窺公子，欣欣似有喜色，乃催公子快去回話，及早兑足銀子。公子親到孫富船中，回復依允。孫富道：「兑銀易事，須得麗人妝臺為信。」公子又回復了十娘，十娘即指描金文具道：「可便擡去。」孫富喜甚。即將白銀一千兩，送到公子船中。十娘親自檢看，足色⑫⑥足數，分毫無爽⑫⑦。乃手把船舷，以手招孫富。孫富一見，魂不附體。十娘啟朱唇，開皓齒道：「方纔箱子可暫發來，內有李郎路引⑫⑧一紙，可檢還之也。」孫富視十娘已為甕中之鱉，即命家童送那描金文具，安放船頭之上。十娘取鑰開鎖，內皆抽替⑫⑨小箱。十娘叫公子抽第一層來看，只見翠羽明璫，瑤簪寶珥，充牣⑬⓪於中，約值數百金。十娘遽投之江中。李甲與孫富及兩船之人，無不驚詫。又命公子再抽一箱，乃玉簫金管。又抽一箱，盡古玉紫金玩器，約值數千金。十娘盡投之於大江中。岸上之人，觀者如堵。齊聲道：「可惜可惜！」正不知什麼緣故。最後又抽一箱，箱中復有一匣。開匣視之，夜明之珠，約有盈把。其他祖母綠[131]，貓兒眼[132]，諸般異寶，目所未睹，莫能定其價之多少，眾人齊聲喝采，喧聲如雷。十娘又欲投之於江。李甲不覺大悔，抱持十娘慟哭，那孫富也來勸解。十娘推開公子在一邊，向孫富罵道：「我與李郎備嘗艱苦，不是容易到此，汝以奸淫之意，巧為讒說[133]，一旦破人姻緣，斷人恩愛，乃我之仇人。我死而有知，必當訴之神明，尚妄想枕席之歡乎！」又對李甲道：「妾風塵數年，私有所積，本為終身之計。自遇郎君，山盟海誓，白首不渝。前出都之際，假托眾姊妹相贈，箱中韞藏百寶，不下萬金。將潤色[134]郎君之裝，歸見父母，或憐妾有心，收佐中饋[135]，得終委托，生死無憾。誰知郎君相信不深，惑於浮議[136]，中道見棄，負妾一片真心。今日當眾目之前，開箱出視，使郎君知區區千金，未為難事。妾櫝中有玉，恨郎眼內無珠。命之不辰[137]，風塵困瘁，甫得脫離，又遭棄捐，今眾人各有耳目，共作證明，妾不負郎君，郎君自負妾耳！」於是眾人聚觀者，無不流涕，都唾罵李公子負心薄倖。公子又羞又苦，且悔且泣，方欲向十娘謝罪。十娘抱持寶匣，向江心一跳。眾人急呼撈救。但見雲暗江心，波濤滾滾，杳無蹤影。可惜一個如花似玉的名姬，一旦葬於江魚之腹。

三魂渺渺歸水府，七魄悠悠入冥途。

當時旁觀之人，皆咬牙切齒，爭欲拳毆李甲和那孫富。慌得李孫二人，手足無措，急叫開船，分途遁去。李甲在舟中，看了千金，轉憶十娘，終日愧悔，鬱成狂疾，終身不痊。孫富自那日受驚，得病臥床月餘，終日見杜十娘在傍詬罵，奄奄而逝。人以為江中之報也。

却說柳遇春在京坐監完滿，束裝回鄉，停舟瓜步。偶臨江淨臉，失墜銅盆於水，覓漁人打撈。及至撈起，乃是個小匣兒。遇春啟匣觀看，內皆明珠異寶，無價之珍。遇春厚賞漁人，留於床頭把玩。是夜夢見江中一女子，凌波而來，視之，乃杜十娘也。近前萬福，訴以李郎薄倖之事。又道：「向承君家慷慨，以一百五十金相助，本意息肩之後，徐圖報答。不意事無終始；然每懷盛情，悒悒⑬⑧未忘。早間曾以小匣托漁人奉致，聊表寸心。從此不復相見矣。」言訖，猛然驚醒，方知十娘已死，嘆息累日。後人評論此事，以為孫富謀奪美色，輕擲千金，固非良士；李甲不識杜十娘一片苦心，碌碌蠢才，無足道者。獨謂十娘千古女俠，豈不能覓一佳侶，共跨秦樓之鳳⑬⑨，乃錯認李公子，明珠美玉，投於盲人，以致恩變為仇。萬種恩情，化為流水，深可惜也！有詩嘆云：

不會風流莫妄談，單單情字費人參；若將情字能參透，喚作風流也不慚。

作者

馮夢龍，生於明神宗萬曆二年，卒於清世祖順治三年（一五七四——一六四六）。字猶龍，又字耳猶，號龍子猶、墨憨齋主人，江蘇吳縣（今江蘇蘇州）人。崇禎七年（一六三四）以貢生授壽寧縣知縣，有政績。李自成陷北京後，福王立於南京，南京陷，馮夢龍至福州恭迎唐王，不久去世。

馮夢龍一生著述繁富，經史、傳奇以外，尤致力撰寫和改編通俗小說，先後增補《三遂平妖傳》，改寫《新列國志》，並編有短篇白話小說集《警世通言》、《喻世明言》和《醒世恆言》，統稱「三言」，備受後世讀者欣賞。更編輯民間歌曲集《山歌》和《掛枝兒》。

題解

本篇選自《警世通言》卷三十二，版本據人民文出版社。《警世通言》、《喻世明言》與《醒世恆言》，合稱「三言」，各四十卷，是馮夢龍編纂的話本小說集。「三言」的內容很廣泛，多取材於民間傳說和古代的史事，對宋元以來的人民生活、工商發展、社會制度和風俗習慣，都有鮮明細緻的描述。

本篇寫明朝萬曆年間京城名妓杜十娘的故事，從主人翁的悲劇性遭遇，表達出當時女子追求戀愛自由和婚姻幸福的掙扎。文中表揚了忠於愛情的杜十娘與慷慨仗義的柳遇春，同時揭露了李甲的怯懦負情和孫富的陰險奸詐。故事以杜十娘怒沈百寶箱投江自盡作結，正是對寡情薄倖之徒的控訴。

注釋

① 掃蕩殘胡立帝畿：胡，古代對北方少數民族的稱呼，這裏指蒙古人。殘胡，指元朝的殘餘勢力。帝畿，皇帝所居京都及其附近的地方。畿 (漢)jī (國)ㄐㄧ (粵)kei^4 音奇。

② 龍翔鳳舞勢崔嵬：龍翔鳳舞，形容山勢連綿起伏，好像龍飛鳳舞。崔嵬，形容山勢高峻。崔 (漢)cuī (國)ㄘㄨㄟ (粵)tsœy^4 音槌。嵬 (漢)wéi (國)ㄨㄟˊ (粵)ŋɐi^4 音危。

③ 太行山：一名五行山。太，行山，起自河南省濟源縣，北入山西省境，若斷若續，隨地異名，主峯在晉城縣南。

④ 戈戟九邊雄絕塞：戈戟，戈和戟都是我國古代的兵器，這裏用以代指軍隊。九邊，明朝時在北方設置的九個邊防區，即遼東、薊州、宣州、大同、山西、延綏、寧夏、固原、甘肅等九鎮。絕塞，遼遠的邊塞。戟 (漢)jǐ (國)ㄐㄧˇ (粵)gik^7 音擊。

⑤ 衣冠萬國仰垂衣：垂衣，帝王垂衣拱手而坐的樣子，借指帝王無為而治。形容天下太平，四方諸侯都來朝拜明朝皇帝。

⑥ 華胥世：據《列子・黃帝篇》載，黃帝曾經夢遊無為而治的華胥國。這裏借指太平盛世。

⑦ 金甌：甌，盆盂一類的器皿。金甌，比喻國家完整鞏固。甌 ㊥ōu ㊟ㄡ ㊣au^{1} 音歐。

⑧ 我朝：指明朝。

⑨ 區夏：指黃河中、下游一帶的中原地區。

⑩ 金城天府：金城，是比喻城牆的堅固。天府，是指形勢險要，物產豐饒的地方。

⑪ 當先洪武爺掃蕩胡塵：洪武，是明太祖朱元璋的年號（一三六八——一三九八）。爺，明代百姓對皇帝的通俗稱呼。胡塵，這裏指元朝統治者掀起的戰亂。

⑫ 定鼎：建都。古代九鼎是傳國的重器，鼎的所在，就是國都所在，因此，稱定都為「定鼎」。

⑬ 到永樂爺從北平起兵靖難：永樂，明成祖朱棣的年號（一四〇三——一四二四）。靖難，平定禍患。明成祖朱棣初封燕王，後以清除朝廷中的奸臣為名，起兵與建文帝朱允炆爭奪帝位，史稱「靖難之變」。

⑭ 萬曆：明神宗朱翊鈞的年號（一五七三——一六二〇）。

⑮ 日本關白平秀吉：關白，日本古代最高級大臣的官職名，掌握軍政大權，地位相當於宰相。平秀吉，即豐臣秀吉（一五三六——一五九八），賜姓豐臣，在明代萬曆年間，他擔任日本關白，統治六十六州，治軍嚴明。萬曆二十年四月（一五九二），他發兵入侵朝鮮，明朝派兵援助朝鮮，未能取勝。直至平秀吉死，日人撤兵歸國，戰爭方告結束。事見《明史・日本傳》。

⑯ 西夏哱承恩：明朝時，西夏的位置相當於現在的寧夏。哱承恩，是哱拜的兒子，哱拜得罪於酋長之後投降明朝，屢立戰功，升為副總兵。哱承恩承襲父爵後尋釁叛亂，後被俘，處死。哱 ㊥bō ㊟ㄅㄛ ㊣but^{9} 音勃。

⑰ 播州楊應龍：播州，即今貴州遵義。萬曆年間，楊應龍襲播州宣慰使，起兵叛明，被總督李化龍打敗，楊應龍自焚身死。

⑱ 四海無虞：四海，指邊疆四鄰各族居住的地區。無虞，沒有憂慮。邊疆安定，各民族和睦，沒有戰亂和紛爭。

⑲ 話中：即話本中，話本是說話藝人所講故事的底本。話中是作者模擬說話人的口吻在敘述故事開頭時使用的習

慣用語。

⑳ 戶部：中央機構六部之一，掌管戶籍、田賦等事。

㉑ 納粟入監：指納糧食或金錢，給政府以換取進入國子監讀書的機會，國子監是國家最高學府。

㉒ 中：指考試及格、被錄取。

㉓ 援例：引用成例。援 ㊕yuán ㊿ㄩㄢˊ ㊮jyn^4 音袁。

㉔ 兩京：南京和北京。

㉕ 布政：官名，即布政使。明時分全國為十三個承宣布政司，相當於行省。每司設置布政使，為一省的行政長官。後改由巡撫主管省政，布政使降為巡撫屬下專管民政和財政的長官。

㉖ 在庠：庠，中國古代學校。在庠，這裏指在科舉時代的縣、府學校裏。庠 ㊕xiáng ㊿ㄒㄧㄤˊ ㊮tsœŋ^4 音詳。

㉗ 登科：參加科舉考試被錄取。

㉘ 北雍：古代稱太學（國子監）為雍。北雍，即北京的國子監。

㉙ 坐監：正式在國子監就學。

㉚ 與同鄉柳遇春監生同遊教坊司院內：監生，國子監生員的簡稱，即太學生。教坊司，古代教習音樂或舞蹈的機關，後來泛指妓院。

㉛ 卓氏文君：即卓文君。漢代臨邛（今四川邛崍）人，卓王孫的女兒。有文采，通音樂。文君新寡，巧遇司馬相如在卓家飲酒，司馬相如彈琴，文君感而私奔相如。

㉜ 白家樊素：唐代著名詩人白居易的歌妓。白居易曾用「櫻桃樊素口」來形容樊素。

㉝ 誤落風塵花柳中：風塵，此處指妓院。花柳，娼妓。

㉞ 破瓜：女子破身的意思。

㉟ 口號：即順口溜。

㊱ 斗筲：斗，量器。筲，竹器。兩者都是容量很小的容器，喻酒量小。筲 ㊕shāo ㊿ㄕㄠ ㊮sau^1 音梢。

㊲ 撒漫：隨便花錢，揮霍浪費。

㊳ 幫襯：獻殷勤。亦有作「光顧」解。

㊴ 鴇兒：年老的妓女或妓母。這裏指妓母。

㊵ 從良：古代妓女隸屬於樂籍，被視為賤業，沒有人身自由。妓女脫離樂籍，嫁作良家妻妾稱為從良。

㊶ 脅肩諂笑：聳着肩膀裝出笑臉去奉承人，形容奉承的醜態。

㊷ 囊篋：囊，口袋。篋，小箱子。指腰包。篋（漢）qiè（國）ㄑㄧㄝˋ（粵）hap^{9}音峽。

㊸ 闝：同嫖。

㊹ 手頭：指手中的錢。

㊺ 不統口：不開口，不吐口。統，疑為「綻」字之誤。綻，開。

㊻ 觸突：觸犯。

㊼ 溫克：語出《詩經．小雅．小宛》本謂醉酒後能溫藉自持，引申為溫和恭敬之意。

㊽ 行戶：指妓院。

㊾ 鍾馗老：傳說為唐朝進士，死後成神，專門捉鬼。馗（漢）kuí（國）ㄎㄨㄟˊ（粵）kwai^{4}音葵。

㊿ 搖錢樹：神話傳說中的一種寶物。鴇母要靠妓女賺錢，把妓女看作搖錢樹。

(51) 退財白虎：白虎，兇神。退財白虎，是指不讓錢財進門的兇神。這是鴇母罵杜十娘的話。

(52) 七件事：指過日子必備的柴、米、油、鹽、醬、醋、茶七樣東西。

(53) 粉頭：青年妓女。

(54) 孤拐：腳髁骨。這裏的意思是打腳髁骨。

(55) 鈔：明朝時曾發行紙幣，稱「大明寶鈔」。這裏是指銀子。

(56) 十齋：佛家語，於每月的一日、八日、十四日、十五日、十八日、二十三日、二十四日、二十八日、二十九日、三十日過午不食，謂之十齋。

57 虔婆：泛指兇惡的婦女，這裏指鴇母，這是罵人語。

58 難嬌娘：難，此處讀去聲，作動詞用。謂給十娘出難題。

59 落籍：明代妓女都在樂籍列名。從良時，要在樂籍除名，稱落籍。

60 罄：空，盡。罄 (漢)qìng(國)ㄑㄧㄥˋ(粵)hiŋ^{3} 音慶。

61 行院：指妓院。行 (漢)háng(國)ㄏㄤˊ(粵)hɔŋ^{4} 音杭。

62 曲中：唐宋時妓女所居的地方稱坊曲，曲中就是妓院中。

63 褻瀆：輕慢、侮蔑的意思。褻 (漢)xiè(國)ㄒㄧㄝˋ(粵)sit^{8} 音屑。瀆 (漢)dú(國)ㄉㄨˊ(粵)duk^{9} 音讀。

64 開交：分開、斷絕關係。

65 緩急：這裏是複義偏用，指的是有急事。

66 喒：同咱。

67 婊子：妓女。

68 嘿：同默。

69 芳卿：對親密的女子的稱呼。

70 以手加額：加，置放。表示慶幸的動作。

71 禿髻：髻，挽束在頭頂上的髮。禿髻，沒有戴首飾的髮髻。

72 翠鈿金釧：鑲嵌翡翠的首飾和金質的手鐲。鈿 (漢)tián 或 diàn(國)ㄊㄧㄢˊ 或 ㄉㄧㄢˋ(粵)tin^{4} 或 din^{6} 音田或音電。釧 (漢)chuàn(國)ㄔㄨㄢˋ(粵)tsyn^{3} 音串。

73 瑤簪寶珥：簪，婦女插髻的首飾。珥，婦女的珠寶耳飾。瑤簪寶珥指玉簪和鑲珠的耳環。簪 (漢)zān(國)ㄗㄢ(粵)dzam^{1} 音湛高平聲。珥 (漢)ěr(國)ㄦˇ(粵)ji^{6} 音二。

74 長行：遠行。

75 間關：形容旅途崎嶇艱難。

⑯ 曾無約束：沒有甚麼準備。
⑰ 定着：確定的辦法。
⑱ 倉卒難犯：一時難以冒犯。卒 (漢)cù(國)ㄘㄨˋ(粵)tsyt^{8} 音撮。
⑲ 浮居：流動不定的居住處。
⑳ 于歸：女子出嫁。
(81) 貧寠：寠，同窶。貧陋。窶 (漢)jù(國)ㄐㄩˋ(粵)gœy^{6} 音巨。
(82) 僕因風吹火：僕，對自己的謙稱。因風吹火，比喻不費氣力，順便幫忙。
(83) 僱倩：付酬僱車船。倩，央求。倩 (漢)qiàn(國)ㄑㄧㄢˋ(粵)sin^{3} 音線。
(84) 肩輿：轎子。
(85) 消索：空乏。
(86) 薄贐：微薄的禮物或路費。贐 (漢)jìn(國)ㄐㄧㄣˋ(粵)dzœn^{2} 音儘。
(87) 挈一描金文具：挈，提。描金文具，繪飾着金花的箱子。挈 (漢)qiè(國)ㄑㄧㄝˋ(粵)kit^{8} 音揭。
(88) 差使船：替官府運送漕糧的船。
(89) 藍縷：破爛。縷 (漢)lǚ(國)ㄌㄩˇ(粵)lœy^{1} 音呂。
(90) 解庫：典當鋪。
(91) 勾：通夠。
(92) 吳越間：蘇州、杭州一帶地方。
(93) 山水之費：遊山玩水的費用。
(94) 剪江：橫渡江面。
(95) 執巵：巵，古代一種盛酒器。舉杯。
(96) 六院：明初南京的官妓集聚的地方，後泛指妓院。

(97) 拜月亭：一名《幽閨記》。相傳為元代施惠（字若美，生卒年不詳）所作，本為傳奇（南戲戲文），這裏誤認為雜劇。劇中演蔣世龍和王瑞蘭、陀滿興福和蔣瑞蘭悲歡離合的故事。

(98) 積祖揚州種鹽：積祖，祖傳。種鹽，做鹽商。

(99) 南雍：南京的國子監。

(100) 青樓：指妓院。

(101) 嘲風弄月：指玩弄妓女。

(102) 倏：時間極短促。倏(漢)shū(國)ㄕㄨ(粵)suk^7 音叔。

(103) 蓑笠翁：笠，笠帽，用竹箬或棕皮等編成。披着蓑衣，戴着笠帽的漁翁。蓑(漢)suō(國)ㄙㄨㄛ(粵)sɔ^1 音梭。笠(漢)lì(國)ㄌㄧˋ(粵)lɐp^7 音粒。

(104) 高學士：高啟，生於元順帝至元二年，卒於明太祖漢武七年（一三三六——一三七四），字季迪，明初著名詩人。

(105) 清誨：教誨。向人領教的客套話。

(106) 打跳：跳，跳板，引渡客人下船上岸的長木板。架起跳板。

(107) 入港：談說投機。

(108) 躊躇：研究，反覆思量。

(109) 攢眉：皺眉。攢(漢)cuán(國)ㄘㄨㄢˊ(粵)tsyn^4 音全。

(110) 尊寵：稱呼對方的小老婆。

(111) 俟家君回嗔作喜：俟，等待。回嗔作喜，變怒為喜。俟(漢)sì(國)ㄙˋ(粵)dzi^6 音自。嗔(漢)chēn(國)ㄔㄣ(粵)tsɐn^1 音親。

(112) 愀然：憂愁的樣子。愀(漢)qiǎo(國)ㄑㄧㄠˇ(粵)tsiu^2 音悄。

(113) 位居方面：管轄一個方面或一個地區。舊時以一省的最高級官吏為方面官，李甲的父親是布政使，不是最高級的官，夠不上「位居方面」，孫富這樣說是阿諛之詞。

(114) 必嚴帷薄之嫌：帷是幔，薄是簾，都是間隔內外的用具。舊時官場常用「帷薄」代指家庭或婦女之事。一定嚴禁超越男女之間的禮防界限。

⑪⑤ 資斧：旅費。

⑪⑥ 水性：水的品性，水是流動的，以此比喻女人用情不專。

⑪⑦ 踰牆鑽穴之事：指男女偷情的不正當行為。

⑪⑧ 閨閣：這裏指李甲原來的妻子。

⑪⑨ 衽席：床蓆。衽 漢 rèn 國 ㄖㄣˋ 粵 jam^{6} 音任。

⑫⓪ 授館：當家庭教師。

⑫① 委決不下：猶豫不決。

⑫② 黜逐：斥責驅趕。黜 漢 chù 國 ㄔㄨˋ 粵 dzœt^{4} 音怵。

⑫③ 將何底止：到何時才算止境？

⑫④ 所天：女子指丈夫。

⑫⑤ 賈豎子：對商人的輕蔑稱呼。賈 漢 gǔ 國 ㄍㄨˇ 粵 gu^{2} 音古。

⑫⑥ 足色：十足的成色。

⑫⑦ 分毫無爽：爽，差錯。分毫不差。

⑫⑧ 路引：出行時所領的執照。這裏指國子監發給李甲的回籍證明。

⑫⑨ 抽替：即抽屜。

⑬⓪ 充牣：充滿。牣 漢 rèn 國 ㄖㄣˋ 粵 jan^{6} 音刃。

⑬① 祖母綠：一種純色綠寶石，通體透明，又稱綠柱玉。

⑬② 貓兒眼：寶石的一種，它的光彩像貓眼，又稱貓睛石。

⑬③ 讒說：播弄是非，說破壞別人相互感情的話。

⑬④ 潤色：裝點。

(135) 中饋：妻子的代稱。饋 (漢)kuì (國)ㄎㄨㄟˋ (粵)gwai^{6} 音櫃。

(136) 浮議：沒有根據的議論和意見。

(137) 不辰：不逢時。

(138) 悒悒：悶在心裏之意。悒 (漢)yì (國)ㄧˋ (粵)jap^{7} 音邑。

(139) 共跨秦樓之鳳：傳說春秋時，蕭史善吹簫，秦穆公將女兒弄玉嫁給他。蕭史教弄玉吹簫作鳳鳴之音，鳳鳥居然感音而來。後來，蕭史乘龍，弄玉乘鳳，一同仙去。

水滸傳·魯提轄拳打鎮關西

施耐庵

風拂烟籠錦斾①揚，太平時節日初長。能添壯士英雄胆，善解佳人愁悶腸。三尺曉垂楊柳外，一竿斜插杏花傍。男兒未遂平生志，且樂高歌入醉鄉。

三人②上到潘家酒樓上，揀個濟楚閣兒③裏坐下。魯提轄④坐了主位，李忠對席，史進下首坐了。酒保唱了喏⑤，認得是魯提轄，便道：「提轄官人⑥，打多少酒？」魯提（轄）道：「先打四角⑦酒來。」一面鋪下菜蔬果品案酒⑧。又問道：「官人吃甚下飯⑨？」魯達道：「問甚麼！但有，只顧賣來，一發⑩算錢還你。這廝⑪只顧來聒⑫噪。」酒保下去，隨即盪酒上來，但是下口⑬肉食，只顧將來⑭，擺一桌子。三個酒至數杯，正說些閑話，較量⑮些鎗法。說得入港⑯，只聽得隔壁閣子裏，有人哽哽咽咽啼哭。魯達焦躁，便把碟兒盞兒⑰都丟在樓板上。酒保聽得，慌忙上來看時，見魯提轄氣憤憤地，酒保抄手⑱道：「官人要甚東西，分付賣來。」魯達道：「酒家⑲要甚麼，你也須認的酒家。却恁地⑳教甚麼人在間壁吱吱的哭，攪俺弟兄們吃酒。酒家須不曾少了你酒錢！」酒保道：「官人息怒。小人㉑怎敢教人啼哭，打攪官人吃酒？這箇哭的，是綽酒座兒唱的㉒父子兩人。不知官人們在此吃酒，一時間自苦了啼哭。」魯提轄道：「可是作怪！你與我喚的他來。」酒保去叫，不多時，只見兩個到來。前面一個十八九歲的婦人，背後一個五六十歲的老兒。手裏拿串拍板㉓，都來到面前。看那婦人，雖無十分的容貌，也有些動人的顏色。但見：

鬅鬆雲髻㉔，插一枝青玉簪兒；裊娜纖腰，繫六幅紅羅裙子。素白舊衫籠雪體，淡黃軟襪襯弓鞋。蛾眉緊蹙㉕，汪汪淚眼落珍珠；粉面低垂，細細香肌消玉雪。若非雨病雲愁，定是懷憂積恨。大體還他肌骨好，不搽脂粉也風流。

那婦人拭着淚眼，向前來，深深的道了三個萬福㉖。那老兒也都相見了。魯達問道：「你兩個是那裏人家？為甚啼哭？」那婦人便道：「官人不知，容奴㉗告稟：奴家是東京㉘人氏，因同父母來這渭州㉙投奔親眷，不想搬移南京㉚去了。母親在客店裏染病身故，子父二人流落在此生受㉛。此間有個財主，叫做鎮關西鄭大官人，因見奴家，便使強媒硬保，要奴作妾。誰想寫了三千貫㉜文書，虛錢實契㉝，要了奴家身體。未及三箇月，他家大娘子好生利害，將奴趕打出來，不容完聚。着落店主人家追要原典身錢三千貫㉞。父親懦弱，和他爭執不的，他又有錢有勢。當初不曾得他一文，如今那討錢來還他？沒計奈何，父親自小教得奴家些小曲兒，來這裏酒樓上趕座子。每日但得些錢來，將大半還他，留些少子父們盤纏㉟。這兩日酒客稀少，違了他錢限，怕他來討時受他羞恥。子父們想起這苦楚來，無處告訴，因此啼哭。不想誤觸犯了官人，望乞恕罪，高抬貴手。」魯提轄又問道：「你姓甚麼？在那個客店裏歇？那個鎮關西鄭大官人在那裏住？」老兒答道：「老漢姓金，排行第二，孩兒小字翠蓮；鄭大官人便是此間狀元橋下賣肉的鄭屠，綽號鎮關西；老漢父子兩箇，只在前面東門裏魯家客店安下㊱。」魯達聽了道：「呸！俺只道那箇鄭大官人，却原來是殺猪的鄭屠！這個腌臢潑才㊲，投托着俺小种經略相公門下㊳，做個肉舖戶，却原來這等欺負人。」回頭看着李忠、史進道：「你兩個且在這裏，等洒家去打死了那廝便來。」史進、李忠抱住勸道：「哥哥息怒，明日却理會。」兩個三回五次勸得他住。魯達又道：「老兒你來，洒家與你些盤纏，明日便回東京去如何？」父子兩個告道：「若是能勾得回鄉去時，便是重生父母，再長爺娘。只是店主人家如何肯放？鄭大官人須着落他要錢。」魯提轄道：「這個不妨事！俺自有道理。」便去身邊摸出五兩來銀子，放在桌上，看着史進道：「洒家今日不曾多帶得些出來，你有銀子，借些與俺，洒家明日便送還你。」史進道：「直㊴甚麼？要哥哥還。」去包裹裏取出一錠十兩銀子，放在桌上。魯達看着李忠道：「你也借些出來與洒家。」李忠去身邊摸出二兩來銀子，魯提轄看了見少，便道：「也是個不爽利的人。」魯達只把這十五兩銀子與了金老，分付道：「你父子兩個將去做盤纏，一面收拾行李，俺明日清早來，發付㊵你兩個起身，看那個店主人敢留你！」金老並女兒拜謝去了。魯達把這二兩銀子丟還了李忠。三人再吃了兩角酒，下樓來叫道：「主人家，酒錢洒家明日送來還你。」主人家連聲應道：「提轄只顧自去，但吃不妨，只怕提轄不來賒㊶。」三個人出了潘家酒肆㊷，到街上分手，史進、李忠各自投客店去了。只說魯提轄回到經略府前下處㊸，到房裏，晚飯也不吃，氣憤憤的睡了。主人家又不敢問他。

再說金老得了這一十五兩銀子，回到店中，安頓了女兒，先去城外遠處覓下一輛車兒，回來收拾了行李，還了房宿錢，算清了柴米錢，只等來日天明。當夜無事。次早五更起來，子父兩個先打火做飯，吃罷，收拾了，天色微明。只見魯提轄大踏步走入店裏來，高聲叫道：「店小二㊹，那裏是金老歇處？」小二哥道：「金公，提轄在此尋你。」金老開了房門，便道：「提轄官人，裏面請坐。」魯達道：「坐甚麼！你去便去，等甚麼！」金老引了女兒，挑了擔兒，作謝提轄，便待出門。店小二攔住道：「金公，那裏去？」魯達問道：「他少你房錢？」小二道：「小人房錢，昨夜都算還了。須欠鄭大官人典身錢，着落在小人身上看管他哩！」魯提轄道：「鄭屠的錢，洒家自還他。你放這老兒還鄉去。」那店小二那裏肯放？魯達大怒，叉開㊺五指，去那小二臉上只一掌，打的那店小二口中吐血；再復一拳，打下當門兩個牙齒。小二爬將起來，一道烟走了。店主人那裏敢出來攔他？金老父子兩個，忙忙離了店中，出城自去尋昨日覓下的車兒去了。且說魯達尋思，恐怕店小二趕去攔截他，且向店裏掇㊻條凳子，坐了兩個時辰。約莫金公去的遠了，方纔起身，逕投狀元橋來。

且說鄭屠開着兩間門面，兩副肉案，懸掛着三五片豬肉。鄭屠正在門前櫃身內坐定，看那十來個刀手賣肉。魯達走到門前，叫聲：「鄭屠！」鄭屠看時，見是魯提轄，慌忙出櫃身來，唱喏道：「提轄恕罪。」便叫副手掇條凳子來：「提轄請坐。」魯達坐下道：「奉着經略相公鈞旨㊼，要十斤精肉，切做臊子㊽，不要見半點肥的在上頭。」鄭屠道：「使頭，你們快選好的，切十斤去。」魯提轄道：「不要那等腌臢廝們動手，你自與我切。」鄭屠道：「說得是，小人自切便了。」自去肉案上，揀了十斤精肉，細細切做臊子。那店小二把手帕包了頭，正來鄭屠家報說金老之事，却見魯提轄坐在肉案門邊，不敢攏來，只得遠遠的立住在房簷下望。這鄭屠整整的自切了半個時辰，用荷葉包了道：「提轄，教人送去。」魯達道：「送甚麼！且住！再要十斤，都是肥的，不要見些精的在上面，也要切做臊子。」鄭屠道：「却纔㊾精的，怕府裏要裹餛飩，肥的臊子何用？」魯達睜着眼道：「相公鈞旨，分付洒家，誰敢問他？」鄭屠道：「是合用的東西，小人切便了。」又選了十斤實膘的肥肉㊿，也細細的切做臊子，把荷葉來包了，整弄了一早晨，却得(51)飯罷時候。那店小二那裏敢過來？連那正要買肉的主顧，也不敢攏來。鄭屠道：「着人與提轄拿了，送將(52)府裏去。」魯達道：「再要十斤寸金軟骨(53)，也要細細地剁做臊子，不要見些肉在上面。」鄭屠笑道：「却不是特地來消遣㊿我！」魯達聽罷，跳起身來，拏着那兩包臊子在手裏，睜眼看着鄭屠説道：「洒家特的要消遣你！」把兩包臊子劈面打將去，却似下了一陣的肉雨。鄭屠大怒，兩條忿氣從腳底下直衝到頂門心頭。那一把無明業火55焰騰騰的按納不住，從肉案上搶了一把剔骨尖刀，托地跳將下來。魯提轄早拔步在當街上。眾鄰舍并十來個火家56，那個敢向前來勸？兩邊過路的人，都立住了腳，和那店小二也驚的呆了。

鄭屠右手拿刀，左手便來要揪魯達。被這魯提轄就勢按住左手，趕將入去，望小腹上只一腳，騰地踢倒了在當街上。魯達再入一步，踏住胸脯，提起那醋鉢兒57大小拳頭，看着這鄭屠道：「洒家始投老种經略相公，做到關西五路廉訪使58，也不枉了叫做鎮關西。你是個賣肉的操刀屠戶，狗一般的人，也叫做鎮關西！你如何強騙了金翠蓮？」撲的只一拳，正打在鼻子上，打得鮮血迸流，鼻子歪在半邊，却便似開了個油醬舖，鹹的、酸的、辣的，一發都滾出來。鄭屠掙不起來，那把尖刀也丟在一邊。口裏只叫：「打得好！」魯達罵道：「直娘賊，還敢應口！」提起拳頭來，就眼眶際眉梢只一拳，打得眼睖縫裂59，烏珠迸出，也似開了個彩帛舖的，紅的、黑的、絳的，都滾將出來。兩邊看的人，懼怕魯提轄，誰敢向前來勸？鄭屠當不過，討饒，魯達喝道：「咄60！你是個破落戶61，若是和俺硬到底，洒家倒饒了你，你如何叫俺討饒，洒家却不饒你。」又只一拳，太陽上正着62，却似做了一個全堂水陸的道場63，磬兒、鈸兒、鐃兒，一齊響64。魯達看時，只見鄭屠挺在地下，口裏只有出的氣，沒了入的氣，動彈不得。魯提轄假意道：「你這廝詐死，洒家再打！」只見面皮漸漸的變了。魯達尋思道：「俺只指望痛打這廝一頓，不想三拳真箇打死了他。洒家須吃官司，又沒人送飯。不如及早撒開。」拔步便走，回頭指着鄭屠屍道：「你詐死，洒家和你慢慢理會。」一頭罵，一頭大踏步去了。街坊鄰舍，並鄭屠的火家，誰敢向前來攔他？魯提轄回到下處，急急捲了些衣服、盤纏、細軟、銀兩，但是舊衣粗重，都棄了。提了一條齊眉短棒，奔出南門，一道烟走了。

作者

施耐庵，生卒年不詳，元末明初人，祖籍興化白駒場（今分屬江蘇興化、大豐兩縣）。元文宗至順二年（一三三一）進士，曾在錢塘任官兩年，其後隱居不仕，閉門著述。

《水滸傳》是施耐庵唯一傳世的作品，與《三國演義》、《西遊記》及《金瓶梅》合稱「四大奇書」。施耐庵用生動的筆法和流暢的文字敘事寫人，逼真傳神，明白易曉。還建立了演史小說的寫實風格。作者利用宋、元話本的寶貴材料，透過豐富的歷史知識和想象力，把原來獨立發展的故事，改編為彼此聯繫的長篇小說。

題解

《水滸傳》是一部章回小說，即以章回分段敘事的長篇小說。每回常用兩句相對仗的句子標目，以揭示本回的主要內容。其源出宋元話本，後為古典長小說的主要形式。

本課節選自《水滸傳》第三回「史大郎夜走華陰縣 魯提轄拳打鎮關西」，版本據容與堂本《水滸傳》。《水滸傳》又名《忠義水滸傳》，與《三國演義》、《西遊記》和《紅樓夢》為中國古典小說的四大名著，在小說史上有着重要的地位。北宋末年以宋江為首的民間豪傑在梁山泊聚義，與官府對抗，雖然以失敗告終，但水滸英雄的故事卻廣泛流傳，成為宋元話本和元代戲劇的重要題材。元末明初，施耐庵將梁山泊的英雄故事和個別傳說精心重組，創作成一部前後連貫的章回小說，以官逼民反做背景，標榜赴義扶危的勇敢行為和俠義氣節。〈魯提轄拳打鎮關西〉是《水滸傳》中的一個精彩片段，敘述魯達三拳打死鎮關西的故事，筆墨酣暢傳神。

注釋

① 錦旆：旆，旗之一種。錦旆，即錦繡彩旗。旆 漢pèi 國ㄆㄟˋ 粵pui3 音沛。

② 三人：指魯達、李忠、史進。

③ 濟楚閣兒：樓上整齊潔淨的小房間。

④ 魯提轄：即魯達。提轄，宋朝地方上掌管練兵和緝盜的武官。

⑤ 酒保唱了喏：酒保，酒店裏的夥計。喏，古代表示敬意的招呼。唱喏，一邊作揖，一邊出聲致意。喏 (漢)rě (國)ㄖㄜˇ (粵)jɛ^{5} 音野。

⑥ 官人：這裏是對有地位男子的尊稱。

⑦ 角：古代量器，後來作酒的計量單位。

⑧ 案酒：下酒。

⑨ 下飯：指下飯的菜。

⑩ 一發：一齊。

⑪ 廝：相當於這傢伙，這是一種帶有輕蔑的稱呼。

⑫ 聒：吵鬧。聒 (漢)guō (國)ㄍㄨㄛ (粵)kut^{8} 音括。

⑬ 下口：好吃的，可口的。

⑭ 只顧將來：只管拿來。

⑮ 較量：這裏是談論的意思。

⑯ 入港：談說投合。

⑰ 盞兒：淺的酒杯。

⑱ 抄手：兩臂交叉在胸前，表示施禮。

⑲ 洒家：指我。宋、元時陝西、甘肅一帶人的自稱。

⑳ 恁地：這樣的，那麼。恁 (漢)rèn (國)ㄖㄣˋ (粵)jɐm^{6} 音任。

㉑ 小人：男子對地位高於自己的人說話時自稱小人，以示謙卑。

㉒ 綽酒座兒唱的：串酒樓賣唱的人。下文的「來這裏的酒樓上趕座子」也是這個意思。

㉓ 拍板：一種敲擊樂器，由兩片或幾片木板組成，歌唱時用來打節拍。

㉔ 鬅鬆雲髻：鬆軟如雲的髮髻。鬅 ㊉pēng㊀ㄆㄥˊ㊎paŋ^4 音朋。髻 ㊉jì㊀ㄐㄧˋ㊎gɐi^3 音繼。

㉕ 蛾眉緊蹙：蛾眉，形容女子眼眉。指眉頭皺起來。蹙 ㊉cù㊀ㄘㄨˋ㊎tsuk^7 音促。

㉖ 萬福：古時婦女對人行禮，口稱「萬福」。後來「萬福」作為行禮的代稱。

㉗ 奴：古時年青女子的謙稱。下文「奴家」，其義相同。

㉘ 東京：東京即北宋汴京城，在今河南開封。

㉙ 渭州：今甘肅平涼一帶。

㉚ 南京：北宋的南京，即今河南商邱。

㉛ 子父二人流落在此生受：子父，即父子。生受，受苦。

㉜ 三千貫：三千串錢。過去使用中間有方孔的錢幣，用繩子串上，一千為一串。

㉝ 虛錢實契：賣契上寫明錢數，實際上並沒有得到錢。

㉞ 着落店主人家追要原典身錢三千貫：着落，責成別人做成某件事。典身錢，賣身錢。

㉟ 留些少子父們盤纏：盤纏，路費，這裏是使用或生活上開銷的意思。

㊱ 只在前面東門裏魯家客店安下：只，就。安下，安身。

㊲ 腌臢潑才：骯髒的無賴。腌臢 ㊉āng zāng㊀ㄤ ㄗㄤ㊎jim^{1}dzim^1 音淹尖。

㊳ 投托着俺小种經略相公門下：經略，官名，掌管邊疆軍民大事。相公，對上層社會年輕人的敬稱。小种經略相公，指北宋名將种師道的弟弟种師中。兄弟二人同時鎮守西北，當時人稱兄為「老种經略」，稱弟為「小种經略」。种 ㊉chóng㊀ㄔㄨㄥˊ㊎tsuŋ^4 音蟲，姓氏。

㊴ 直：同值。

㊵ 發付：打發。

㊶ 賒：欠，延期付款。賒 ㊉shē㊀ㄕㄜ㊎sɛ^1 音些^1。

(42) 酒肆：酒館。肆 (漢)sì(國)ㄙˋ(粵)si^{3} 音試。

(43) 下處：出門人暫時落腳的住處。

(44) 店小二：客店裏招呼客人的夥計。

(45) 叉開：把手指張開。

(46) 掇：用雙手端出。掇 (漢)duó(國)ㄉㄨㄛˊ(粵)dzyt^{8} 音啜。

(47) 鈞旨：鈞，敬辭。旨，命令。

(48) 臊子：碎肉。臊 (漢)sào(國)ㄙㄠˋ(粵)sou^{3} 音掃。

(49) 却纔：剛才。纔 (漢)cái(國)ㄘㄞˊ(粵)tsoi^{4} 音材。

(50) 實膘的肥肉：結結實實的肥肉。膘 (漢)biāo(國)ㄅㄧㄠ(粵)biu^{1} 音標。

(51) 却得：直到。

(52) 送將：將，助詞，多用於動詞之後。送到。下文有打將、赴將等，與這裏用法相同。

(53) 寸金軟骨：即軟骨。軟骨短小，所以叫「寸金軟骨」。

(54) 消遣：戲弄，捉弄。

(55) 無明業火：怒火，佛教用語。

(56) 火家：夥計。

(57) 醋鉢兒：鉢，陶製的器皿，形狀像盆。裝醋的盆兒，這裏用來形容拳頭大。鉢 (漢)bō(國)ㄅㄛ(粵)but^{8} 音勃中入聲。

(58) 關西五路廉訪使：官名。這是指老种經略。

(59) 眼睖縫裂：眼角裂開。睖 (漢)lèng(國)ㄌㄥˋ(粵)ling^{6} 音另。

(60) 咄：呵叱聲。咄 (漢)duò(國)ㄉㄨㄛˋ(粵)dzyt^{9} 或 doet^{7} 音啜或奪高入聲。

(61) 破落戶：這裏是無賴的意思。

(62) 太陽上正着：正好打中太陽穴。

⑥③ 全堂水陸的道場：佛教的大型法會，由和尚唸經，敲打法器，遍施飲食用來救濟所謂水陸鬼魂的法會。全堂，指人數、法物、儀節等都是照規定齊備的。道場，和尚做法事的場所，也指所做的法事，後來道教也沿用這個名稱。

⑥④ 磬兒、鈸兒、鐃兒，一齊響：都是敲擊樂器。這裏用這些樂器聲齊響來形容鄭屠的太陽穴被重打的時候，耳朵裏嗡嗡直響的聲音。磬 (漢) qìng (國) ㄑㄧㄥˋ (粵) hiŋ^{3} 音慶。鈸 (漢) bó (國) ㄅㄛˊ (粵) bɐt^{9} 音拔。鐃 (漢) náo (國) ㄋㄠˊ (粵) nau^{4} 音撓。

三國志演義 諸葛亮舌戰羣儒

羅貫中

却說魯肅①、孔明辭了玄德②、劉琦③，登舟望柴桑郡④來。二人在舟中共議。魯肅謂孔明曰：「先生見孫將軍⑤，切不可實言曹操⑥兵多將廣。」孔明曰：「不須子敬叮嚀，亮自有對答之語。」及船到岸，肅請孔明於館驛中暫歇，先自往見孫權。權正聚文武於堂上議事，聞魯肅回，急召入問曰：「子敬往江夏⑦，體探虛實若何？」肅曰：「已知其略，尚容徐稟。」權將曹操檄文⑧示肅曰：「操昨遣使齎文⑨至此，孤先發遣來使，現今會眾商議未定。」肅接檄文觀看。其略曰：

孤近承帝命，奉詞伐罪⑩。旄麾⑪南指，劉琮⑫束手；荊襄⑬之民，望風歸順。今統雄兵百萬，上將千員，欲與將軍會獵於江夏，共伐劉備，同分土地，永結盟好。幸勿觀望，速賜回音。

魯肅看畢曰：「主公尊意若何？」權曰：「未有定論。」張昭⑭曰：「曹操擁百萬之眾，借天子之名，以征四方，拒之不順。且主公大勢可以拒操者，長江也。今操既得荊州，長江之險，已與我共之矣，勢不可敵。以愚之計，不如納降，為萬安之策。」眾謀士皆曰：「子布之言，正合天意。」孫權沈吟不語。張昭又曰：「主公不必多疑。如降操則東吳民安，江南六郡可保矣。」孫權低頭不語。須臾，權起更衣，魯肅隨於權後。權知肅意，乃執肅手而言曰：「卿欲如何？」肅曰：「恰纔眾人所言，深誤將軍。眾人皆可降曹操，惟將軍不可降曹操。」權曰：「何以言之？」肅曰：「如肅等降操，當以肅還鄉黨⑮，累官故不失州郡也⑯；將軍降操，欲安所歸乎？位不過封侯，車不過一乘，騎不過一匹，從不過數人，豈得南面稱孤⑰哉！眾人之意，各自為己，不可聽也。將軍宜早定大計。」權歎曰：「諸人議論，大失孤望。子敬開說大計，正與吾見相同。此天以子敬賜我也！但操新得袁紹⑱之眾，近又得荊州之兵，恐勢大難以抵敵。」肅曰：「肅至江夏，引諸葛瑾⑲之弟諸葛亮在此，主公可問之，便知虛實。」權曰：「臥龍先生在此乎？」肅曰：「現在館驛中安歇。」權曰：「今日天晚，且未相見。來日聚文武於帳下，先教見我江東英俊，然後升堂議事。」

肅領命而去。次日至館驛中見孔明，又囑曰：「今見我主，切不可言曹操兵多。」孔明笑曰：「亮自見機而變，決不有誤。」肅乃引孔明至幕下。早見張昭、顧雍等一班文武二十餘人，峨冠博帶，整衣端坐。孔明逐一相見，各問姓名。施禮已畢，坐於客位。張昭等見孔明丰神飄灑，器宇軒昂，料道此人必來游說。張昭先以言挑之曰：「昭乃江東微末之士，久聞先生高臥隆中，自比管、樂⑳。此語果有之乎？」孔明曰：「此亮平生小可之比也。」昭曰：「近聞劉豫州三顧先生於草廬之中，幸得先生，以為如魚得水，思欲席捲荊襄。今一旦以屬曹操，未審是何主見？」孔明自思張昭乃孫權手下第一個謀士，若不先難倒他，如何說得孫權，遂答曰：「吾觀取漢上之地，易如反掌。我主劉豫州躬行仁義，不忍奪同宗之基業，故力辭之。劉琮孺子，聽信佞言，暗自投降，致使曹操得以猖獗。今我主屯兵江夏，別有良圖，非等閒可知也。」昭曰：「若此，是先生言行相違也。先生自比管、樂：管仲相桓公，霸諸侯，一匡天下；樂毅扶持微弱之燕，下㉑齊七十餘城；此二人者，真濟世之才也。先生在草廬之中，但笑傲風月，抱膝危坐㉒；今既從事劉豫州，當為生靈興利除害，剿滅亂賊。且劉豫州未得先生之前，尚且縱橫寰宇，割據城池；今得先生，人皆仰望：雖三尺童蒙，亦謂彪虎㉓生翼，將見漢室復興，曹氏即滅矣；朝廷舊臣，山林隱士，無不拭目而待：以為拂高天之雲翳，仰日月之光輝，拯民於水火之中，措天下於衽席之上㉔，在此時也。何先生自歸豫州，曹兵一出，棄甲拋戈，望風而竄；上不能報劉表㉕以安庶民，下不能輔孤子而據疆土；乃棄新野，走樊城，敗當陽，奔夏口㉖，無容身之地：是豫州既得先生之後，反不如其初也。管仲、樂毅，果如是乎？愚直之言，幸勿見怪！」孔明聽罷，啞然㉗而笑曰：「鵬飛萬里，其志豈羣鳥能識哉？譬如人染沈痾㉘，當先用糜粥以飲之，和藥以服之；待其腑臟調和，形體漸安，然後用肉食以補之，猛藥以治之：則病根盡去，人得全生也。若不待氣脈和緩，便投以猛藥厚味，欲求安保，誠為難矣。吾主劉豫州，向日軍敗於汝南，寄跡劉表，兵不滿千，將止關、張、趙雲而已㉙，此正如病勢尪羸㉚已極之時也。新野山僻小縣，人民稀少，糧食鮮薄，豫州不過暫借以容身，豈真將坐守於此耶？

夫以甲兵不完，城郭不固，軍不經練，糧不繼日，然而博望燒屯，白河用水[31]，使夏侯惇、曹仁[32]輩心驚膽裂：竊謂管仲、樂毅之用兵，未必過此。至於劉琮降操，豫州實出不知；且又不忍乘亂奪同宗之基業，此真大仁大義也。當陽之敗，豫州見有數十萬赴義之民，扶老攜幼相隨，不忍棄之，日行十里，不思進取江陵，甘與同敗，此亦大仁大義也。寡不敵眾，勝負乃其常事。昔高皇數敗於項羽，而垓下一戰成功，此非韓信之良謀乎？夫信久事高皇，未嘗累勝。蓋國家大計，社稷安危，是有主謀。非比誇辯之徒，虛譽欺人，坐議立談，無人可及；臨機應變，百無一能：誠為天下笑耳！」這一篇言語，說得張昭並無一言回答。

座上忽一人抗聲問曰：「今曹公兵屯百萬，將列千員，龍驤[33]虎視，平吞江夏，公以為何如？」孔明視之，乃虞翻[34]也。孔明曰：「曹操收袁紹蟻聚之兵，劫劉表烏合之眾，雖數百萬不足懼也。」虞翻冷笑曰：「軍敗於當陽，計窮於夏口，區區求救於人，而猶言不懼，此真大言欺人也！」孔明曰：「劉豫州以數千仁義之師，安能敵百萬殘暴之眾，退守夏口，所以待時也。今江東兵精糧足，且有長江之險，猶欲使其主屈膝降賊，不顧天下恥笑；由此論之，劉豫州真不懼操賊者矣！」虞翻不能對。

座間又一人問曰：「孔明欲效儀、秦[35]之舌，游說東吳耶？」孔明視之，乃步騭[36]也。孔明曰：「步子山以蘇秦、張儀為辯士，不知蘇秦、張儀亦豪傑也：蘇秦佩六國相印，張儀兩次相秦，皆有匡扶人國之謀，非比畏強凌弱，懼刀避劍之人也。君等聞曹操虛發詐偽之詞，便畏懼請降，敢笑蘇秦、張儀乎？」步騭默然無語。

忽一人問曰：「孔明以曹操何如人也？」孔明視其人，乃薛綜㊲也。孔明答曰：「曹操乃漢賊也，又何必問？」綜曰：「公言差矣：漢歷傳至今，天數將終。今曹公已有天下三分之二，人皆歸心。劉豫州不識天時，強欲與爭，正如以卵擊石，安得不敗乎？」孔明厲聲曰：「薛敬文安得出此無父無君之言乎！夫人生天地間，以忠孝為立身之本。公既為漢臣，則見有不臣之人，當誓共戮之，臣之道也。今曹操祖宗叨食漢祿㊳，不思報儁，反懷篡逆之心，天下之所共憤；公乃以天數歸之，真無父無君之人也！不足與語！請勿復言！」薛綜滿面羞慚，不能對答。

座上又一人應聲問曰：「曹操雖挾天子以令諸侯，猶是相國曹參㊴之後。劉豫州雖云中山靖王苗裔，卻無可稽考，眼見只是織蓆販屨之夫耳，何足與曹操抗衡哉！」孔明視之，乃陸績㊵也。孔明笑曰：「公非袁術座間懷橘㊶之陸郎乎？請安坐，聽吾一言：曹操既為曹相國之後，則世為漢臣矣；今乃專權肆橫，欺凌君父，是不惟無君，亦且蔑祖；不惟漢室之亂臣，亦曹氏之賊子也。劉豫州堂堂帝冑，當今皇帝，按譜賜爵，何云無可稽考？且高祖起身亭長，而終有天下；織蓆販屨，又何足為辱乎？公小兒之見，不足與高士共語！」陸績語塞。

座上一人忽曰：「孔明所言，皆強詞奪理，均非正論，不必再言。且請問孔明治何經典？」孔明視之，乃嚴畯㊷也。孔明曰：「尋章摘句，世之腐儒也，何能興邦立事？且古耕莘伊尹㊸，釣渭子牙㊹，張良、陳平之流㊺，鄧禹、耿弇之輩㊻，皆有匡扶宇宙之才，未審其生平治何經典——豈亦效書生區區於筆硯之間，數黑論黃，舞文弄墨而已乎？」嚴畯低頭喪氣而不能對。

忽又一人大聲曰：「公好為大言，未必真有實學，恐適為儒者所笑耳。」孔明視其人，乃汝南程德樞㊼也。孔明答曰：「儒有君子小人之別：君子之儒，忠君愛國，守正惡邪，務使澤及當時，名留後世。若夫小人之儒，惟務彫蟲㊽，專工翰墨，青春作賦，皓首窮經㊾，筆下雖有千言，胸中實無一策；且如揚雄㊿以文章名世，而屈身事莽，不免投閣而死，此所謂小人之儒也；雖日賦萬言，亦何取哉！」程德樞不能對。眾人見孔明對答如流，盡皆失色。

時座上張溫、駱統㊿二人，又欲問難。忽一人自外而入，厲聲言曰：「孔明乃當世奇才，君等以脣舌相難，非敬客之禮也。曹操大軍臨境，不思退敵之策，乃徒鬥口耶！」眾視其人，乃零陵人，姓黃，名蓋，字公覆，現為東吳糧官。當時黃蓋㊿謂孔明曰：「愚聞多言獲利，不如默而無言。何不將金石之論㊿為我主言之，乃與眾人辯論也？」孔明曰：「諸君不知世務，互相問難，不容不答耳。」於是黃蓋與魯肅引孔明入。至中門，正遇諸葛瑾，孔明施禮。瑾曰：「賢弟既到江東，如何不來見我？」孔明曰：「弟既事劉豫州，理宜先公後私。公事未畢，不敢及私。望兄見諒。」瑾曰：「賢弟見過吳侯，苑來敘話。」說罷自去。

魯肅曰：「適間所囑，不可有誤。」孔明點頭應諾。引至堂上，孫權降階而迎，優禮相待。施禮畢，賜孔明坐。眾文武分兩行而立。魯肅立於孔明之側，只看他講話。孔明致玄德之意畢。

偷眼看孫權：碧眼紫髯，堂堂一表。孔明暗思：「此人相貌非常，只可激，不可說。等他問時，用言激之便了。」獻茶已畢，孫權曰：「多聞魯子敬談足下之才，今幸得相見，敢求教益。」孔明曰：「不才無學，有辱明問。」權曰：「足下近在新野，佐劉豫州與曹操決戰，必深知彼軍虛實。」孔明曰：「劉豫州兵微將寡，更兼新野城小無糧，安能與曹操相持？」權曰：「曹兵共有多少？」孔明曰：「馬步水軍，約有一百餘萬。」權曰：「莫非詐乎？」孔明曰：「非詐也：曹操就兗州已有青州軍二十萬㊹，平了袁紹，又得五六十萬；中原新招之兵三四十萬；今又得荊州之軍二三十萬：以此計之，不下一百五十萬。亮以百萬言之，恐驚江東之士也。」魯肅在旁，聞言失色，以目視孔明；孔明只做不見。權曰：「曹操部下戰將，還有多少？」孔明曰：「足智多謀之士，能征慣戰之將，何止一二千人！」權曰：「今曹操平了荊、楚㊺，復有遠圖乎？」孔明曰：「即今沿江下寨，準備戰船，不欲圖江東，待取何地？」權曰：「若彼有吞併之意，戰與不戰，請足下為我一決。」孔明曰：「亮有一言，但恐將軍不肯聽從。」權曰：「願聞高論。」孔明曰：「向者宇內大亂，故將軍起江東，劉豫州收眾漢南，與曹操並爭天下。今操芟除㊻大難，略已平矣；近又新破荊州，威震海內；縱有英雄，無用武之地：故豫州遁逃至此。願將軍量力而處之。若能以吳、越㊼之眾，與中國㊽抗衡，不如早與之絕；若其不能，何不從眾謀士之論，按兵束甲，北面而事之㊾？」權未及答。孔明又曰：「將軍外託服從之名，內懷疑貳㊿之見，事急而不斷，禍至無日矣。」權曰：「誠如君言，劉豫州何不降操？」孔明曰：「昔田橫⑹齊之壯士耳，猶守義不辱；況劉豫州王室之胄，英才蓋世，眾士仰慕？事之不濟，此乃天也，又安能屈處人下乎？」

孫權聽了孔明此言，不覺勃然變色，拂衣而起，退入後堂。眾皆哂笑而散。魯肅責孔明曰：「先生何故出此言？幸是吾主寬洪大度，不即面責。先生之言，藐視吾主甚矣。」孔明仰面笑曰：「何如此不能容物耶！我自有破曹之計，彼不問我，我故不言。」肅曰：「果有良策，肅當請主公求教。」孔明曰：「吾視曹操百萬之眾，如羣蟻耳！但我一舉手，則皆為虀粉矣！」肅聞言，便入後堂，見孫權。權怒氣未息，顧謂肅曰：「孔明欺吾太甚！」肅曰：「臣亦以此責孔明，孔明反笑主公不能容物，破曹之策，孔明不肯輕言。主公何不求之？」權回嗔作喜曰：「原來孔明有良謀，故以言詞激我。我一時淺見，幾誤大事。」便同魯肅重復出堂，再請孔明敘話。權見孔明，謝曰：「適來冒瀆威嚴，幸勿見罪。」孔明亦謝曰：「亮言語冒犯，望乞恕罪。」權邀孔明入後堂，置酒相待。

數巡之後，權曰：「曹操平生所惡者：呂布、劉表、袁紹、袁術、豫州與孤耳。今數雄已滅，獨豫州與孤尚存。孤不能以全吳之地，受制於人。吾計決矣。非劉豫州莫與當曹操者；然豫州新敗之後，安能抗此難乎？」孔明曰：「豫州雖新敗，然關雲長猶率精兵萬人；劉琦領江夏戰士，亦不下萬人。曹操之眾，遠來疲憊；近追豫州，輕騎一日夜行三百里。此所謂『強弩之末，勢不能穿魯縞⑹』者也。且北方之人，不習水戰。荊州士民附操者，迫於勢耳，非本心也。今將軍誠能與豫州協力同心，破曹軍必矣。操軍破，必北還，則荊、吳之勢強，而鼎足之形成矣。成敗之機，在於今日：惟將軍裁之。」權大悦曰：「先生之言，頓開茅塞。吾意已決，更無他疑。即日商議起兵，共滅曹操。」遂令魯肅將此意傳諭文武官員，就送孔明於館驛安歇。

張昭知孫權欲興兵，遂與眾議曰：「中了孔明之計也！」急入見權曰：「昭等聞主公將興兵與曹操爭鋒。主公自思比袁紹若何？曹操向日兵微將寡，尚能一鼓克袁紹；何況今日擁百萬之眾南征，豈可輕敵？若聽諸葛亮之言，妄動甲兵，此所謂負薪救火也。」孫權只低頭不語。顧雍㊸曰：「劉備因為曹操所敗，故欲借我江東之兵以拒之，主公奈何為其所用乎？願聽子布之言。」孫權沈吟未決。張昭等出，魯肅入見曰：「適張子布等，又勸主公休動兵，力主降議，此皆全軀保妻子之臣，為自謀之計耳。願主公勿聽也。」孫權尚在沈吟。肅曰：「主公若遲疑，必為眾人誤矣。」權曰：「卿且暫退，容我三思。」肅乃退出。時武將或有要戰的，文官都是要降的，議論紛紛不一。

且說孫權退入內宅，寢食不安，猶豫不決。吳國太㊹見權如此，問曰：「何事在心，寢食俱廢？」權曰：「今曹操屯兵於江、漢，有下江南之意。問諸文武，或欲降者，或欲戰者。欲待戰來，恐寡不敵眾；欲待降來，又恐曹操不容：因此猶豫不決。」吳國太曰：「汝何不記吾姐臨終之語乎？」孫權如醉方醒，似夢初覺，想出這句話來。正是：追思國母臨終語，引得周郎立戰功。畢竟説着甚的，且看下文分解。

作者

羅貫中，名本，字貫中，號湖海散人，太原（今山西太原）人，一說錢塘（今浙江杭州）人，生當元末亂世，確年不詳。為人性情孤介，平生事蹟傳說甚多：一說他「遭時多故」，南北飄流，「不知其所終」；一說他曾入義軍張士誠幕；又有人說他是「有志圖王者」。有關羅貫中的生平資料，保存下來的很少。從他的創作中，可看出他對當時社會及政治狀況的不滿，因而主張施「仁政」、行「王道」，嚮往一種以綱常名教為支柱的統一、安定局面。著作除《三國志演義》最為有名外，尚有《殘唐五代史演義》、《平妖傳》等小說，雜劇則有《龍虎風雲會》。

題解

本篇節選自《三國演義》第四十三回「諸葛亮舌戰群儒　魯子敬力排眾議」，版本據人民文學出版社排印本。《三國演義》是一部文學價值很高的長篇演史小說，作者羅貫中依據陳壽《三國志》、裴松之《三國志注》及平話，從東漢靈帝中平元年（一八四）黃巾起義開始，一直敘寫到晉武帝太康元年（二八〇）吳亡為止，所記魏、蜀、吳三國鼎足稱霸的故事，凡九十七年。

「演義」是從宋元間的「講史」發展出來的一種體裁，宋元時稱「平話」，到元末明初後稱「演義」，都是在正史的基礎上添設敷演而成，因有史實根據，所以跟一般憑空臆造的小說有明顯的分別。

本篇記述諸葛亮於赤壁大戰前，單獨到吳國游說孫權和周瑜，身臨敵境，舌戰群儒，為當時勢窮力薄的劉備取得強而有力的同盟，實現了聯吳抗曹的計劃。作者生動地描寫諸葛亮超凡的膽識與傑出的辯才。主要情節以諸葛亮隻身入吳開始，當時吳國內部正因曹操的一紙招降檄文而陷入慌亂之中，主和派與主戰派相持不下。諸葛亮面對此一形勢，逐一駁斥主降派的問難，說服了吳主孫權與劉備合力抗曹。文中最精彩之處是借助雙方唇槍舌劍的語言，表現出諸葛亮從容不迫、才智超群的外交家風範。

注釋

① 魯肅：生於漢靈帝熹平元年，卒於獻帝建安二十二年（一七二——二一七），字子敬，東吳名將。

② 孔明辭了玄德：孔明，諸葛亮，生於漢靈帝光和四年，卒於蜀漢後主建興十二年（一八一——二三四），字孔明，蜀漢傑出的政治家、軍事家。玄德，劉備，生於漢桓帝延熹四年，卒於蜀漢昭烈帝章武二年（一六一——二二三），字玄德，即蜀漢昭烈帝，史稱先主，蜀漢的建立者。

③ 劉琦：生年不詳，卒於漢獻帝建安十四年（?——二〇九），劉表長子。

④ 柴桑郡：縣名，屬揚州豫章郡。故城址在今江西九江西南。

⑤ 孫將軍：孫權，生於漢靈帝光和五年，卒於吳大帝神鳳一年（一八二——二五二），字仲謀，即吳大帝，吳國的建立者。

⑥ 曹操：生於漢桓帝永壽元年，卒於漢獻帝建安二十五年（一五五——二二〇），字孟德，小名阿瞞，即魏武帝。三國時傑出政治家、軍事家。

⑦ 江夏：郡名，屬荊州，即今湖北武昌。

⑧ 檄文：古代文書、文告的一種。檄 ㊥xí㊦ㄒㄧˊ㊧hɐt^{9} 音瞎。

⑨ 齎文：齎，持帶，齎文謂持帶文書。齎 ㊥jī㊦ㄐㄧ㊧dzɐi^{1} 音擠。

⑩ 奉詞伐罪：奉皇帝的命令討伐有罪的大臣，這是曹操挾天子以令諸侯的託詞。

⑪ 旄麾：即旄麾，用氂牛尾作裝飾的旗幟或帥旗。旄 ㊥máo㊦ㄇㄠˊ㊧mou^{4} 音毛。麾 ㊥huī㊦ㄏㄨㄟ㊧fɐi^{1} 音揮。

⑫ 劉琮：生卒年不詳，荊州牧劉表次子。琮 ㊥cóng㊦ㄘㄨㄥˊ㊧tsuŋ^{4} 音從。

⑬ 荊襄：荊襄九郡即荊州。荊州曾以襄陽為治所，故以此相稱。

⑭ 張昭：生於漢桓帝永壽二年，卒於吳大帝嘉禾五年（一五六——二三六），字子布，吳國大臣。

⑮ 鄉黨：鄉里，故鄉。

⑯ 累官故不失州郡也：累，積累。逐步升官可以任一州一郡的刺史、太守。

⑰ 南面稱孤：謂稱帝。南面，古代帝王的座位向南。

⑱ 袁紹：生年不詳，卒於漢獻帝建安七年，（？——二〇二），字本初，東漢末（今河南商水西南）群雄之一。

⑲ 諸葛瑾：生於漢靈帝熹平三年，卒於吳大帝赤烏四年（一七四——二四一），字子瑜，琅邪陽都（今山東沂南南）人。諸葛亮之兄，吳國大臣。

⑳ 管、樂：管，即管仲（生卒年不詳），名夷吾，春秋時齊國的賢相。他輔助齊桓公對內勵精圖治，對外「九合諸侯」，稱霸天下。樂，即樂毅（生卒年不詳），戰國時燕國大將，曾率趙、魏、秦、楚、燕五國大兵攻齊國，連下七十餘城，以功封昌國君。

㉑ 下：攻下，使之降服。

㉒ 危坐：端坐。漢代人席地而坐，危坐即正身跪坐。

㉓ 彪虎：猛虎。

㉔ 措天下於衽席之上：措，置。衽席，蓆，古人蓆地而坐。將天下置於蓆上，意有從容治理天下之態。衽 (漢)rèn(國)ㄖㄣˋ(粵)jɐm^{6} 音任。

㉕ 劉表：生於漢順帝建康元年，卒於漢獻帝建安十三年（一四四——二〇八），字景昇，東漢遠支皇族。

㉖ 乃棄新野，走樊城，敗當陽，奔夏口：新野，縣名，屬荊州南陽郡，後劃歸襄陽郡，故城址在今河南新野南。樊城，古城堡名，在荊州南郡襄陽縣城北，隔漢水與襄陽城相望，故城址在今湖北襄樊漢水北岸。當陽，縣名，屬荊州南郡，故城址在今湖北當陽東。夏口，地名，漢水入長江口，在今湖北武漢漢口。古時漢水始出嶓冢山，稱漾水，經沔縣稱沔水，過漢中稱漢水，襄陽以下稱夏水或襄江，故而漢水入長江處稱夏口。

㉗ 啞然：形容笑聲。

㉘ 沈痾：重病。

㉙ 將止關、張、趙雲而已：關，關羽，生於漢桓帝延熹三年，卒於漢獻帝建安二十四年（一六〇——二一九），字長生，改字雲長，蜀國名將。張，張飛，生年不詳，卒於蜀漢昭烈帝章武元年（？——二二一），字翼德，蜀漢大將。趙，趙雲，生年不詳，卒於蜀漢後主建興五年（？——二二九），字子龍，蜀漢大將。

㉚ 尫羸：瘦弱。尫 (漢)wāng(國)ㄨㄤ(粵)wɔŋ^{1} 音汪。羸 (漢)léi(國)ㄌㄟˊ(粵)lœy^{4} 音雷。

㉛ 然而博望燒屯，白河用水：博望，縣名，屬荊州南陽郡，故城址在今河南方城西南。白河，河水名，即東漢三國時的淯水，漢水支流。

㉜ 使夏侯惇、曹仁輩心驚膽裂：夏侯惇，生年不詳，卒於魏文帝黃初元年（？——二二〇），字元讓，魏國大將。曹仁，生於漢靈帝建寧元年，卒於魏文帝黃初四年（一六八——二二三）字子孝，魏國大將。

㉝ 龍驤：龍，高大的馬。驤，上仰、上舉。馬頭上仰。

㉞ 虞翻：生於漢桓帝延熹七年，卒於吳大帝嘉禾二年（一六四——二三三）字仲翔，東吳名士。

㉟ 儀、秦：儀、秦，指張儀、蘇秦，二人都是戰國時的縱橫家，著名說客，能言善辯。

㊱ 步騭：生年不詳，卒於吳大帝赤烏八年（?——二四七），字子山，吳國大臣。騭 ㊥漢 zhì ㊥國 ㄓˋ ㊥粵 dzet^{1} 音質。

㊲ 薛綜：生年不詳，卒於吳大帝赤烏四年（?——二四三），字敬文，吳國大臣。綜 ㊥漢 zòng ㊥國 ㄗㄨㄥˋ ㊥粵 dzuŋ^{3} 音粽。

㊳ 叨食漢祿：叨，承受。享受漢朝的俸祿。叨 ㊥漢 tāo ㊥國 ㄊㄠ ㊥粵 tou^{1} 音滔。

㊴ 曹參：生年不詳，卒於漢惠帝五年（?——一九〇），西漢開國功臣，曾隨劉邦起兵，在反秦與楚漢之爭中屢立戰功。

㊵ 陸績：約生於東漢靈帝中平四年，約卒於漢獻帝建安二十四年（一八七?——二一九?），字公紀，東吳謀士。

㊶ 座間懷橘：座間懷橘，陸績六歲時，在九江見袁術，袁術拿出橘子待客，他於座間藏起三個在懷裏，臨走時不小心掉了出來。

㊷ 嚴畯：生卒年不詳。吳國大臣，字曼才。畯 ㊥漢 jùn ㊥國 ㄐㄩㄣˋ ㊥粵 dzœn^{3} 音俊。

㊸ 耕莘伊尹：典故，指伊尹早年曾在莘（今山東西部）耕田。

㊹ 釣渭子牙：典故，子牙，即姜子牙、姜太公。相傳他在渭水之濱用直鉤釣魚，得遇周文王。

㊺ 張良、陳平之流：張良（西元前?——一八九）、陳平（西元前?——一八七），兩人都是西漢開國大臣。

㊻ 鄧禹、耿弇之輩：鄧禹（西元前二——五八）、耿弇，兩人都是漢光武劉秀的功臣。

㊼ 程德樞：程秉，生卒年不詳，字德樞，吳國大臣。

㊽ 惟務彫蟲：指專注於彫章琢句，在文辭技巧上下功夫。

㊾ 皓首窮經：畢生研究經籍，直至白頭。

㊿ 揚雄：生於漢宣帝甘露元年，卒於新莽天鳳五年（西元前五三——一八）字子雲，漢著名辭賦家。

51 張溫、駱統：張溫，生於漢獻帝初平四年，卒於蜀漢後主建興八年（一九三——二三〇），字惠恕，吳國大臣。駱統，生於漢獻帝初平四年，卒於吳大帝黃武七年（一九三——二二八），字公緒，吳國大臣。

⑤② 黃蓋：生卒年不詳，字公覆，吳國大臣。

⑤③ 金石之論：金石，比喻堅固。有如金石之經受得起考驗之議論。

⑤④ 曹操就兗州已有青州軍二十萬：兗州（今山東省魯西南平原），東漢州名，轄郡、國八，縣八十。青州（今山東省中部），東漢州名，轄郡、國六，縣六十五。

⑤⑤ 今曹操平了荊、楚：荊、楚，指劉表原先佔據的荊州一帶，其地春秋時屬楚國，即今湖北湖南一帶。

⑤⑥ 芟除：剪除。芟 漢shān 國ㄕㄢ 粵sam[1] 音衫。

⑤⑦ 吳、越：指孫權佔據的江東一帶，其地春秋時分屬吳國、越國。即今浙江一帶。

⑤⑧ 中國：即中原、中土，指古代帝都所在的黃河流域，相對於其餘地區而言。

⑤⑨ 北面而事之：北面，古時臣子朝見君主乃面北，因謂稱臣於人為北面。

⑥⓪ 疑貳：疑惑不定，三心二意。

⑥① 田橫：生年不詳，卒於漢高祖五年（西元前？——前二〇二），秦末齊國貴族，齊王田廣被韓信俘虜，田橫自立為王，被漢軍擊潰後投奔彭越，後來退守海島。漢高祖派人去招降，田橫及部下五百餘人都不肯屈降而自殺。

⑥② 強弩之末，勢不能穿魯縞：弩，以機械裝置發射的弓。縞，未經染色的絹，魯國出產的絹最為細薄。此句用《左傳》成語，意思是強勁的弩箭到了射程盡頭時，連魯地出產的薄絹也不能穿透。弩 漢nǔ 國ㄋㄨˇ 粵nou[5] 音腦。縞 漢gǎo 國ㄍㄠˇ 粵gou[2] 音稿。

⑥③ 顧雍：生於漢靈帝建寧元年，卒於吳大帝赤烏六年（一六八——二四三）字元嘆，吳國大臣。

⑥④ 吳國太：孫夫人的母親，是故事中虛構人物。

西遊記　孫悟空大鬧天宮

吳承恩

話表齊天大聖到底是個妖猴，更不知官銜品從①，也不較俸祿高低，但只註名②便了。那齊天府下二司仙吏，早晚伏侍，只知日食三餐，夜眠一榻，無事牽縈③，自由自在。閑時節會友遊宮，交朋結義。見三清④，稱個「老」字；逢四帝⑤，道個「陛下」。與那九曜星⑥、五方將、二十八宿⑦、四大天王⑧、十二元辰、五方五老⑨、普天星相、河漢⑩羣神，俱只以弟兄相待，彼此稱呼。今日東遊，明日西蕩，雲去雲來，行蹤不定。

一日，玉帝早朝，班部中閃出許旌陽真人，頫顖⑪啟奏道：「今有齊天大聖，無事閑遊，結交天上眾星宿，不論高低，俱稱朋友。恐後閑中生事，不若與他一件事管，庶免別生事端。」玉帝聞言，即時宣詔。那猴王欣欣然而至，道：「陛下，詔老孫有何陞賞？」玉帝道：「朕見您身閑無事，與你件執事⑫。你且權管⑬那蟠桃園，早晚好生在意。」大聖歡喜謝恩，朝上唱喏而退。

他等不得窮忙，即入蟠桃園內查勘⑭。本園中有個土地⑮攔住，問道：「大聖何往？」

大聖道：「吾奉玉帝點差⑯，代管蟠桃園，今來查勘也。」那土地連忙施禮，即呼那一班鋤樹力士、運水力士、修桃力士、打掃力士都來見大聖磕頭，引他進去。但見那：

夭夭灼灼⑰，顆顆株株。夭夭灼灼花盈樹，顆顆株株果壓枝。果壓枝頭垂錦彈，花盈樹上簇胭脂。時開時結千年熟，無夏無冬萬載遲。先熟的，酡顏⑱醉臉；還生的，帶蒂青皮。凝孽肌帶綠，映日顯丹姿。樹下奇葩并異卉，四時不謝色齊齊。左右樓臺館舍，盈空常見罩雲霓。不是玄都凡俗種⑲，瑤池王母⑳自栽培。

大聖看玩多時，問土地道：「此樹有多少株數？」土地道：「有三千六百株：前面一千二百株，花微果小，三千年一熟，人喫了成仙了道，體健身輕。中間一千二百株，層花甘實，六千年一熟，人喫了霞舉飛昇，長生不老。後面一千二百株，紫紋緗核㉑，九千年一熟，人喫了與天地齊壽，日月同庚㉒。」大聖聞言，歡喜無任㉓。當日查明了株樹，點看了亭閣，回府。自此後，三五日一次賞玩，也不交友，也不他遊。

一日，見那老樹枝頭，桃熟大半，他心裏要喫個嘗新。奈何本園土地、力士並齊天府仙吏緊隨不便。忽設一計道：「汝等且出門外伺候，讓我在這亭上少憩㉔片時。」那眾仙果退。只見那猴王脫了冠服，爬上大樹，揀那熟透的大桃，摘了許多，就在樹枝上自在受用。喫了一飽，莌纔跳下樹來，簪冠着服，喚眾等儀從回府。遲三二日，又去設法偷桃，儘他享用。

一朝，王母娘娘設宴，大開寶閣，瑤池中做「蟠桃勝會」，即着那紅衣仙女、青衣仙女、素衣仙女、皂衣仙女、紫衣仙女、黃衣仙女、綠衣仙女，各頂花籃，去蟠桃園摘桃建會㉕。七衣仙女直至園門首，只見蟠桃園土地、力士同齊天府二司仙吏，都在那裏把門。仙女近前道：「我等奉王母懿旨㉖，到此摘桃設宴。」土地道：「仙娥且住。今歲不比往年了，玉帝點差齊天大聖在此督理，須是報大聖得知，方敢開園。」仙女道：「大聖何在？」土地道：「大聖在園內，因困倦，自家在亭子上睡哩。」仙女道：「既如此，尋他去來，不可遲輒。」土地即與同進。尋至花亭不見，只有衣冠在亭，不知何往。四下裏都沒尋處。原來大聖耍了一會，喫了幾個桃子，變做二寸長的個人兒，在那大樹梢頭濃葉之下睡着了。七衣仙女道：「我等奉旨前來，尋不見大聖，怎敢空回？」旁有仙使道：「仙娥既奉旨來，不必遲疑。我大聖閑遊慣了，想是出園會友去了。汝等且去摘桃。我們替你回話便是。」那仙女依言，入樹林之下摘桃。先在前樹摘了二籃，又在中樹摘了三籃；到後樹上摘取，只見那樹上花果稀⿰山其，止有幾個毛蒂青皮的。原來熟的都是猴王喫了。七仙女張望東西，只見向南枝上止有一個半紅半白的桃子。青衣女用手扯下枝來，紅衣女摘了，莧將枝子望上一放。原來那大聖變化了，正睡在此枝，被他驚醒。大聖即現本相，耳躲內掣出金箍棒，幌一幌，碗來粗細，咄的一聲道：「你是那方怪物，敢大膽偷摘我桃！」慌得那七仙女一齊跪下道：「大聖息怒。我等不是妖怪，乃王母娘娘差來的七衣仙女，摘取仙桃，大開寶閣，做「蟠桃勝會」。適至此間，先見了本園土地等神，尋大聖不見。我等恐遲了王母懿旨，是以等不得大聖，故先在此摘桃，萬望恕罪。」大聖聞言，回嗔作喜道：「仙娥請起。王母開閣設宴，請的是誰？」仙女道：「上會自有舊規。請的是西天佛老、菩薩、聖僧、羅漢㉗、南方南極觀音、東方崇恩聖帝、十洲三島仙翁、北方北極玄靈、中央黃極黃角大仙，這個是五方五老。還有五斗星君、上八洞三清，四帝、太乙天仙等眾、中八洞玉皇、九壘、海嶽神仙；下八洞幽冥教主㉘、注世地仙。各宮各殿大小尊神，俱一齊赴蟠桃嘉會。」大聖笑道：「可請我麼？」仙女道：「不曾聽得說。」大聖道：「我乃齊天大聖，就請我老孫做個席尊，有何不可？」仙女道：「此是上會舊規，今會不知如何。」大聖道：「此言也是，難怪汝等。你且立下，待老孫先去打聽個消息，看可請老孫不請。」

好大聖，捻着訣，念聲滅語，對眾仙女道：「住！住！住！」這原來是個定身法，把那七衣仙女，一個個睖睖睜睜㉙，白着眼，都站在桃樹之下。大聖縱朵祥雲，跳出園內，竟奔瑤池路上而去。正行時，只見那壁廂：

一天瑞靄光搖曳，五色祥雲飛不絕。白鶴聲鳴振九皋，紫芝色秀分千葉。中間現出一尊仙，相貌天然丰采別。神舞虹霓幌漢霄，腰懸寶籙無生滅。名稱赤腳大羅仙，特赴蟠桃添壽節。

那赤腳大仙覿面㉚撞見大聖，大聖低頭定計，賺哄㉛真仙。他要暗去赴會，亢問：「老道何往？」大仙道：「蒙王母見招，去赴蟠桃嘉會。」大聖道：「老道不知。玉帝因老孫觔斗雲疾，着老孫五路邀請列位，先至通明殿下演禮後，方去赴宴。」大仙是個光明正大之人，就以他的誑語作真。道：「常年就在瑤池演禮謝恩，如何先去通明殿演禮，方去瑤池赴會？」無奈，只得撥轉祥雲，徑往通明殿去了。

大聖駕着雲，念聲呪語，搖身一變，就變做赤腳大仙模樣，前奔瑤池。不多時，直至寶閣，按住雲頭，輕輕移步，走入裏面。只見那裏：

瓊香繚繞，瑞靄繽紛。瑤臺鋪彩結，寶閣散氤氳。鳳翥鸞騰形縹緲，金花玉萼影浮沉。上排着九鳳丹霞扆㉜，八寶紫霓墩。五綵描金桌，千花碧玉盆。桌上有龍肝和鳳髓，熊掌與猩唇。珍饈百味般般美，異果嘉殽色色新。

那裏鋪設得齊齊整整，莧還未有仙來。這大聖點看不盡，忽聞得一陣酒香撲鼻；忽轉頭，見右壁廂長廊之下，有幾個造酒的仙官，盤糟的力士，領幾個運水的道人，燒火的童子，在那裏洗缸刷甕㉝，已造成了玉液瓊漿，香醪㉞佳釀。大聖止不住口角流涎，就要去喫，奈何那些人都在這裏。他就弄個神通，把毫毛拔下幾根，丟入口中嚼碎，噴將出去，念聲咒語，叫「變！」即變做幾個瞌睡蟲，奔在眾人臉上。你看那夥人，手軟頭低，閉眉合眼，丟了執事，都去盹睡。大聖莧拿了些百味珍饈，佳殽異品，走入長廊裏面，就着缸，挨着甕，放開量，痛飲一番。喫勾了多時，酕醄㉟醉了。自揣自摸㊱道：「不好！不好！再過會，請的客來，卻不怪我？一時拿住，怎生是好？不如早回府中睡去也。」

好大聖，搖搖擺擺，仗着酒，任情亂撞，一會把路差了；不是齊天府，乃是兜率天宮㊲。一見了，頓然醒悟道：「兜率宮是三十三天之上，乃離恨天太上老君㊳之處，如何錯到此間？——也罷！也罷！一向要來望此老，不曾得來，今趁此殘步㊴，就望他一望也好。」即整衣撞進去。那裏不見老君，四無人跡。原來那老君與燃燈古佛㊵在三層高閣朱陵丹臺上講道，眾仙童、仙將、仙官、仙吏，都侍立左右聽講。這大聖直至丹房裏面，尋訪不遇，但見丹之旁，爐中有火。爐左右安放着五個葫蘆，葫蘆裏都是煉就的金丹。大聖喜道：「此物乃仙家之至寶。老孫自了道以來，識破了內外相同之理，也要煉些金丹濟人，不期到家無暇；今日有緣，卻又撞着此物，趁老子不在，等我喫他幾丸嘗新。」他就把那葫蘆都傾出來，就都喫了，如喫炒豆相似。

一時間丹滿酒醒。又自己揣度㊶道：「不好！不好！這場禍，比天還大；若驚動玉帝，性命難存。走！走！走！不如下界為王去也！」他就跑出兜率宮，不行舊路，從西天門，使個隱身法逃去。即按雲頭，回至花果山界。但見那旌旗閃灼，戈戟光輝，原來是四健將與七十二洞妖王，在那裏演習武藝。大聖高叫道：「小的們！我來也！」眾怪丟了器械，跪倒道：「大聖好寬心！丟下我等許久，不來相顧！」大聖道：「沒多時！沒多時！」且說且行，徑入洞天深處。四健將打掃安歇，叩頭禮拜畢。俱道：「大聖在天這百十年，實受何職？」大聖笑道：「我記得纔半年光景，怎麼就說百十年話？」健將道：「在天一日，即在下方一年也。」大聖道：「且喜這番玉帝相愛，果封做「齊天大聖」，起一座齊天府，又設安靜、寧神二司，司設仙吏侍衛。向後㊷見我無事，着我看管蟠桃園。近因王母娘娘設「蟠桃大會」，未曾請我，是我不待他請，先赴瑤池，把他那仙品、仙酒，都是我偷喫了。走出瑤池，踉踉蹡蹡㊸悮入老君宮闕，又把他五個葫蘆金丹也偷喫了。但恐玉帝見罪，方纔走出天門來也。」

眾怪聞言大喜。即安排酒果接風，將椰酒滿斟一石碗奉上。大聖喝了一口，即咨牙倈嘴㊹道：「不好喫！不好喫！」崩、巴二將道：「大聖在天宮，喫了仙酒、仙殽，是以椰酒不甚美口。常言道：『美不美，鄉中水。』」大聖道：「你們就是『親不親，故鄉人。』我今早在瑤池中受用時，見那長廊之下，有許多瓶，都是那玉液瓊漿。你們都不曾嘗着。待我再去偷他幾瓶回來，你們各飲半杯，一個個也長生不老。」眾猴歡喜不勝。大聖即出洞門，又翻一觔斗，使個隱身法，徑至蟠桃會上。進瑤池宮闕，只見那幾個造酒、盤糟、運水、燒火的，還鼾睡未醒。他將大的從左右脅下挾了兩個，兩手提了兩個，即撥轉雲頭回來，會眾猴在於洞中，就做個「仙酒會」，各飲了幾杯，快樂不題。

作者

吳承恩，生年不詳，卒於明神宗萬曆十年（？——一五八二）。字汝忠，號射陽山人，淮安（今江蘇淮安）人。曾祖父和祖父雖然做過小官，但父親吳銳卻是個小商人，家境十分貧困。吳承恩少年時頗有文名，據《淮安府志》說他「性敏而多慧，博極媄書，為詩文下筆立成」。還說他「復善諧劇，所著雜記幾種，名震一時」。但是，吳承恩在仕途上很不得志，科舉場中，屢試不第，直到三十多歲才補上一個「歲貢生」。因母老家貧，生計艱難，出任長興縣丞。由於性格倔強，不喜趨奉逢迎，所以在任不過一、二年，便棄官歸里。晚年致力於詩文的寫作，《西遊記》大概就是在這一時期寫成的。

題解

本課節選自《西遊記》第五回「亂蟠桃大聖偷丹　反天宮諸神捉怪」，版本據中華書局排印本，現有標題為編者所加。《西遊記》是一部優秀的長篇神怪小說，內容主要寫孫悟空保護唐僧去西天取經的故事。孫悟空是《西遊記》的主人公，也是作者濃墨重彩、精心塑造的一個藝術形象。本篇記述孫悟空大鬧天宮的事，是全書故事的開端部分。其主要作用是介紹取經者孫悟空的由來，為其後取經的事埋下伏筆。

注釋

① 品從：指古代官吏的正品與從品，泛指官吏的品級。
② 註名：在官冊上註上自己的名字。
③ 牽縈：糾纏、牽掛。縈 ㊉yíng ㊎ㄧㄥˊ ㊄jing⁴ 音營。
④ 三清：道教崇奉的三尊神，即玉清元始天尊（天寶君）、上清靈寶天尊（太上道君）及太清道德天尊（太上老君）。
⑤ 四帝：一稱「四御」，道教尊奉的天神，即昊天金闕至尊玉皇大帝、中天紫微北極大帝、勾陳上宮天皇大帝及承天效法土皇帝祇。
⑥ 九曜星：指日、月、火、水、木、金、土、羅睺及計都九個星辰名字。
⑦ 二十八宿：古天文學將周天囱星分為二十八個星座，稱二十八宿，包括東南西北四方各七宿，道教中又指天上的二十八個神將。
⑧ 四大天王：佛教中諸天之主帝釋的護將，即東方的持國天王多羅卂、南方的增長天王毗琉璃、西方的廣目天王毗留博叉及北方的多聞天王毗沙門。四大天王住在須彌山，各護一方。
⑨ 五方五老：指道教中的東華帝君、丹靈、黃老、皓靈及玄老。
⑩ 河漢：即天河、銀河。
⑪ 頫顖：指磕頭。頫顖 ㊉fǔ xìn ㊎ㄈㄨˇ ㄒㄧㄣˋ ㊄fu² sœn³ 音俯信。
⑫ 執事：職務、工作。

⑬ 權管：暫行代管。

⑭ 查勘：審查驗看。勘漢kàn國ㄎㄢˋ粵hem3音瞰。

⑮ 土地：指一方土地上的神靈，即土地神。

⑯ 點差：點派、差遣。

⑰ 夭夭灼灼：形容桃樹花木之鮮艷顏色，見《詩・周南・桃夭》：「桃之夭夭，灼灼其華。」夭漢yāo國ㄧㄠ粵jiu1音腰。

⑱ 酡顏：酒後臉色漲紅。酡漢tuó國ㄊㄨㄛˊ粵tɔ4音駝。

⑲ 玄都凡俗種：玄都，指唐代長安的玄都觀，內種桃花。凡俗種，指凡間的普通桃樹。

⑳ 瑤池王母：神話中的仙女。《漢武帝內傳》載有王母賜漢武帝蟠桃的情節。

㉑ 紫紋緗核：表皮是紫色的紋理，內核是淺黃色的。

㉒ 同庚：即同年齡。

㉓ 無任：即不勝、不盡。

㉔ 少憩：稍稍休息。憩漢qì國ㄑㄧˋ粵hei3音器。

㉕ 建會：猶言預備宴會。

㉖ 懿旨：古用以稱皇后、皇太后、皇妃、公主等的命令。懿漢yì國ㄧˋ粵ji3音意。

㉗ 羅漢：梵文「阿羅漢」的簡稱。指小乘佛教修行的最高果位。

㉘ 幽冥教主：即地藏王菩薩。

㉙ 睖睖睜睜：指眼睛發呆的樣子。睖漢lèng國ㄌㄥˋ粵liŋ6音另。睜漢zhēng國ㄓㄥ粵dzɐŋ1音增。

㉚ 覿面：迎面。覿漢dí國ㄉㄧˊ粵dik9音敵。

㉛ 賺哄：即哄騙。

㉜ 扆：帝王宮殿內，置於門窗之間，有斧形圖案的屏風。扆漢yǐ國ㄧˇ粵ji2音倚。

㉝ 甕：一種盛水、酒等的陶器。甕 ㊂wèng㊖ㄨㄥˋ㊗uŋ^3 音蕹。

㉞ 香醪：指發酵後未經過濾的酒釀，此處泛指美酒。醪 ㊂láo㊖ㄌㄠˊ㊗lou^4 音牢。

㉟ 酕醄：大醉的樣子。酕醄 ㊂máo táo㊖ㄇㄠˊ ㄊㄠˊ㊗mou^4 tou^4 音毛陶。

㊱ 自揣自摸：自己揣摸著。揣 ㊂chuǎi㊖ㄔㄨㄞˇ㊗tsœy^2 或 tsyn^2 音取或喘。

㊲ 兜率天宮：道教中太上老君所居之地。

㊳ 離恨天太上老君：離恨天，傳說中三十三天中最高的天。太上老君，道教奉先秦道家的老子為尊師，稱太上老君。

㊴ 殘步：順路經過某地。

㊵ 燃燈古佛：佛名，即「錠光佛」，譯自梵文「提和竭羅」。出生時，身邊一切光明如燈，故名。

㊶ 揣度：思量。度 ㊂duó㊖ㄉㄨㄛˊ㊗dɔk^9 音鐸。

㊷ 向後：在後來。

㊸ 踉踉蹡蹡：步履不穩。踉 ㊂liàng㊖ㄌㄧㄤˋ㊗lœŋ^6 音亮。蹡 ㊂qiàng㊖ㄑㄧㄤˋ㊗tsœŋ^3 音唱。

㊹ 咨牙倈嘴：即呲牙咧嘴，嘴角微張不以為然的表情。倈 ㊂lái㊖ㄌㄞˊ㊗lɔi^4 音來。